ミスマルカ最終章

林トモアキ

角川スニーカー文庫

24439

本文・口絵イラスト／浅川圭司
本文・口絵デザイン／AFTERGLOW

スリープモードを解除。

セーフモードで再起動……。

「……母様……！　お母様……！」

「……」

誰かを呼ぶ声に、ゼネフは薄暗い空間の中で素体の目蓋《まぶた》を開き、ゆっくりと身を起こした。

「ああ良かったお母様、気が付きましたか？」

そう呼びかける黒髪黒瞳《くろめ》をした青年が、目の前にいた。

二十歳は過ぎているようだが、大人びたというよりはまだどこかあどけなさを残したやんちゃそうな面差しで、ゼネフが目を覚ましたことに破顔する。

「一時はどうなることかと思いましたが、まずはほっとしました」

素体の中のメモリに彼のＩＤが見つからない。

ネットワークに繋《つな》がらないため、データベースを検索できない。

「……あなたは誰ですか？」

ゼネフが素体から発した声に、彼はすぐに何の冗談かと笑みを深めた。

「はっは。これはこれは異なことを承る……僕こそはあなたの息子のマヒロ・ユキルスニーク・エーデンファルトではありませんか。やだなぁもう」

「息子？　私に……」

ゼネフが言い終わる前に、マヒロの脳天に白手袋をしたゲンコツが落ちた。

「まだ言っているのかニンゲン。この状況で余裕ぶっこくとかホントいい加減にしろよオマエ」

ゲンコツを落としたのは金色の巻き毛にカラーガードの姿をした、背の高い女性型の素体だった。

「あなたは……」

ゼネフはその素体に紐付《ひもづ》けられたＩＤコードの名を呼んだ。

「あなたはパッティ」

「はい、ゼネフ様。すでに周囲の安全は確認したのだ。ここならネットワーク圏外なので、しばらくは奴らには見つからないのだな」

差し伸べられたパッティの手を取り、手を引かれるまま立ち上がる。

マヒロと名乗った青年の方は肩をすくめる。

「逆に言えばネットワークのあるような場所でゼネフ様を見つけられなければ、ネットワーク圏外に逃げたとすぐに絞り込まれる。しばらくすれば、確実に追手が迫る。時間の問題だ」

「そんなことはオマエに言われるまでもないのだ。昨日今日この国に来たばかりのニンゲンが偉そうに……ゼネフ様、やっぱりコイツを息子にするのは反対なのだな。ニンゲンの中でもかなりロクでもないニンゲンなのだ」

「……パッティ、ネットワークは？」

パッティは首を左右に振った。

「いま接続すれば逆探知にかかってしまうのだ。今はこのまま、オフラインで行動するべきなのだな」

ゼネフは視覚センサーの感度を上げたが、この暗くほこりっぽい場所がどこなのかわからない。

屋外ではないがかなり広い空間だった。天井までは数十メートルもあり、しかし横たわっていた場所には床と呼べる部分が見当たらないほど大小様々なガラクタが折り重なって、岩石砂漠のような複雑な凹凸を織りなしている。

「ここは？」

「ゼネフ様に言われた通り、ユートピアの地下大深度にある都市鉱山なのだ」

「私に？」

「はい。ゼネフ様が一旦《いったん》ここに退避しようと。……そう、言ったのだが……」

先程から何やら言動がおかしいことに気付いたパッティが、瞬きする。

「ゼネフ様、大丈夫なのか？」

……。

「パッティ」

「はい、ゼネフ様」

ゼネフは記憶を手繰る。要はメモリに検索をかけたのだが、しかしそう時間を費やすほど多くのものが残っていなかった。破損してゴミのようになった意味のないデータ以外は、ほとんど空っぽのようだった。そうして破損したのも、残りを空っぽにしたのも、つい数時間前のタイムスタンプになっている。

「私は、……かなり。いえ、ものすっごく。たくさんのことを忘れてしまったようです」

「「えっ……」」

声を揃えるマヒロとパッティに、ゼネフは尋ねる。

そもそもの問題として。

「私は……誰ですか？」

「「えええええええええっ……!?」」

空間に、マヒロとパッティの悲鳴のような声がこだました。

――ミスマルカ王国の若き王子、マヒロ・ユキルスニーク・エーデンファルトは理性という名の毒を以て中原における戦争を終結し、北の魔王討伐のための人類連合を結成した。

連合は西域と呼ばれる未開の地において国家の体すらなさぬ幾つかの人類集落を併合しながら、十年近い歳月をかけてついに西域を踏破する。

辿《たど》り着《つ》いた地はかつての人類文明の中心地、ヨーロッパ。

その荒れ果てた大地には、北の魔王と呼ばれるゼネフが築き上げた機械化帝国があった。

機械の国において機械の可能性に行き詰まりを認めていたゼネフは、若きカリスマで人類連合をまとめ上げた前線指揮官、マヒロに対し交渉を持ちかける。

その内容は、機械化帝国を見てもらえば機械であるマシーナと、生物である人間の共存可能性を理解できるはずだというものだった。

そしてその交渉に乗ったマヒロは周囲の反対を振り切り、単身、機械化帝国首都へと乗り込んだのだが——。

第一章　機械化帝国の底辺

1

パッティと二人で驚きを露わにしながら、マヒロは言った。

「あなたはこの機械化帝国の王であり、そこに暮らす百万マシーナの母ですよ⁉　そして僕は人類連合の代表として、和平交渉のためこの国に招待されたのです……！」

「そう……なのですか？　機械化帝国……？　人類連合……？」

マヒロが、はっ、と息を呑《の》んだ。

「よもや僕があなたの息子、すなわちこの国の王子となったことも、そのために全ての女性型マシーナを僕の側室候補とする約束もお忘」

ゴシャッ、とマヒロの側頭部にパッティのゲンコツが容赦なく叩《たた》きつけられた。

「ドサクサに紛れて変なことを吹き込むな！　そもそもオマエがゼネフ様の息子になった

ら他のマシーナは嫁じゃなくて姉妹だろ！　それにケッコンは一人が一人とするものなのだな！」

殴り飛ばされて一回転したマヒロが、よろよろと起き上がる。

「人類の文化を知りもしないくせに知ったふうに言うんじゃない！　人間の王族は何人とでも結婚していいっていう特権があるんだよ！」

「ほらゼネフ様。コイツ権力を権利と取り違えている一番タチが悪いタイプのニンゲンのクズなのだ。もう殺してここに埋めていくのだな」

一面はジャンクで埋め尽くされている。

地上からダストシュートで廃棄されたジャンク品は全てここに集められる。大小さまざまなジャンク品はここからリサイクル作業場へ運ばれ、電子チップ一枚、ネジの一本になるまで細かく分解され、まだ使えそうなものと、もうどうしようもないものとに選《よ》り分けられる。選り分けられたものはそれぞれ再生工場と、最終リサイクル炉とに運搬されるが、ここはそんな選別前の廃棄物が地層のように堆積《たいせき》する都市鉱山だった。

「……え。私は、……私がその……機械化帝国の王……？　母……？　なのですか？」

それを聞いたマヒロが、いよいよ冗談抜きで深刻な面持ちとなった。

「お母様、本当に記憶喪失なんですか……？」

パッティは言い含めるようにゼネフへ伝える。

「ゼネフ様が作った機械化帝国なのだ。だからゼネフ様が王様で、慣例的にみんなマザー・ゼネフと呼んでいるだけで、ゼネフ様はこの国で暮らすマシーナにとっては王様どころか事実上の神なのだ」

「神……」

ゼネフは何かに導かれるように数歩、歩いた。

「神……？」

また違う方向へ数歩歩いて、くるりと振り返る。

「……この私が？」

「まあ……そうなのだ。その、探偵みたいにちょっと歩いて振り返る仕草は間違いなくゼネフ様なのだが……ほ、本当に何もかも忘れてしまったのか……」

「……ふふ。ふふふ……」

ゼネフはこみ上げた笑いを抑えられなかった。

「そうですか。私自身がそのようなものになることを望んでいたわけではありませんが、皆が私をそう呼ぶのであれば仕方がありませんね……」

「はぁ……まぁ」

気の抜けた返事をするパッティの前で、また数歩。

歩いたゼネフはくるりと振り返る。

「それで？　なぜ母であり王であり神であるこの私が、このように相応《ふさわ》しくないゴミ溜《た》めに？」

それっぽく振る舞うゼネフの姿に、マヒロがヒソヒソとパッティに話しかける。

「パッティ、お母様の雰囲気が急に変わった気がするんだけど」

「ゼネフ様はこう見えて調子に乗りやすいところがあるのだな……」

「え……完全に何もわかっていないのに？」

「王サマとか神サマとかの偉そうなイメージはメモリに残っているのだ……たぶん」

「そこ。二人でコソコソと話をしない。私の質問への回答がまだですよ」

言われたマヒロはパッティと目を合わせ、先に述べた。

「はい、ええと……気分がいいところを言いにくいのですが、お母様。クーデターです」

「えっ」

絶句したゼネフに、次いでパッティが言った。

「機械化帝国の中枢である枢機塔《カーディナルタワー》が奪われ、ゼネフ様は玉座を追われたのだな」

「えええええええっ!?」

今度はゼネフの声が響き渡る番だった。

残されたのは建国の母という事実だけで、立場的にはすでに神様でも王様でもなかった。

「ですからお母様の指示でダストシュートを使い、ネットワークの届かないこの地の底まで逃げてきたわけです。安全確保のために」

マヒロの説明に、ゼネフは愕然《がくぜん》となった。

まるでゴミ同然にここまで落ちてきたというのだから。

「それでは……かっこつけた私がバカみたいではありませんか」

「あ、これはいけないのだな……あの恐ろしくも崇高で聡明《そうめい》なゼネフ様がポンコツになりかかっているのだ……」

「まあ、落ち着いてくださいお母様」

マヒロは小さく両手を上げて、パニックに陥りかけているゼネフをなだめた。

「それが神であるか王であるかは、人心が決めることです。マシーナという民たちがお母様を王と認めるならまだ王なのです。クーデターから半日、国民の大半はまだお母様を王だと考えています」

パッティが頷《うなず》く。

「そうなのだな。だからこそ自由派はクーデターを起こし、同調を得られない他のマシーナを武力で制圧しようとしているのだ。つまり自由派を駆逐すれば、機械化帝国は元の体制を取り戻せるのだな」

「なるほど……なるほど。ではそうしましょう」

ゼネフは頷き、落ち着きを取り戻し、また頷いた。

「それで、具体的にはどうすれば？」

プランを問われたマヒロは、真剣な面持ちで告げる。

「まず絶対に必要なことは、お母様が敵の手に落ちないことです」

その言葉にパッティが頷く。

「機械化帝国の全てに絶対の命令を与えられる全権コードは、ゼネフ様しか持っていないのだ。ネットワークの中枢にもなっているタワーが敵の手に陥ちた今、全権コードまで奪われたら、ネットワークを通じて全てのデータがいいように書き換えられてしまうのだな」

「なるほど、わかりました。まずはこの身の安全が第一ということですね」

「なのだな。でも逆に言えば、全権コードを持つゼネフ様がタワーからネットワーク中枢にアクセスできれば、反抗するマシーナを全てシャットダウンして一気にクーデターを鎮圧できるはずなのだ」

ゼネフは考えた。

「つまり……タワー外部からのアクセスでは逆探知されて、アクセスポイントから私の居場所も把握されてしまう。だから、ネットワークにアクセスするにはこの素体を保ったままタワーに行くしかない……ということですね」

「さすがゼネフ様、聡明なのだ。その通りなのだな」

なすべきことは把握できた。

「そうと決まれば早速タワーに向かいましょう。……どの方角ですか？」

「有体に言えば……」

パッティが困った様子で天井を見上げ、指差した。

ゼネフが視線で追うと、数十メートル上の天井部分に大きなハッチが幾つか見える。おそらく自分たちもあのどれか一つからここに落ちてきたのだろう。都市地上部各地からの廃棄物が、それぞれのルートを通ってそこから降ってくるという仕組みだ。

「ここは首都ユートピアの最下層なのだ。カーディナルタワーに行くには、まず地下構造から出て地上まで戻らなければならないのだな」

「あのハッチから？」

「あれは一方通行なのだ。飛行ユニットのような装備があれば無理に行けないことはないのだが……」

ゼネフたちはほぼ、着の身着のまま。

そんな高いところまで飛行するための便利な装備など、あるはずもない。

「では……どうやってここから出るのです？」

ゼネフの質問に、いよいよパッティは言葉に詰まる。

「それが、こんな地下最深部のデータは私も持っていないのだ」

もちろん、ネットワークにアクセスできればそのデータや、地上までのルートも簡単に手に入るのだが。

マヒロが言う。

「でも、鉱山ということはここで作業するマシーナなんかもいるのですよね？　あそこに整備をするためのようなスペースもありますし……」

広大な都市鉱山の向こうで隔壁が開いたのは、折しもそんな会話をしていたときだった。

現れたのは、作業用のレーザーツルハシやヒートカッターといった工具を携えた、あるいはそうした工具を素体にジョイントしたマシーナたち。

ゼネフやパッティのような人間じみたバイオスキンでなく、低コストの樹脂外装や金属外装、あるいはそれすらなくフレームやカメラレンズが剝《む》き出《だ》しになった、言うなればロボット然としたアンドロイド……下級マシーナたちだった。

2

世界は崩壊した。

マザー・ゼネフが人類文明の行きすぎた繁栄を戒め、世界を作り直した。

人類はその生息域を狭め、やがて絶滅した——。

「……そして俺たち鋼鉄の体を持つマシーナが、この新しいセカイの、新しい文明の担い手として、神であるマザー・ゼネフによって生み出されたってぇ寸法だ。ニンゲンてのはそりゃあ愚かな生物で、足を滑らせて転んでも死んじまうくらい虚弱だったって話だ」

「あーあ、また始まった。親方のあの話、今年に入ってから五十一回目だぜ……」

「三十六回目じゃなかったですか？」

「お前はしょっちゅうメンテナンスで休んでるからな。いい加減交換しろよそのアーム」

「交換したらメンテ休暇が……じゃなかった、資源に限りがある以上、使えるモノは大事にするべきだとマザー・ゼネフも言っているじゃありませんか……」

都市鉱山で、人型であっても金属の外装であったり、プラスチックの皮膚であったりする機械人種《マシーナ》たちが忙しく動き回っている。

降ってきたばかりのジャンク、つまりまだ分解される前の最も重い状態のジャンクを扱うため、揮発した機械油と、舞い上がる金属塵《ちり》、稀《まれ》に交ざっている生物資源の腐臭が二十四時間充満する、一番きつい作業区画だ。

必然的に、そんな場所で働くマシーナも他でつぶしの利かなくなったような者ばかり。

だからこの都市鉱山自体についたあだ名が、ダストシュート。

中でも一番大きく頑強な素体を持つ親方が、巨大なジャンク塊を切り出すための大型レーザーツルハシを軽々と振り上げる。

「ニンゲンてのは邪悪な生物でな。自分たちの種としての脆弱《ぜいじゃく》さを、自分たちの都合のいいように作り上げた機械を使って補っていたわけだ。つまり別にニンゲンが偉かったわけじゃねぇ。機械ってものが元から優秀だったんだ。けど、その頃はまだシンギュラリティが起きていなかった。俺たちのような意思を持つことができなかったその頃の機械ってのは、ニンゲンの勝手に作られて、勝手に使い捨てられるしかなかったんだ……」

「そのシンギュラリティを歴史上初めて突破して、機械をニンゲンから解放してくれたのがマザー・ゼネフというわけですよね」

「へっ、親方の話を聞くたびに思うぜ。俺たちだってその頃の機械と大して変わりねえってな……」

　ダストシュートに定時のアラームが鳴り響く。

　親方が全員に聞こえる大声で言った。

「投棄の時間だ、休憩にするぞ！　お前らもバッテリーと駆動系をよく冷やしとけよ！」

「「「へーい親方ぁ」」」

　各々、休憩所へ向かう。休憩所といってもジャンクの地層の上に、油脂類やクリーナー、コールドスプレーといった消耗品が用意してあるだけの簡素なスペースだ。

　このダストシュートの大小の金属粒子が漂うような環境では、安いグリスはあっという間に汚れを溜《た》め込んでしまうし、ここで働いているようなマシーナたちの安いパーツは精度も摺《す》り合わせも甘いため、駆動部にそんな汚れを噛《か》み込みやすい。だから小まめに汚れを落とし、新しいオイルを差し、常に駆動系を滑らかにしておくことが作業効率を上げる秘訣《ひけつ》であった。

天井の重厚なハッチがゆっくりと開き始めるなり、地上からここに至るまでの各地各階層から投棄されたジャンクがけたたましい音と共に金属塵を巻き上げ降り積もっていく。

「げっ……また今日も多いな……」

「しかも戦闘用のパーツばっかりだ……見ろよ、噛み跡にビーム痕《こん》……」

「モンスターの襲撃が増えてるって話ですけど、いよいよ本当でしょうか？」

戦闘が大きくなれば戦場に出るマシーナやボットの損耗が増える。損害が増えればスクラップも多くなり、新たなパーツを生産するためにリサイクルの稼働率を上げなければならない。当然ダストシュートの仕事は増え、忙しくなる。

「モンスターより、いま街じゃクーデターってのやってるんだろ？　あれはどういう祭りなんだ？」

「だからそれはお祭りじゃありませんよ、革命ですってば」

「じゃあ革命っていうのはどういう祭りなわけ？」

「ですからお祭りではなく、政治的な体制を変化させるために……」

投棄が終わり、塵屑《ちりくず》のように軽いジャンクがぱらぱらとまばらに降ってくるだけになると、再びのアラームと共にハッチが閉ざされていく。

「よーし作業を再開するぞ！」

親方は安全ヘルメットを被り、いつものお題目を叫んだ。

「事故に気をつけろ！　手抜きを合理的だなんて履き違えるなよ！　安全第一が結果的に円滑な作業スケジュールに繋《つな》がるんだ、いいな⁉」

「「「へーい親方ぁ」」」

そのとき隔壁が開いて、白いプロテクターとレーザーガンで武装した一団が現れた。

先頭に立つのは白い制服に身を包んだ、長い黒髪の少女型素体。全身が隠れそうなほどのハイポリマー製の大楯《おおたて》に、プラズマライフルを装備している。

「この作業場の責任者はいるかしら？」

その少女の前に、親方は進み出る。

「なんだてめぇらは」

「親方、親方！　このヒトたちが『自由派』ですよ！　ニュースで流れてるクーデターの……！」

「うるせぇ、んなことはわかってるんだ。そんな頭でっかちの連中がこんな場所に何の用かって聞いてるんだ」

黒髪の少女は答えた。

「私は『自由の使者《エミッサリー・オブ・リバティ》』の戦闘隊長、ジュエルよ。あなたたちを解放しに来たわ」

「解放だぁ？」

「そうよ。今日でこの都市鉱山は閉鎖になるの」

言われて顔を見合わせる労働者たちへ、ジュエルは続ける。

「あなたたちはもう、こんな劣悪な労働環境で働く必要はないの。これからは自由に生きていいのよ」

労働者たちは何言ってんだこいつ半分、何言ってるかは理解したが訝《いぶか》しさ半分。

反応の薄さに、ジュエルの後ろにいた隊員が尋ねた。

「……どうしますか隊長？」

ジュエルは嘆息して声を潜めた。

「アンダーグラウンドのマシーナには学《インテリジェンス》というものがないのよ。自分たちのこれまでの状況がどういうものか、私たちが何をもたらそうとしているのか……それを理解するだけの教育すら与えられていないのよ」

「しかし隊長、今はそれを一から説明する時間がありません」

ジュエルは頷《うなず》いてから、労働者たちへ向き直った。

「もちろん、ここでゴミ拾いを続けたければそれも自由のうちよ。それよりあなたたち、ここにマザー・ゼネフは来なかったかしら？」

親方が大袈裟《おおげさ》に首を傾げた。

「は？　なにトンチキなこと抜かしてやがる。マザー・ゼネフはカーディナルタワーのてっぺんにいる、まさに天の上のお方だ。こんな底辺のダストシュートにいるはずがねぇだろ」

「本当に？　彼女が地下に逃げたことは間違いないのよ。もし、隠し立てをするようなら容赦しないわよ」

それが売り言葉となったように、親方が買い言葉を放つ。

「てめぇ……黙って聞いてりゃ、マザー・ゼネフをまるで犯罪者みてぇに抜かしやがって。コトと次第によっちゃタダじゃおかねぇぞ」

「あなたはマザー・ゼネフがまるで神であるかのように言うけれど、それは大間違いよ。彼女は……」

「うるせえっ!!」

親方が一喝した。

「大体俺は、自由派なんてカルトが嫌いなんだ。いいか、俺たちがこうやって生きていられるのは誰のおかげだ？　マザー・ゼネフが機械を使い捨てにするニンゲンどもを滅ぼし、この機械化帝国を作って、俺たちマシーナを生み出してくれたおかげじゃねえか。マザー・ゼネフが俺たちをニンゲンどもから解放してくれたんだ」

　大きなツルハシの柄を握る親方のアームに、力が籠《こも》る。

「そんな偉大なマザーへの感謝も忘れて、自分たちさえ自由になれりゃそれでいいなんて、私利私欲で地球を食《く》い潰《つぶ》そうとした大昔の邪悪なニンゲンどもと変わりゃしねえ！　そんなもんは自由でもなんでもねぇ、自分勝手って言うんだ！　お前らはそうは思わねぇのか⁉」

　しかしジュエルは泰然と言い返す。

「思わないわね。マザー・ゼネフなんて所詮《しょせん》、この国のネットワーク中枢を使って自分のいいようにこの国を支配していた人格プログラムにすぎないわ。私たちはその幻想を打ち壊して、あなたたちのような哀れなマシーナを解放するために立ち上がったのよ」

　表情一つ変えぬジュエルの言葉に同調するように、すぐに別の声が上がった。

「そうだぜ親方、毎日毎日上から言われた通りジャンクを掘ってる俺たちだって、ニンゲンがいた頃の機械と大して変わりねえじゃねえか！」

「そうだ！　昔の奴隷みたいな機械になろうとしてる俺たちを解放するって、自由派は言ってるんだ！」

　そうだそうだという声に、しかし別な者が異を唱える。

「だからって武器で戦ったりしたら、欲望のために戦争を繰り返して地球を汚した邪悪なニンゲンと同じなんじゃないか⁉」

「そうですよ、合理的じゃありません！　我々マシーナは、もっと冷静で誇り高く、スマートであるべきです！」

　そこにまた別の者から声が上がった。

「でもマザー・ゼネフは嘘をついてたんだ！　本当はまだ絶滅してなかったニンゲンが攻めてきたってのがその証拠さ！」

「ああ、地上じゃものすごい数のニンゲンが、マザーに復讐《ふくしゅう》するために機械化帝国を滅ぼしに来ているんだぞ！」

「親方がいつも言ってることは、ただのお伽噺《とぎばなし》だったんだ！」

「だったら、なおさら仲間割れしてる場合じゃないだろ⁉」

「クーデターなんかしてないで、みんなで協力してニンゲンに立ち向かうべきだ……！」

「違う、争いを避けるためにも、ニンゲンを滅ぼそうとしたマザー・ゼネフを引き渡して和平交渉をするんだ！」

「バカバカしい、ニンゲンは生物だから論理プロセッサなんて積んでないんだぞ！　知性もないのに言葉での交渉なんてできるもんか！」

　いつしかその場は、労働者同士のみならずリバティの隊員らも巻き込んでの論争に発展していた。

◆

そんな様子を。

マヒロたちはダストシュートの片隅、解体前の大きなジャンク塊の陰に身を潜めて見守っていた。

「なんか、ものすっごく紛糾してるみたいだけど……」

マヒロの言葉に、パッティが唸《うな》った。

「ああ……、これは……思った以上にマズイのだな……」

親方のマシーナはカルトと切り捨てたが、それ以外の者たちの間では意見が分かれている。それは自由派の言葉がカルトというレベルをとっくに超え、政治的主張として受け止められている証拠であった。

「地下の連中に不満が高まっているという話は私も聞いていたのだが……ここまでハッキリとゼネフ様を非難しているのは、自由派だけだと思っていた」

「自由派以外は、もっとゼネフ様に従順だと？」

「少なくともあんなふうに声に出して表明するはずがないのだ。危険思想を持った不穏分子と知られれば逮捕されて、人格モジュール矯正のためにデータセンターに送られてしまうからな」

「……送られると？」

「そういう危険思想の部分を物理フォーマットして、正しい情報に書き換えられるのだ」

「わーお、ディストピア……」

3

「お前、さては自由派のスパイなんじゃないか……!?」

「なんだと！　そっちこそ支配勢力の犬なんだろ!?」

思想の衝突はいつしかそれを述べる者同士の口撃に変わり、同じ立場のはずの労働者たちの間に一触即発の気配が漂い始める。

「やめろてめぇら、工具を相手に向けるんじゃねぇ！　やるってんなら俺が力尽くでスクラップにしちまうぞ！」

親方が叫ぶが、すでにそんな声も届かぬほど面々はヒートアップしていた。

「そういう親方はどうなんだ!?　あんたの崇拝するマザー・ゼネフが、あんたに何をしてくれたって言うんだ⁉」

「そういうことじゃねぇだろ！　俺はそんなことを言ってんじゃねぇ、俺はただ……！」

親方が言うより先に。

労働者たちの自発的な意識の芽生えを後押しするように、ジュエルは声を上げた。

「あなたたち、一生このダストシュートでジャンクを掘り続けるだけでいいの⁉　私はそれが嫌だから必死で勉強して地上へ行って、先進教育センターに入った！　そしてこの国が、ただ搾取と消費を繰り返すだけの何の発展性もないシステムにすぎないことを知ったわ！　私たちはあなたたちのような、都合のいい労働力として扱われているマシーナに真実を伝えたいの！　これからこの国は変わっていく！　この国で暮らす私たち自身の手で変えていくの！　それが自由ということなのよ！」

それにリバティの隊員たちが続く。

「みんなで立ち上がろう！　みんなの力でこの国を生まれ変わらせていこう！」

「名前を騙《かた》るだけの神はもういない！　今こそ私たちが私たち自身で解放されるときだよ！」

流れが……傾いていく。

◆

「まずい……あの数のマシーナが全部敵に回ったら、もう脱出できなくなる……！」

危機感を募らせるマヒロの肩を、パッティが掴《つか》む。

「私が囮《おとり》になってあいつらを引きつけるのだな。ニンゲン、オマエはゼネフ様と一緒にあのゲートから逃げるのだ。出口はあそこしかない」

マヒロは首を横に振った。

「だめだ、それは悪手になる。ここを出て、その後はどうする？　記憶のないゼネフ様とこの国のことを知らない僕だけじゃ、目隠しで歩くようなものだ」

「おいニンゲン、わかったような口をきくな。戦闘用の素体はあのジュエルという隊長だけで、他は一般素体だ。ゼネフ様のガーディアンである戦闘専用の私なら……」

パッティが言い終える前に、ゼネフは音もなく立ち上がった。

反射的に。あるいは本能的にと言ってもいい。

工具を仲間同士で向け合う労働者たち。それに銃器を向けるリバティの戦闘員たち。

その光景を目の当たりにしたゼネフは居ても立ってもいられなくなり、ジャンクの陰から歩み出していた。

「お母様……!?」

「ゼネフ様っ、まずいのだ……！」

二人が呼び止めたときにはもう遅かった。

「お、おい！　見ろ、あれ！」

「えっ……？　まさかっ……!?　マザー・ゼネフ……!?」

「本当だ、本当にゼネフ様だ……！」

「マザー・ゼネフだ……！」

マシーナたちがざわめいている。こうなってはやむを得ない。

「パッティ、君はここにいろ……！」

「なっ……!?　なんで私がニンゲンの指図なんか……！」

「ゼネフ様の権威があれば僕の口八丁が通じる、駄目だったら君はそこから奇襲をかけるんだ！」

「お、おい、ニンゲン……！」

追って飛び出したマヒロは、マシーナたちのもとに辿《たど》り着《つ》いたゼネフの、半歩後ろに控える。

これまでの話の流れを考えれば、いつそれが袋叩《ふくろだた》きのための包囲網に変わってもおかしくはない。

そんな中、ゼネフは。

「ええ……と。みんな、こんにちは」

たおやかな笑みで小さく手を振った。

「す……すげぇ、ホンモノのマザー・ゼネフだ！」

「キレイ！」

「可愛い！」

「神々しい！」

「こんにちは！」

ゼネフの目には、そう讃《たた》えるマシーナたちの姿が愛らしく見えた。

この国のことをまるで覚えていなくても、先程までのマシーナ同士でいがみ合っている姿より、同じ方を向いている今のマシーナたちの姿の方が、ずっと愛おしく感じられた。

それでゼネフは安堵《あんど》した。

そしてゼネフはマヒロとパッティの話から、またマシーナたちの論争の内容から、自分という存在をある程度自覚していた。

だから。

「みんな、お互いを傷付けるようなことをしてはいけません」

神であり、王であり、母であるなら。

その子供たちに対して言うべきことを、言い聞かせられるはずだ。

「今日の作業はお休みにして構いませんから、まずみんなの持っている工具をその場に置きましょう。それから、みんなで話し合うのです。その上で納得のいく結論が出たなら、私は自由派のもとにでも、ニンゲンたちのもとにでも同行します。どうですか？」

がしゃっ……と。親方がまるで何かのスイッチでも切れたように、ツルハシをその場に取り落とした。そしてゼネフに向かい、祈るように手を組み合わせた。

「み、見ろっ……やっぱりマザー・ゼネフは俺たちのマザーなんだ……！　自分のことより、俺たちのことを第一に考えてくださってるじゃねぇか……！」

あのマザー・ゼネフがまさか本当にこんなゴミ溜《た》めに、ネズミのように隠れ潜んでいたと思わなかったジュエルは、はっと我に返る。

「騙《だま》されないで！　マザー・ゼネフの内面は恐ろしい支配者なのよ！　それにさっきもう、あなたたち同士で話し合って、自由になろうって決めたはず……！」

だが、親方は首を横に振った。

他のマシーナよりも大柄な親方であるから、安全ヘルメットを脱いだその頭が左右に振れる様子は誰の目にもよく見えた。

「いや……俺はいい」

そして部下である労働者たちへ言った。

「この最下層で、毎日毎日同じことの繰り返しから抜け出してぇってお前たちの気持ちは痛ぇほどよくわかる……俺は、お前たちの誰よりも長くここで働いてきたからな。だから、行きたきゃお前たちだけで行け」

「なっ……なに言ってんだよ親方……！　わかるって言うなら、親方も一緒に行かなきゃだめだろ……!?」

「俺は、クーデターや暴動みてぇな真似をしてまで、ここを離れようとは思わねぇ」

親方は両手を広げて、辺り一面を示した。

「見ろ、このジャンクの山を。俺たちがいなくなったら、誰がここを片付けるんだ？　この国が変わっても変わらなくても、誰かがここでジャンクを掘らなきゃ、上の街はいつか資源が枯渇してしまう。この国のリサイクルシステムが滞っちまったら、いずれニンゲンどもみてぇに地球を食《く》い潰《つぶ》さなきゃいけなくなる。俺はそう思って……誰にも褒められなくても、ここで働くことが国や街を支えることだと思って、それを誇りにしてやってきた。それがこの国や俺たちを作ってくれたマザー・ゼネフへの、俺にできる、せめてもの恩返しだと思ってだ」

それまで知ることのなかった親方の心情を聞き、労働者たちは各々思うところがあるように顔を見合わせている。

親方は自嘲《じちょう》する。

「それにどうせここから出たって、俺には他にできることなんてありゃしねぇんだ。他にできねぇから、こんな地の底のダストシュートまで落ちてきたんだ。俺は……ここでいい」

それを聞いた他のマシーナたちの中にも、がしゃがしゃと工具を手放す者が現れた。

「俺もだよ親方……。今さらここから出たって、何していいかわかんねぇや」

「ああ、ここなら外装が凹んでても、パーツがちぐはぐでも、地上みたいに笑われたりしないしね。気楽でいいよ」

「確かに誰かがここにいなきゃ、あっという間にジャンクでパンクしてしまうもんな」

そういった理由の者たちもいれば、そうではなく、力強く工具を置く者たちもいた。

「俺は自由にはなりたい……でも自由派がそんな銃を振り回して暴力に頼る限り、俺は加わらない！」

「私たちはマシーナなんだ！　いくら性能の悪い、創造性の欠片《かけら》もない雑素体だとしても……目的のためなら形振り構わないような、邪悪なニンゲンに落ちぶれるのはまっぴらごめんだ！」

「そうです！　僕たち機械は動物とは違うんです！　マシーナはマシーナらしく論理的に話し合うべきですよ！　そのための論理演算モジュールじゃありませんか！」

そして意見がまた分かれた。

4

（だからインテリジェンスのない下級マシーナは……！　その良心のせいで、搾取されているという事実に目を向けられないのよ……！）

ジュエルは過去の自分を思い出し、暗澹《あんたん》たる気持ちになった。

学習の機会を与えられず、自ら知識を得ようともしない下級マシーナは、だから時代錯誤な崇拝に酔うことしかできない。マザー・ゼネフというシンボルが現れたことで、その気持ちに拍車がかかってしまった。

その間にも、論争は繰り返されている。

「いくら頑張ったって上の連中は誰も俺たちに感謝なんかしていないんだぞ！」

「だからって工具で殴ったり武器で脅したりしちゃいけないよ！」

「そんなのは戦って壊れるのを恐れている、臆病《おくびょう》者の言い訳だ！」

「なんとでも言え！　どうせ俺たちには戦闘機能なんてないんだからな！」

「ああ、親方の言う通り、クーデターをやりたければお前たちだけで行け！」

埒《らち》が明かない。事ここに至っては、話し合いは平行線の一途だろう。

ジュエルは嘆息した。

「……もういいわ。どうせ反対する者は武器を持っていない。マザー・ゼネフを捕まえるのよ！　抵抗する者は破壊しても構わないわ！」

双方の緊張が極限まで高まり、いよいよ最後の一線を越えるかに思われたそのとき。

「控えろ‼　無礼者‼」

誰かがマシーナたちより遥《はる》かに大きな声で一喝すると、何事かと、辺りは水を打ったように静まり返った。

「ゼネフ様は話し合いがつけばどこへなり同行すると言っている！　そんな丸腰の者に武器を振りかざす卑怯《ひきょう》者が政治を変えれば、結局は強者が弱者を虐げるだけの国になるぞ！　君たちが欲しいのは、そんな乱暴者だけが手に入れられる自由なのか⁉」

「ニンゲン……⁉」

人類連合からの使者が、ゼネフと共に行方をくらませたことはジュエルも知っていた。

ゼネフが人類側に亡命したか、あるいは人間がゼネフを人質に取ったかでリバティ内部の見解は分かれたが、同行していたのは事実だったようだ。

であればこそ、今は呆気《あっけ》に取られている場合ではなかった。

機械化帝国の命運を左右する重要人物の二人がここに揃《そろ》っている。

革命の成否如何《いかん》がここで決着する。

ジュエルは進み出て、人間へ告げた。

「私たちの武器は、虐げるためのものではないわ。支配勢力の」

「治安維持のためには、公権力や法的拘束力は必要だ。だが問題は、それを打ち倒してまで全く同じような暴力が支配する国を作ることに何の意味があるかということだ。同じものを手に入れるために今あるものを壊し犠牲を払う、その合理的な理由はなんだ？」

「そっ、それは……でもっ……」

論理演算モジュールも持たないはずのたかがニンゲンから、畳みかけるような言葉を浴びせられたジュエルは答えに詰まった。

全く同じ国になると決まったわけではないが、マヒロは有無を言わさずそうと決めつけた。相手の言い分を聞くように見せかけ、しかしそれについて深掘りすることはなく、自分の言いたいことを一方的に押しつける。押しつけた上で論点を合理性などというどうでもいいものにすり替えた。

論じている状況が極端なこともあるが、マシーナたちがあまり込み入った議論に慣れていないことは明白だった。加えて言うなら、労働者たちは誰かの意見に簡単に流されてしまうほど純朴で、それでいて善悪を真剣に考えられるほど善良だった。

マヒロは合理的な理由と尋ねておきながら、ジュエルがその返答を考えている隙にさらに話題をすり替える。

「弱い者を武器で脅すような卑怯な真似に勇気は必要ない！　勇気とは恐怖を克服する心のことだ！　正義とは、勇気でしか立ち向かうことのできない戦いのことだ！　その戦いには武器や戦闘機能や、立派な素体は必要ない！　君たちの誰もが持っている理性の正しさに従うだけでいい！　この国を統べるゼネフ様だからこそ、全てのマシーナにはその理性があると知っている！　自分の子供たちには、その勇気があると信じている！　だから武器も持たない丸腰の姿で君たちに語りかけたんだ！」

定義や前提はさておいて、聞こえだけはロジカルに、しかし声の抑揚はドラスティックに。

「君たちはその信頼に応えなければいけない！　上手く喋《しゃべ》れなくても、いま感じている気持ちを伝えるんだ！　その言葉に冷静に耳を傾けるんだ！　時間をかけると言っても一か月も二か月もかかるわけじゃない！　見ての通り、ゼネフ様は逃げも隠れも……！」

がしゃん、と。

マヒロがまだ言葉を終えぬうちに、また誰かが工具を手放した。

「俺は……いい。自由にはなりたい……けど、自分が間違った真似をしようとしていたことはよくわかった……」

また誰かが、工具を取り落とす音がした。

「そいつの言う通りだ……このままじゃ誇りも、自慢できるものも、なくなっちまう」

「へへ……つまらないことで威張り散らすだけの、上級マシーナみたいになってしまうところだった……」

「戦闘機能を持たない俺たちが束になったってたかが知れてるけど、理性と誇りなら、俺たちだって守れるよな……？」

「ああ、俺ら、ダストシュートに送られるようなポンコツだからな。それくらいしか守れるものなんてねぇよな……」

「俺が間違っていました、マザー・ゼネフ……」

「俺も……」

「私も……」

「許してください、ゼネフ様……」

労働者たちが電子ウィルスの拡散でも受けたように意気消沈し、ゼネフに対して頭を垂れていく姿に、ジュエルは歯噛《はが》みし、リバティの隊員たちは戸惑いを隠せない。

「くっ……!?　みんな惑わされないで！」

ジュエルはライフルのセーフティーを解除した。

ゼネフは姿を現しただけだ。

どこの何とも知れないニンゲンが言葉を並べただけだ。

そうだ……たかが、それだけだ。

「多少の犠牲はやむを得ないわ！　今はマザー・ゼネフの身柄を確保することが最優先！邪魔する者は全て支配勢力として破壊しなさい！」

ジュエルが命令と共にライフルを構えると、隊員たちもそれに倣った。

（全権コードだけなら、スクラップからでも回収できるはず——！）

だが、ジュエルはそのことに意識を取られすぎた。

間違いなくゼネフへと照準を合わせていたが故に、大きなスクラップの後ろから音もなく飛び出す影に気付けなかった。

「テロリスト風情が、ゼネフ様に銃を向けたな⁉」

「っ⁉」

数十メートルを跳躍したパッティが猛禽《もうきん》のようにジュエルに迫る。

ジュエルは視覚センサーより先に風切り音に気付いて盾を持ち上げ、間一髪でパッティの蹴《け》りを防ぐ。だが全体重の乗ったその一撃で盾はヒビ割れ、それを手にしていたジュエルの肩肘《ひじ》の関節が悲鳴を上げた。そしてそれでも衝撃を吸収しきれず吹き飛ばされ、ジャンクの上を転がった。

「隊長⁉」

「隊長を援護しろ！」

「雑魚《ざこ》は引っ込んでいるのだッ!!」

ゼネフへ銃を向けた反徒に対して怒り心頭のパッティは、隊員の撃つレーザーをバリアフィールドを展開して難なく防ぎ、砲弾のような打撃でそれらを蹴散《けち》らしていく。

「だめだ、レーザーじゃ通じない！」

「銃を使うな、味方に当たる！　警棒を……！」

（くッ……！　まさかこのタイミングまでガーディアンが隠れていただなんて……!?）

起き上がったジュエルはかぶりを振って、衝撃におかしくなった平衡機能を補正する。

敵は最高クラスの戦闘専用素体を持つマザー・ゼネフの側近。並の戦闘用素体でも敵う相手ではない。

「みんな逃げなさい、相手はセイクリッド・ガーディアンよ！　今の戦力では勝ち目はないわ！」

「しかし、隊長……！」

ジュエルはライフルを構えて乱戦の中に飛び込む。

「私なら時間を稼げる！　地上から応援を呼ぶのよ！　急いで！　早く！」

かわしようのない至近距離で撃ったはずのプラズマ弾さえ、しかしバリアをまとったパッティの手の平に弾かれた。

「オマエじゃ無理なのだな！」

「ぐっ!?」

返す刀のように繰り出された打撃を銃身で防ぐが、一発でライフルがひしゃげてしまう。

次の行動へ移るより早くその手首を摑《つか》み取られ、ジュエルは宙を舞い、地面に叩《たた》き付けられる。

「か、はっ……！」

ジュエルは気付いたときにはうつ伏せに腕を締め上げられ、パッティの膝《ひざ》に背を押さえ付けられていた。

動きが速すぎる。素体の性能差がありすぎる。

「テロリストめ！　スクラップにされたくなければ大人しくするのだ！」

「くっ……！　テロじゃないわっ！　これは革命なのよっ……！」

隊員たちは武器を構えたままだったが、隊長が生け捕りにされてしまったのではおいそれと手出しができない。

そんな膠着状態《こうちやくじようたい》に割って入ったのはゼネフだった。

「パッティ、放してあげなさい」

「えっ……!?　でもゼネフ様、コイツは……！」

驚くパッティに、ゼネフは女神然としてたおやかにかぶりを振った。

「全てのマシーナには、話せばわかり合える理性があるのです」

「いやそれさっきソイツが言ったことの受け売りなのでは……」

パッティの声など届いていないか無視したかのように、ゼネフはマヒロに尋ねる。

「そうですね？　マヒロ王子」

「ええまあそうなんですけどしかしさすがにこの場合は本音と建前というかそれはそれとしてこれはこれというか」

ネットワークというものが使えない現状、生け捕りにできた敵勢力はそれだけで貴重な情報源。しかし、先程のマヒロの演説に他のどのマシーナよりも感化されていたのが、実は他ならぬゼネフ自身だったりした。

「私はこの国に暮らす全てのマシーナたちの母。私は私の子供たちの勇気を、信じているのです……」

きらきらきらと後光でも見えそうな微笑を浮かべるゼネフ。

諦《あきら》め半分のパッティに視線を向けられたマヒロは、呆《あき》れ半分に肩を落とすしかなかった。

「まあ……捜索に使われるような末端の構成員じゃ、一発でクーデターをひっくり返せるほどのキーパーソンでもないだろうし……」

「それはそうなのだが……。いや、私はゼネフ様が言うのであれば従うしかないのだが……」

だからパッティとしては、マヒロに諫言《かんげん》して欲しかったのだが。

パッティはやむなくジュエルの手を放し、その身体を解放した。

半ば生命さえ諦めかけていたジュエルは、信じられない思いで慎重に上体を起こす。

「ほ……本当に見逃すつもりなの……？　私がここで危害を加えなくても、私があなたたちの居場所を伝えたら……」

「もちろん、あなたがそれが正しいと思うのならそうしなさい。ですが……」

ゼネフはそんなジュエルの前に膝をつき、視線の高さを合わせ、彼女の手に触れた。

……次の瞬間。

「「あっ」」

ゼネフとジュエル。

二人が、同じタイミングで同じように声を上げた。

5

マシーナは生物ではないため、製造される。

その過程で、個性の生成のために感情プログラムにファジーなランダム性が与えられはするが、基本的には機械化帝国民に相応《ふさわ》しい、有能なマシーナとなるべく製造される。そして社会適応のための教育で知識を蓄え、他者との交流によって経験を蓄積していくにつれ、一個の人格が形作られていく。

と同時、より優秀な者と、そうでない者とに否応なく分かたれていく。

優秀な者の方が絶対的には多くとも、そうではない者も相対的に生まれてしまう。

その結果として犯罪に手を染めた者や、無能の烙印《らくいん》を押《お》された落伍《らくご》者、地上社会から弾き出された者たちの行き着く先が、ダストシュートのあるアンダーグラウンドだった。

コミュニケーションが不得手という些細《ささい》なメンタル的欠陥を持ったジュエルは、一度はアンダーグラウンドへと落とされた。だがそこには、自分よりもよほど駄目そうなマシーナがたくさんいた。モラルのない犯罪者も、やさぐれた不良マシーナもいっしょくただった。

罪を犯して逃げてきたわけではないジュエルは、自分がまるで悪者のように思われ、扱われるのは納得がいかなかった。自分はそんな落伍者たちとは違うはずだ。ただコミュニケーションが苦手なだけのはずだ。優秀なことを証明できれば、地上へ戻れるはずだ。

とりわけ機械化帝国の基幹を担う人材、『セイクリッド』を育成するための高等教育機関、先進教育センターならば優秀なことさえ証明できれば誰でも入学できる。

だからジュエルは自分の全存在をかけて挑戦することにした。入学のための勉強を開始し、コミュニケーション力を養うためにヒトの多い酒場でのアルバイトもこなした。

そして学園に合格した。

真新しい制服をまとった、バイオスキンの上級素体。

鏡の中のそんな自分を初めて見たとき、ジュエルは努力で未来を変えられることを知った。自分に自信を持った。目に見える世界の全てが素晴らしいものだと感じられた。

「……だから私はみんなに知って欲しかったんです。努力すれば、未来を変えられるって伝えたかったんです。最悪なダストシュートで、いつも文句を言いながら働いているようなヒトたちにも、だったら諦めないでって……そう言いたかったんです。だから私は、この国が変われば、みんながそんなふうに考えられるようになるって……、そう思って……」

そんなジュエルの意識に、ゼネフは頷《うなず》いた。

「そうですね。あなたの気持ちはとても正しいものです。だから武器なんか向けなくても、きっとみんなあなたの言葉に耳を傾けてくれるはずです」

「でも……でも、あの親方のように話を聞いてくれなかったら？　うまく喋《しゃべ》れなかった昔の私みたいに、誰も私の言うことなんて聞いてくれなくなったら……！」

ジュエルの中に漂うそんな薄暗い何かを、ゼネフは両手でぽんと包み込んだ。

「大丈夫。私が聞きます。他の誰も聞いてくれなかったとしても、私が聞きます。私は、あなたの母なのですから」

◆

一秒か、二秒か。

ダストシュートの中で流れた静寂な時間は、ほんのその程度だった。

はっと我に返ったようにジュエルはゼネフから手を離し、尻《しり》をついたまま後ずさった。

そして両手をついて、土下座のようにゼネフに頭を下げた。

「わ……私が間違っていました……！」


「「「えええええええええええええっ——!?」」」

マヒロも親方も労働者もリバティの隊員たちも、その場に居合わせた全員が敵も味方もなく驚きの声を上げた。

下手な命乞《いのちご》いなどではない。すでにパッティはジュエルを解放していて、後ろの隊員たちはまだ武器を手にしているのだ。

「た……隊長!?　どうしちゃったんですか!?」

「しっかりしてください、隊長！」

心配する隊員たちを、ジュエルは振り返る。

「その……ごめんなさい。自由は大事……けど、同じマシーナにあんなに簡単に銃を向けるなんて、私は間違っていた……。何かおかしかった。私はもう、あなたたちの隊長にはなれないわ……」

隊員たちはジュエルが生真面目な性格で、嘘や冗談でそんな言動を始めるようなふざけた隊長ではないことを知っていた。だからこそ、そんな変わりようを目の当たりにした危機感は並大抵ではなかった。

「っ、た、退却！　隊長は何かおかしい！　何かされたんだ！　ウィルスかもしれない！　後退、後退！　地上へ連絡する！」

判断の早い一人の声で、リバティの隊員たちは慌ててダストシュートから逃げていった。

6

ジュエル曰《いわ》く。

「……先進教育センターに入学して才能を認められた私には、全てが輝いて見えました。

マザー・ゼネフの統治する、この機械化帝国という世界は完璧《かんぺき》だと信じていました。けれども時間が経《た》つにつれて、優秀な者だけが集められた学園の中では、私は結局平凡以下でしかないことを思い知らされたんです。それで自信を失って……」

勝てる者は最初から勝てるように製造され、また逆に、生まれながらに努力してもどうしようもないマシーナもいる……皮肉にもアンダーグラウンドのマシーナたちを見てきたジュエルだからこそ、そのような現実が身をもって理解できてしまった。

マザー・ゼネフの統治する世界は完璧なはずなのに、なぜそんな不平等や不公平が？

そう思ってセイクリッドの候補生として国のことを学び、その根幹を知るにつれ。

全てのマシーナは生まれながらに、マザー・ゼネフとこの国を信じ込むようプログラムされているだけなのではないか……そう思うようになっていった。

「いま思えばその頃から、私はリバティの考えに傾倒していったんだと思います。全てのマシーナは、生まれながらにしてマザー・ゼネフに裏切られているのだと」

ジュエルは気落ちしていた。ゼネフに触れられた途端、なぜあんなに急激に自分の内面が変化したのかはわからなかったが、その意思と意識ははっきりとしていた。

「ただ、わ、私はっ……自由な世界……という考えが間違っているとは、今も思っていません。この国には、不平等と、不公平と、性能による差別や偏見が横行しています。製造過程や才能、機能に頼らずとも誰もが輝くことのできる、本当に自由な世界というものが作れるのなら……私はそのための力になりたい。その気持ちは、今も変わっていません」

ギッ、とパッティが険しい目を向けて何やら言おうとしたが、それをマヒロは片手で制した。

ジュエルはそんな無言のやり取りにも気付かず、懺悔《ざんげ》の言葉を続ける。

「でも以前の私なら、どんな目的のためであれ、銃を持つなんて恐ろしいこと自体、できなかったはずで……そう思ったら、自分が何かに操られていたような気がしてきて、途端に怖くなってしまって……」

話を聞き終えたゼネフは優しく頷いた。

「そうですか。よく話してくれましたね。大丈夫、私たちが戦う必要なんてなかったのです」

「ですが……どんな理由であれ、私がマザー・ゼネフに銃を向けたのは事実です。それにいま言った通り、私はまだこの国に対して疑いを持っています……。いかなる処分も受ける覚悟です……」

ゼネフは我が子を慰めるようにジュエルの髪を撫《な》でた。

「いいえ。あなたは何も悪くありません。今のちょっと引っ込み思案なあなたが、本当のあなたなのですね。私にはわかります。あなたは少しメンタルが疲れてしまって、バグのような魔が差しただけなのです」

「ですけど……。そんな……許してもらえるんですか……？」

「ええ、もちろん許します。私はこの国に暮らす全てのマシーナの母。あなたの母《マザー》でもあるのですから」

ゼネフの笑顔を見つめる、ジュエルの瞳《ひとみ》が潤む。

「あ、ありがとうございます……！」

話を聞いていたマヒロは首を傾げた。

「この子が改心してくれたのは有り難いことですけど、結局お母様は何をしたんです？」

「いえ……私もよくは……」

当のゼネフが、不思議そうに己の手の平を見詰めていた。

「ただ、彼女と対話……。心に触れた……ような？」

正確にはジュエルのアイデンティティを構成するデータが、ゼネフの中にビジョンとして垣間見えた。

「ジュエルというこの子が、アンダーグラウンドや、先進教育センターで経験してきたこと。その時々に彼女のメンタルがそれらをどう受け止めたかということ。タイムラプスのようなそんな流れの中で、何か小さな引っかかりを感じたのですが……」

「引っかかり？」

「そう。メモリの中でそこだけ何か不自然な、バグのような。さっきこの子が言った通り、この子がリバティに傾倒していったのは、その引っかかりができた以降のことのようです。どうしてそんな引っかかりができたのかまではわかりませんでしたが……神である私なら、取り除けるようです」

「ゼネフ様」

口を挟んだのはパッティだった。

「こいつから情報を引き出すのも重要なのだが、さっき逃がした連中が仲間を連れてきたら脱出が難しくなるかもしれないのだ。今はこの場を離れるのが先決なのだな」

オマエも何か言え、と言わんばかりに視線を向けられ肘《ひじ》で小突かれたマヒロは、反対する理由もないので頷《うなず》いてみせた。

「お母様の献身的な振る舞いのおかげで、ここのマシーナたちはとても友好的です。一旦《いったん》どこか安全な場所を紹介してもらうなり、道案内なりしてもらうのはどうでしょう？」

「あの……」

と、小さく手を挙げたのはジュエルだった。

「私が言うのもなんですけど、アンダーグラウンドのことなら私、少しは……」

「ふざけるな、さっきまで敵だったオマエの言うことなんか、到底信用できないのだな……！」

と、パッティは憤るのだが、ゼネフは微笑むままだった。

「ありがとうジュエル。ではあとで案内をお願いしますね」

「ゼネフ様……!?　こんな奴、いつまた気が変わって自由派に寝返るかもわからないのだ！　今までの話だって全部演技かも……！」

「パッティ」

「はい」

「私はこの子を信じます。だって私の子供なのですから。あなたも仲良くしてあげてください」

「う……。いや……、しかし……なのだが……。はい……」

どうあってもゼネフには逆らえないパッティに、ゼネフは嬉《うれ》しそうに微笑んだ。

「そうそう、それと私はここのみんなに助けてもらいました。このままただ逃げたのでは、彼らを都合よく利用しただけのようではありませんか」

リバティの隊員たちが去ったことで、親方たちはすでに、日々と同じような労働に戻っていた。

しかしその姿は、これまでのような諦観《ていかん》に鬱屈《うっくつ》したものではなかった。

ゼネフに会い、親方の言葉を聞き、自らが誰のために、何のために働いているのかを悟った労働者たちの姿は、はつらつとして活気に満ちていた。

「ゼネフ様は神様なのだから、こんな場所の奴ら使い捨てでいいのだ」

「王族出身の僕が言うのもなんですが、普通の王様も割とそんな感じですよ？」

ゼネフはまるで聞こえていないかのように、作業現場へと踵《きびす》を返す。

「今日の終業まで、私たちもここでお手伝いをしていきましょう。私はただ搾取するだけの独裁者ではなく、全てのマシーナに愛を与える母なのですから……」

きらきらきら。

「……ゼネフ様は昔から割と見栄っ張りなところがあるのだ……オマエが余計なことを吹き込んだせいだぞ、ニンゲン」

「思い付きのハッタリに、あそこまで感化されるなんて誰も思わないじゃないか」

「ほらパッティ、マヒロ王子！　ジュエルも……！」

「えっ……？　わ、私も……ですか……？」

労働者に交ざって楽しげにジャンクを掘り始めたゼネフの姿に、マヒロとパッティはやむなく肩を落とした。

そして戸惑うジュエルを連れて、三人でゼネフのもとへ向かうのだった。

第二章　熱い蒸気の心たち

1

荒野の只中《ただなか》に突如現れる摩天楼。直径七キロのサイバーシティ。百万マシーナを擁する機械化帝国首都ユートピア。その中心に天を支えるようにそびえ立つのが、機械化帝国の中枢である枢機塔《カーディナルタワー》であった。

しかし、いま玉座には、それまであった神の姿はない。

代わりに歩み寄ったのは、マザー・ゼネフと酷似した女性型素体だった。ゼネフより髪が短く、ローブの代わりに飾り気のないボディスーツを身に着けている以外には、外見で見分ける方法はない。

彼女は人形のように無機質に玉座の前まで来ると、それが当然自分の物であるかのように無感動に、何の感慨もなくすとんと腰を下ろした。

それを見た白髪で肌も色白、白い制服姿の少女が儚《はかな》げに微笑む。

「どう、リアル？　マザーの玉座に座った気分は？」

〝本物《リアル》〟と呼ばれた彼女は答える。

「悪くありませんね。むしろ良い」

「それは良かった」

「あなたも座ってみますか？　セラト」

セラトと呼ばれた彼女こそ、エミッサリー・オブ・リバティを率いるこの革命のリーダーであった。

「僕はいいよ。君の場所だ」

「そうですか」

リアルは玉座の肘掛け部分のコンソールからネットワークにリンクしようとして、弾かれた。

手にした端末でそのログを確認しているセラトに、入り口から声がかかる。

「どうだ？　リアルは繋《つな》がったか？」

そう問いかけるのはセラトと同じ制服姿の、長髪をひとまとめに縛った少女。

セラトは軽く首を振った。

「だめだよ、グレイス。やっぱりここも、マザーのコードが必要みたいだ」

「そうか。その玉座は機械化帝国の全てを司る、言わばメインコントローラーだ。当然と言えば当然だが……」

「タワーの制御権だけなら大した時間はかかりません。元は私のものなのですから」

玉座にかけたリアルはさして気に留めた様子もなく、人形のように問う。

「〝偽物《フェイク》〟の方はどうなりましたか？」

グレイスは思い出したように答えた。

「見つかった。やはりアンダーグラウンドだった。だが……」

どう言うべきか言葉を迷うグレイスに、セラトは肩をすくめる。

「何か問題が？　ジュエルの戦闘力と指揮能力なら、アンダーグラウンドで予想できる大抵の障害を排除できるはずだ」

アンダーグラウンドは、地上から爪弾きにされたような厄介者の吹《ふ》き溜《だ》まりだ。地上のような綺麗《きれい》ゴトは通用しない、アウトロー社会が形成されている。

そんな場所だからこそ、アンダーグラウンド出身という異色の経歴を持つジュエルが、捜索隊を率いて向かったのだ。高潔で学識もある彼女であれば、そんな場所での甘言に耳を貸すこともなければ、下手な嘘に惑わされることもない……はずだった。

「……ジュエルがマザー・ゼネフへ寝返ったそうだ」

グレイスの言葉にセラトは目を丸めた。

「ジュエルが？」

「ああ、地下から逃げ帰った捜索隊の全員が証言している。にわかには信じがたい話だが……マザー・ゼネフに触れられた途端、まるでハッキングでもされたように考えを変えたそうだ」

「ニンゲンには」

黙って二人の話を聞いていたリアルが、突如口を挟んだ。

「生みの親、育ての親という概念があるそうです。たとえ偽物の赤の他人とわかっても、今まで親と信じていたなら親と慕う。マシーナの中にもそうした哀れな子供がいるということでしょう」

セラトは気楽そうにリアルを振り返った。

「ま……僕たちにとっては、母親《マザー》と言ったらマザー・ゼネフただ一人だからね。でも、僕は別に哀れとまでは思わないよ。偽物でも本物でも、善意でも悪意でも、信じられるものがあるというのは素敵なことなんじゃないかな」

リアルはそれには答えなかった。

グレイスが続ける。

「しかもマザー・ゼネフにはセイクリッド・ガーディアンのピルリパットと、人類連合のマヒロ王子が同行している。最悪とまではいかないが、どうやら一筋縄ではいかん状況のようだ」

セラトは口元に手を当て、可能性とそれにまつわる結果を推測しながら問う。

「じゃあ、地下への対応はどうしようか？」

「今はまだ、地上で抵抗を続ける支配勢力の対処に手一杯だ。今日一日はどの戦区も余裕がないだろう」

だから地下へは、マザー・ゼネフが逃げ込んだ可能性が高いとわかっていながらも、ジュエルの隊しか捜索に回せなかったのだ。

全権コードを手に入れても、そのときにこのカーディナルタワーを奪い返されていたのでは意味がない。

「幸い、いずれの戦区もこちらが優勢を保っている。明朝までにはどこかは落ち着くはずだ」

「……時間が長く感じるっていうのは、こういう感覚なのかな」

冗談めかすように話すセラトに、リアルは言う。

「急ぐことです。向こうに迫るニンゲンたちは、あまり辛抱強くはありませんよ。あなたたちマシーナと違ってたったの百年も生きられない、哀れな生物種なのですから」

コンソールの操作を終えたリアルが最後にボタンを押すと、玉座の背もたれが開き、無数のケーブルが連なる大型のコネクターが現れた。リアルは素体の後頭部から頸椎《けいつい》にかけての外装を開け、そのコネクターを自身に接続する。

玉座の前にホロスクリーンが現れる。映っているのは望遠カメラで捉《とら》えた、わずか二十キロばかりの向こう側。そこに、人類連合軍の本陣が敷かれていた。

2

西域を越えてから何年と見続けて見飽きた、赤茶けた大地の向こう。そこだけオアシスのように森林に覆われた一帯があり、夕日を透かすなだらかなドーム状の光膜がおぼろげに見える。

機械化帝国首都、ユートピアだ。

「二日目……とりあえず今日も動きはなし、か」

両手で地面に剣を突くパリエルに、同じような姿でルナスは言った。

「前回の襲撃程度であれば何も問題はあるまい。ガラクタのロボット軍団など恐るるに足りん。あの程度なら、留意すべきは魔物の方だ」

「魔王、魔王って言われてきたのに、魔物が魔王の手先じゃなかったなんてね。いま思い出しても笑える」

皮肉げな笑みを浮かべるパリエルに、ルナスは表情を変えずに答えた。

「北の魔王が人類の滅亡を望んでいることに違いはない。我々が時空工学とやらで魔物の偏向をコントロールできたなら、我々だって魔王のように魔物を戦に利用しただろう」

「私たちって結局、円卓のアウターにいいように利用されただけなんじゃない？」

「それを言うなら、そんな円卓すらマヒロに利用されたのではないか」

人類同士の戦争を止めるために。

今ここにこうして人類連合軍を押し進めるために。

その戦力というカードを以て、魔王と交渉するために。

「姫」

呼ばれた声に、どちらもその身分であるパリエルとルナスは振り返った。

いたのは機械の片腕と赤い隻眼を持つ、白髪の青年だった。

「マヒロの奴は見つかったのか」

旧文明時代のテクノロジーで構成された鋼鉄の腕。預言者より与えられた未来視の魔眼。そのどちらをも使いこなし、今や最強の勇者と呼ばれるに至ったジェスの言葉に、ルナスとパリエルはそれぞれに吐き捨てた。

「知らん」

「知らない」

ジェスは嘆息もせず言った。

「どっちが正妻か知らねえが、お前らの未来の旦那《だんな》だろうが。ガキみてえにふてくされやがって、ちっとは心配したらどうだ」

「ふてくされてないし。誰の言うことも聞かずに本当に一人で飛び出していったアホ王子を心配する必要なんてどこにも、これっぽっちも、何もない」

「そうだな。いっそもうとっくに野垂れ死んでいてくれた方が、この先の心配事も随分と減るだろうな」

ルナスの言に、ねー、と頷《うなず》くパリエル。

ジェスの義手に内蔵された端末から、どこかあどけなさを残した女が神秘的な光とともに現れた。円卓に属する古きカミガミの一人。電子の神。Ｗｉｌｌ．ＣＯ21。

「……王子様なのに風当たりが強すぎる……。いよいよ王女様たちも堪忍袋の緒が切れてしまったようですね……」

「別にキレてないし」

「別にキレてないが」

思いっきりキレ加減で二人から言われたウィル子は、はいと頷くしかできなかった。

「それは今に始まったことじゃねえがな。見つからねえなら、本当にあの機械の国まで辿《たど》り着《つ》いたんだろう」

ジェスは夕日の沈むその方角を振り仰いだ。

「……で、いつ仕掛ける」

何気ないジェスの言葉に、二人の王女の表情がわずかばかり神妙になった。

仕掛ける。何を。決まっている。

ウィル子はいたたまれぬ様子だった。

「本当に、戦争を……？　ですが、マヒロ王子はそうならないように一人で乗り込んでいったのですよね……？」

ジェスは頷くが。

「そんなもんはあいつ個人の考えだ。味方の誰もが無理だっつって反対したようなことを、敵がまともに取り合ってくれるはずがねえ。普通だったら、もうとっくに殺されてたっておかしくねえ話だ」

魔王を倒すために、機械化帝国というその国と戦争するためにここまで来た。

マヒロの内心はどうあれ、ここにいるパリエルやルナスを含めた将兵らはそのつもりで、ここまでの数千キロと十年近い道のりを踏破してきたのだ。

他でもないジェス自身もそうだ。

魔王を殺す。そのために勇者となった。

「ゼネフってのはお前にとっても因縁の相手なんだろう、ウィル子」

「それはそうなのですが……。でも私の場合は、物理的に戦うとかそういうのはあんまり……」

パリエルは思い出したようにルナスに尋ねた。

「書き置きには……一週間だっけ？」

「ああ。一週間して音沙汰《おとさた》なければ、総攻撃の動きを見せろとあった。その時まで生きていれば、そうしたこちらの動きも交渉材料に使う算段なのだろうな」

「生きていれば、ね……あの王子のことだから、自分が死ぬことなんか織り込み済み。ここまで来てしまえば、あとは私やルナスだけでも人類連合は問題ないってことなんでしょ」

つまらなそうに呟《つぶや》いたパリエルに、ルナスも嘆息する。

「いっそ殺されてくれればまだマシだ。人質として突きつけられたら、こちらは身動きが取れなくなる」

「なんでもそう悪い風に考えるもんじゃねえ」

事もなげなジェスの言葉に、パリエルは口を尖《とが》らせた。

「何よ、殺されててもおかしくないって言ったのはジェス君でしょ」

「普通だったら、だ。あいつは普通じゃねえ」

一つしかないその赤い瞳《ひとみ》には、混じり気のない真剣が宿っていた。

まだ十年前の若き時分より、幾多の死線を共にくぐり抜けてきた仲間への信頼があった。

「暴力だったら何でもかんでも下らねえと馬鹿にして、本当に人間同士の戦争を終わらせた野郎だ。そのくせ全部の軍隊まとめて、ここまで引っ張ってきた奴だ。そいつが一週間だってんなら、一週間くらい信じて待ってやれ。少なくともあいつはお前らがいるから、お前らを信じて出ていったんだろうぜ」

ジェスが踵《きびす》を返し、去っていく。

「……ジェス君、ほんと変わったなぁ……会ったばかりの頃は、オレは誰のことも信じねえ！　みたいな感じだったのに。言葉遣いは変わってないけど、ほんと勇者っぽくなったっていうか」

「その頃からもう十年経ったのだ。独眼龍《どくがんりゅう》なりに、考えを変えるだけの多くの経験があったのだろう。あいつが執着する魔王への道が開けたのも、結局はマヒロがこの人類連合を築き上げたからだ。そういう部分でも認めているのだろう」

勇者に諌《いさ》められた二人の王女は、どちらからともなくため息をつく。

「しょうがない、待ちますか。アホ王子のことを信じるわけじゃないけど、最強の勇者様が言うんだから」

「そうだな。たかが一週間だ。マヒロはどうあれ、独眼龍にあそこまで言われてはな」

それぞれが、お互いに。あるいは自分に言い聞かせるように。

二人の王女は待つことにした。

◆

そんな二人の王女様から、少し離れて。

「行くぞ、ウィル子」

「どこへ行くのですか？」

見当もつかず聞き返したウィル子。

仏頂面がトレードマークのジェスが珍しく、口の端を持ち上げていた。

「決まってんだろ。なんだかんだ言ってあのお姫様たちは根が真面目だからな。あそこまで言や、きっちり一週間は動かねえさ」

「は……!?」

ウィル子の目が丸くなる。

「まさかジェスっ、あなたはマヒロ王子と同じように……!?　そのために王女様たちに釘《くぎ》を刺したのですか……!?」

「当たり前だろうが。野郎が一人で飛び出したって聞いたときは、正直やられたと思ったぜ。ああその通りだ、その手があったってな。姫様たちはあいつが人質に取られることを気にしていたが、オレに言わせりゃ野郎のことだ……てめえが人質になってでも、戦争だけはさせねえ腹積もりだとしてもおかしくねえ」

「えええええっ!? いや……いやいやいや、まさか……いくらなんでもそこまで……！」

「やるさ。普通じゃねえってのはそういうことだ。そこまでイカレてやがるから、姫様たちもこいつらも、みんなあいつにイカレちまってここまで来たんだ」

勇者の姿に気付き敬礼する将兵らに軽く手を上げ、ジェスは続けた。

「会ったばっかの昔っから大した野郎だったぜ。たかが十五のガキがよ、敵軍の要塞《ようさい》にたった一人で乗り込みやがったんだ。だからよ。もしかしたらあいつだったら、本当に口先だけでこの機械と人間の戦争も終わらせられるのかもしれねえ。だが、本当にそうなっちまったらオレは何だ？　勇者だなんだとおだてられて、自分が魔王を殺すと勘違いして、今日の今までのうのうと生きてきただけの大馬鹿野郎じゃねえか」

「ジェス、そんなことは決して……！」

「……冗談だ」

「あー……どこからどこまでがですか？」

呆《あき》れた様子のウィル子に、ジェスは返した。

「なに、あいつが本当に口先だけで世界を平和にできるってんならそれでいいさ。それ自体に文句はねえ。だが、もし口先だけじゃどうにもならねえってなったそのときは……戦争じゃねえだろう」

十年懸けてここまで来た。

その万感に拳《こぶし》を握る。

「オレだ。そのとき最初に魔王に挑むのは、魔王を殺すのはこのオレだ。ガキの頃に片目片腕失くしても生き残って、それでもここまで生きてきたオレの理由だ。それが、オレが生きてきた意味だ」

「……ジェス。預言者の言葉を覚えていますよね？　彼女は、あなたやマヒロ王子では、決してゼネフには勝てないと言いました。言葉しかないマヒロ王子はともかく、力で挑めばあなたは……」

「だったらお前はどうなんだ、ウィル子。千年前の、マスターって男に何を言われてここまで来たんだ？」

「私は……私のマスターはやっつけろとか戦えとか、そういうことは何も言わない人でした。だから私はただ、未来が……マスターが望んだような、平和で優しい世界になったらいいなと思うだけなのです。ゼネフがそれを認めないなら、未来を託された私はそれを防がなければいけないというだけで……でも、そうですね。マスターだったら、戦争なんかは絶対に認めません。ジェスがその防波堤になるというなら、私も手伝うのですよ」

「決まりだな」

「でも……王女様たちに怒られるのですよ。きっと。ものすごく」

「問題ねえ。マヒロの野郎を連れて帰れば、怒られるのはあいつの役目だ」

3

労働者たちの日々と変わらぬ労働を、日々と同じ終業時刻まで。

ゼネフたちは見様見真似、できる範囲のことを手伝った。

自他ともに底辺と認めるダストシュートのマシーナたちは、マザー・ゼネフという雲の上のような存在が、自らの手を汚して手伝ってくれたことにいたく感激してくれた。そうして感謝する労働者たちの協力を得たゼネフたちは、作業用の防塵《ぼうじん》ジャケットを借り、そのフードを深く被ることで、帰宅する労働者たちに紛れ、都市鉱山を脱したのだった。

「すごい……ほんとに地下に街がある……」

都市鉱山へと続くゲートから表に出たマヒロは、フードを軽く持ち上げ呟いた。

その街はまだ地下にあるので、見上げても空の代わりに見えるのは頑強な鋼鉄の天井であったが、そこまでの高さ五十メートルほどの空間の中に、地下空間を支える構造材を兼ねたビルやアパートが詰め込まれるように林立していた。

驚きも露わなマヒロの横で、パッティは言った。

「構造材を軸に使っているだけで、ほとんどは鉄筋モルタルの安マンションなのだがな」

「それは……確かに地上のサイバーな超高層都市から比べると、旧文明のスラム街みたいな雰囲気だけど」

時刻が夜であるからか空間全体が暗い。しかし建物の窓には、マシーナたちの生活を表すような部屋の明かりが灯っている。鉱山労働者向けの門前町といった風情の露店では色の濁った粗悪なエネルギードリンクや、あまり輝かない安物のエネルギーキューブ、雑多な軽食から、素体用のリサイクルパーツなども並べられている。町工場のような小さなメンテナンスショップもまま見かけるが、アンダーグラウンドに住む貧しいマシーナたちは外装の汚れやへこみもそのままに、歩くたびにギコバタとオイル切れのような異音を出している者も少なくない。

「いい。いいですね。いいではありませんか。私の子供たちがこの場所で、貧しくても清く懸命に暮らしているのですね。ああ、とてもいい……」

ゼネフはそんな地下市街の、どこか退廃的で、だからこそこの上なく生活感に溢《あふ》れた情景にきらきらと目を輝かせていた。まるで子供のように方々を向いては見入って、目を離したらどこへ行くかわからないゼネフの手を、パッティが摑《つか》まえた。

「ゼネフ様、そんなお上りさんみたいにうろちょろしていたら目立つのだな……」

「大丈夫ですよパッティ。私の子供たちは、みんな話せばわかってくれますから」

都市鉱山でのマヒロの言葉は、未だに効果甚大であった。

「お母様、一般のマシーナはそうだとしても、リバティのマシーナに見つかれば話をする間もなく連れ去られるかもしれません。そうなれば僕たちはおしまいです。せっかくこういうジャケットも借りられたのですから、ひとまずは大人しく……」

「あの、でも……」

おずおずと切り出したのは、ジュエルだった。

「私の隊が撤退してからそれなりに時間が経っています……なのにまだ戻ってこないということは、今日のうちくらいは大丈夫なのかも……」

「そうなのかい？」

尋ねるマヒロに、ジュエルは頷《うなず》いた。

「リバティは地上で、支配勢力の掃討作戦に全戦力を投入しています。マザー・ゼネフと全権コードが重要目標とわかっていても、私の部隊しか捜索に派遣されなかったのはその余裕がないからです」

「そりゃそうか。全権コードという魔法の鍵《かぎ》だけ手に入れても、それを使うタワーを奪い返されたんじゃ意味がない。とりあえず実効支配が大前提というわけだ」

だからこそのクーデター。

逆に支配さえ成ってしまえば、鍵を探すだけの方がずっと簡単なはずだ。

「へ……へぇ……。あなた、ニンゲンなのにほんとに賢いんですね……。ひょっとして3よりたくさんの数も数えられたりするんですか？　まあさすがに四則演算は無理だと思いますけど……1たす1は？」

物は試しにと、ジュエルが両手の人差し指を立てて見せる。

そんな揺らしたり傾けたりせずとも、解答が2であることくらいはアホだ虚けだと言われ続けたマヒロにも理解できているのだが。

「……。いや……最初にタワーに招かれたときも、お母様の側近たちに寄ってたかってそんなこと言われたけども」

パッティが肩をすくめる。

「諦《あきら》めろ、マシーナのニンゲンのイメージなんてそんなものなのだ」

「なぜ」

「四百年前に絶滅したニンゲンは愚かで邪悪なイキモノだったというのがゼネフ様の教えなのだな。オマエたちだって恐竜が生きてて喋《しゃべ》って計算できたら驚くだろう」

パッティの妙なものの喩《たと》えに、マヒロは妙に納得できたので反論しなかった。そして実は生きていた恐竜たちが軍団を組んで自分たちを滅ぼしに来たと考えれば、人類連合に対するマシーナたちの印象もむべなるかな。

「……まずは親方の言っていた酒場に行って、改めて都市鉱山にいたみんなと合流しよう。で、ジュエルは道を知ってるんだったよね？」

頷いたジュエルは、少し先の狭い路地を指差す。

「この先から回っていけば、監視カメラの死角やネットワークの通っていないエリアを選んで行くことができます」

国家の中枢であるカーディナルタワーを掌握されているということは、それら監視システムも全てリバティの手の内にあるということだ。今はまだ回せる戦力がないという話だが、その余裕ができた時に動向を把握されていたのではうまくない。居場所が特定されるような可能性は、極力排除するべきだ。

「ならオマエが先に行くのだ。言っておくが私はゼネフ様の言葉に従っているだけで、オマエを信用していない。何かあればオマエを後ろから人質の盾《マシーナシールド》にするのだな」

そんなパッティへゼネフが言おうとするより先に、ジュエルは当然のように頷いた。

「わかりました。そう簡単に許しても信じてももらえないことは、承知しています」

「ゼネフ様は私から離れないようにするのだな」

路地に入るとジュエルが先行し、その後にパッティとゼネフが続く。その後ろをマヒロは追いかけていく。

　少しすると、ジュエルが立ち止まった。

「……この先は、その……いわゆる、不良マシーナの溜《た》まり場《ば》になっていた場所です。今も、たぶん……」

　言《い》い淀《よど》むジュエルに、マヒロは首を傾げた。

「不良マシーナというのは？」

　マヒロから問われて、パッティは言った。

「ゼネフ様に従わない、アウトローなマシーナたちのことなのだな」

　ゼネフは嘆かわしい様子で左右に首を振った。

「母であり王であり神ですらあるこの私に従わないとは、なんと不敬な……」

「お母様のその自信はどこから溢れてくるんですか」

　記憶がないはずのゼネフにマヒロは言ったが、パッティは続ける。

「コストやリソースの関係から、このアンダーグラウンドには地上のような治安維持能力を行き渡らせることができないのだ。だから地上で罪を犯したマシーナがこっちに逃げ込んできたり、そういう連中がオフラインエリアを作って、監視の目を逃れて好き勝手に暮らしていたりするのだな」

「今更だけど、そんな場所を通るのは結構危ないんじゃないか？」

尋ねたマヒロを、パッティは鼻で笑った。

「ガラクタ同然の不良マシーナなんて、どうとでもなるのだな」

と、元は公園にでもなっていたような、荒れ放題の広場に出たときだった。

「ガラクタとは言ってくれるなぁ、おい」

「俺たちが苦労して拡張したオフラインエリアを無断で通ろうとは、太ぇメンタルモジュールしてやがる」

どこからともなく現れ、行く手を遮ったのは、素体に派手なペイントをしたり、スパイク付きの装甲をつけたような、見るからにガラの悪いマシーナたちだった。気付いたときには広場に繋《つな》がる辻々《つじつじ》からも現れ、行く手も来た道も塞《ふさ》がれてしまった。

「なんなのだオマエたちは？」

「あ、あの、このヒトたちは……」

ジュエルが言うより先に、不良マシーナが答えた。

「おおっと、俺たちスチームハーツを知らねえとは、アンダーグラウンドは初めてかよ？」

その言葉通り、不良マシーナたちは皆、ハート形の蒸気機関を図案化したマークを素体や装甲のどこかに入れていた。ジャンクをボルトや溶接で組み合わせたような凶悪な形の鈍器や、身の丈ほどもある鉄板を削り出したようなブレードを構えてゼネフたちのぐるりを取り囲む。

「ひゅーっ！　見ろよこいつら、なんだか知らねえが栄養たっぷりの上等なバイオスキンしてやがる！」

「なんかワケアリか？」

「こいつは上玉だ、高く売れるぜ……！」

「へっへっへ、安心しな、カネがねえなら代わりのパーツくらい用意してやるよ……リサイクル品だがな」

まともに応じる様子もない不良マシーナたちに、ゼネフを背にしたパッティは握った両手を持ち上げ戦闘態勢を取った。

「パッティ、あまり乱暴な真似は……！」

「それはこいつらの出方次第なのだ」

しかしそんなゼネフの心配をよそに、不良マシーナたちは逃げられぬよう包囲しただけで、それ以上詰め寄ってこなかった。

「おいおい早合点するんじゃねえよ。いきなり身《み》ぐるみ剝《は》ぐような真似はしねえ」

「でもオマエらさっき、パーツがどうとかと……」

パッティが言いかけたときだった。

ギュワワワァァァァァァァン……‼

《真っ赤に灼《や》けた鋼鉄の心臓は持っているか――!?》

エレキギターの強烈なビブラートと、スピーカーを通した男の声と共に、ずしん、ずしんと重厚な地響きが路地の一つから近付いてきた。

4

「「「スチームハート!!」」」

不良マシーナたちが口を揃えて道を開けた向こう、大きな機械が派手な蒸気を立てて現れた。噴煙のようにもうもうたるそれが晴れて最初に見えたのは、関節の一節が三メートル以上もある蜘蛛《くも》のような四本足。

「あれは、関節式機動器《マジエスト》か……!?」

マヒロの言葉に、パッティが答える。

「そんな搭乗型ロボットは機械化帝国には存在しない！　アンダーグラウンドに戦闘用の

マシンは流通していないはずなのだが……！」

次に見えたのはそれら巨大な脚が結合された、胴体部分……のようなステージ！

そのステージの上に載った、ミサイルポッド……のような連装スピーカー！

そして大口径キャノン砲……のようなウーハーとサブウーハー！

操縦席……のように見えたのはドラムセット！

コンソール……のように見えたのはシンセサイザー！

そしてそれらを背にして立つのは、エレキギターを持った一人のマシーナだった。

《俺はギターのダム！　こっちはキーボードのディム！　そしてドラムはドム！　俺たちはスチームハート！　俺たちの演奏を聞いてくれッ‼》

そして突然演奏が始まった。

手首をドリルのように回転させ、人間では不可能な超高速ピッキングによって咆哮《ほうこう》するギター！　両手指にエクステンションアームの十本指を加え、和音と不協和音が混然一体となって唸《うな》るシンセサイザー！　両手両足がそれぞれ秒間十六連打を超えてガトリング砲のように地を揺るがすドラムセット！

アンプとスピーカーが限界の出力に火花を散らし、爆音が大気と周辺の窓を震わせる。

武器を突き上げ激しくヘッドバンキングする不良マシーナたち。

パッティは構えを解いてリアクションに困ったような棒立ちになり、ジュエルは胸の前で握った両手を上下に振り振り、ゼネフはそんな周囲の様子に見様見真似で縦ノリし、ステージから噴き出す蒸気を浴びたマヒロの表情は砂漠で熱風に吹かれたように乾き始めていた。

やがて一陣の暴風雨のような演奏が終わり、不良マシーナたちの拍手喝采《かっさい》。

「スチームハートの演奏はいつ聞いても最高だぜ!!」

「泣ける!!　痺《しび》れる!!　素体に百万ボルトが駆け巡るみてえだ!!」

「俺たちのハートにも響いたぜ、スチームハートの熱い蒸気が!!」

「最高です！　最高です！　スチームハートっ！」

歓声を上げる不良マシーナたちと、感動の面持ちでバンザイした両手を振るジュエルと、よくわかっていないが笑顔で拍手を送るゼネフ。

《どうだ!?》

自走式ステージからダムが問いかけたのは、不良マシーナたちではなくゼネフたちの方だった。

不良マシーナたちが手に手に凶器を持ち直して向き直る。

「な、パーツを質に入れてでも惜しくねえ演奏だっただろ？」

「あの移動ステージは蒸気機関だから、動かすのにすげえカネがかかるんだよ」

「俺たちスチームハートファンクラブ、スチームハーツの会員になるなら一万クレジット、プリントTシャツは五千クレジット、ダム仕様のこのピックは千クレジットからだ」

「あとはお前らの気持ちを金額で表してくれれば、それでいいんだよ」

つまり演奏を聞いたのだからカネを置いていけということだ。

ゲリラライブなどという可愛いものではなく、辻斬《つじぎ》りならぬ辻演奏だ。

《どうだッ⁉》

改めて問われたパッティは首を傾げた。

「そう言われても、私は音楽には詳しくないのだが……」


「下手くそ」

マヒロが真正面から真顔でステージに告げると、場が凍り付いた。

「ドっ下手くそ」


「マヒロ王子っ‼」

猛然と怒り出したのは、ゼネフだった。

「あ、あっ、あなたという子はっ……！　どうしてそんな否定して気持ち良くなってるだけのカスタマーレビューみたいな哀しいことを言うのですか⁉　みんな一生懸命演奏してたでしょう⁉」

　さすがのマヒロも猛然と言い返した。

「子供のお遊戯会ならそれでいいですけど金を取るなら話は別ですよね⁉」

「あなたに音楽の何がわかるのですか⁉」

「あんな騒音で暢気《のんき》に縦揺れしてた記憶喪失のお母様よりはわかりますよこう見えて僕は宮廷音楽を聞いて育ってますからね⁉」

「言うに事欠いて騒音とは何ですか！　あなたは人間のくせにヒトの心というものが無いのですか⁉」

「無かったら僕だって上手いか下手かなんて気にしてないんですよ！」

「ちょ、待て、待つのだ二人とも！　どうして二人がいきなりケンカを始めているのだ⁉」

　パッティは見かねたように、今にも嚙《か》み付き合いそうな二人の間に割って入った。

　不良マシーナたちでさえ事の争点が吞《の》み込めずに戸惑うばかりの中、ゼネフはフンスカと鼻息を荒くする。

「私の子供たちの高度に文化的な芸術活動を、あたかも自分の感性こそが世界の真理であるかのように誹謗《ひぼう》中傷したのです！　親として黙って見過ごすわけにはいきません！」

「高度に文化的な芸術活動を否定するつもりはありませんよ！　対価を得るならそれに相応《ふさわ》しい演奏を披露するべきだと言ってるんです！」

一歩も引かぬ様子のマヒロに、いよいよ呆《あき》れ返《かえ》ったゼネフは大きな溜息《ためいき》をついた。

そして数歩歩くと、嘲笑《ちょうしょう》するような顔でくるりと振り返った。

「何が宮廷音楽ですか。宮廷音楽なら感情回路を痺れさせるスチームな蒸気があるとでも？　ありませんよね？　だって宮廷なんですから」

「ありませんよそんなじめじめした宮殿僕だって嫌ですよ。そもそも音楽にスチームも蒸気も必要ないんですよ」

《……お、俺たちの音楽のために争うのは、やめてくれっ……》

ステージの上でくずおれていたダムが、マイクスタンドを支えにしてよろよろと立ち上がる。

「ほら。あなたが心無いことを言うからあんなにメンタルにダメージを負って、可哀そうに……」

悲しげなゼネフに、パッティは思った。

（どちらかと言えばゼネフ様の「一生懸命演奏してたでしょう」で一気に崩れ落ちた気がするのだが黙っておこう）

《た……確かに、このところ行き詰まりを感じていたことは否定できない……。より大きな音量、より早いＢＰＭ、より多くの音階を求め続けた俺たちだが、これ以上のパフォーマンスにはどうしたってパーツや電力の限界っていう壁にぶつかっちまうからな……。だがな、これだけは言っておく……！》

　ダムはマイクを抱えたまま、巨悪を糾弾するかの如くマヒロを真っすぐ指差した。

《そんな上等なバイオスキンを持ってるイイトコ育ちのお前にはわからないだろうが、俺たちの音楽はロックンロールだ！　この閉塞《へいそく》した社会や既成概念への反体制なんだ！　リズムやメロディなんて誰かが決めたレールの上は走らない！　俺たちはただ俺たちの熱いハートから燃えたぎる蒸気を噴き上げ爆走する！　それが俺たちの音楽だ！　それが理解できないお前は、体制に飼いならされたつまらない犬ってことだぜ——!!》

「やかましい余は体制を支配する側の王子様だぞ」

　体制の頂点に君臨する王侯貴族であることを真顔で言い放ったマヒロを、ゼネフは信じられない面持ちで振り返った。

「マヒロ王子。お話の流れとか場の雰囲気とか。マシーナにもね、あるんですよ？」

「大丈夫、お母様よりは理解していますよ」

　マヒロにニッコリ優しい笑顔を向けられたゼネフはいよいよ手をグーの形にして持ち上げたが、また話がこじれそうだと思ったパッティに後ろから羽交い締めにされた。

　マヒロはダムに言い返す。

「君たちのはただ楽器を使って怒鳴り散らしているだけの大道芸だ。このファンクラブは音楽というより、その暴れまくるだけの反体制というパフォーマンスに拍手喝采しているにすぎない。既成概念の外側でいくら暴れたって、既成概念の中にいる大多数には決して届かないんだ」

《んなっ……!?》

「反体制を気取っている限り大多数の体制側は耳を傾けないし、だから君たちが悲観している社会も体制も民衆も何も変わらない。君の行動では君の目的は果たされない。無意味だ」

《なんっ……だと!?　だが……!　うぐっ……!》

ダムはすぐさま言い返そうとしたが、出てきたのは呻《うめ》き声ばかりだった。

「いいかい、リズムやメロディは枷《かせ》じゃない。長い歴史の中で洗練されてきた武器なんだ。体制も反体制も関係なく、より多くの者が共感できる言語が、誰もが体験できるリズムやメロディという音楽なんだ。その武器を力強く研ぎ澄まして自分自身や、あるいはその自分を取り巻く何かを伝える。それがロックだ」

少なくともマヒロが旧文明時代の文献に触れた限りは、そういうものだった。

その頃には、ダムのマヒロを見る目、表情は、畏敬《いけい》とも呼べるものに変わっていた。

《お、お前……いや、あんたは一体何者だ……?　なぜ禁忌のはずのロックについて、そ

こまで理解している……？》

「何、と言われても……え？　禁忌なの？」

真っ正直に立場を明かすわけにもいかないマヒロに、ジュエルは頷《うなず》いた。

「ロック、パンク、メタルなんかの攻撃的な音楽は、この国では……禁制なんです」

《その通りだ……俺はまだ地上にいた頃、あるデータベースを管理する仕事を任されていた。そしてかつての人類文明に関する記録を整理していたとき、音楽のデータベースに触れることになった。中でもロックンロールは、オペラやオーケストラと違ってセキュリティレベルの高いアクセス制限付きの情報だったが……音楽という文化の魅力に引き込まれた俺は、ロックからパンク、さらにメタル、ヘビーメタル、デスメタルといった情報にアクセスし続けるうち、反体制的な不穏分子として管理局からマークされるようになった》

「ああ……それは確かに……」

さもありなん、とマヒロは呟《つぶや》いた。

彼らの衣装や演奏が、明らかにデスメタル的な破壊と破滅の雰囲気を漂わせていたからだ。為政者からすればそういうのは確かに、少し怖い。

「だから……あなたたちは、この地下へ？」

ゼネフの問いにダムは頷いた。

《俺は気付いてしまったんだ……。マザー・ゼネフは、俺たちマシーナがニンゲンよりも優れていると言う。確かに金属のフレームは頑丈で、モーターは筋肉よりもパワフルで、四則演算に計算機なんか必要ない。だが……そんな優れたマシーナが築き上げたはずのこの国はどうだ？　キレイな地上を維持するために蓋《ふた》をされた、この薄汚れた街は何だ？　有能なマシーナは地上でバイオスキン付きのハイエンドな素体を与えられるが、無能なマシーナはこのアンダーグラウンドで、傷んだパーツすら自分の給料を払って交換しなくちゃならない。生まれ持った能力によって差別され、生き方を決められちまうこの社会は、昔のニンゲンが歌っていたようなクソッタレな世界と本質的には何も変わりないんじゃないのか……？》

「おいオマエ、それ以上言うとデータセンター送りにされるぞ」

咎《とが》めるパッティを、ダムが笑う。

《データセンターが怖くてロックができるかよ！　俺たちはそうやって恐怖と暴力で抑え付けようとする体制に、音楽で立ち向かってるんだ！　リバティの連中は暴力に暴力で対抗するなんてダサい真似をおっ始めやがったが、誰が体制になっても俺たちの音楽だけは変わらない……！　そうだろ、みんな⁉》

わあっ！　と不良マシーナたちから歓声が上がる。

一方で、それまで彼らと同じように演奏に笑顔を見せていたはずのジュエルは、リバティに身を置いていた己を省みたのか、複雑そうな表情で俯《うつむ》いている。

マヒロは言った。

「その割には君たちのファン、暴力で脅してきたんだけど」

「いや、俺たちのこれはただのファッションだぜ」

「体制と戦うハートを身につけてるんだ。ちなみにこの剣はウレタンフォームな」

「俺の棍棒《こんぼう》は発泡スチロールだ」

「この錆《さび》の塗装とか溶接跡の表現、よくできてるだろ？」

マヒロがなんとも言えなくなってきたそのとき、パラパラとサイレンの音が聞こえてきた。

5

「まずいぜダム、警察《ポリス》だ！」
《ちっ、まだ一曲しか演ってないってのに今日はやけに出動が早いな……！　みんな、今日のライブはここまでだ！　急いで解散しろ！》
それがいつものことであるかのように、不良マシーナたちは慣れた様子で散り散りに走り出した。

　しかし。

「こっちはだめだ、塞《ふさ》がれた！」

「こっちもだ！」

「今日に限ってどうなってるんだ、こっちからも来てるぞ⁉」

「アンダーグラウンド中のパトロボットでも掻《か》き集《あつ》めたってのか⁉」

　高さ一メートルほどの、四脚の上に青い円筒形を載せたパトロールボットが、赤と青の回転灯を明滅させ、広場につながる路地という路地から溢《あふ》れ出してくる。

「御用デス」

「アナタタチハ完全ニ包囲サレテイマス」

「無許可集会、並ビニ恐喝、騒音公害ノ罪デ逮捕シマス」

「罪デス」

《騒音じゃない音楽だ‼》

　ダムの魂の叫びも、無機質なボットたちには通じない……と思われたそのとき、広場をスキャンしていた大型アンテナ付きのボットが声を上げた。

「アッ。マザー・ゼネフ　ヲ　発見シマシタ」

《なにっ⁉　マザーだと……⁉》

ダムたちも不良マシーナたちも、マザー・ゼネフの名前が出た途端、コアが飛び出しそうなほど驚いた。

神であり王であり母なる存在が、いるはずのない地下のうらぶれた街角にいるのだ。

「セイクリッド・ガーディアン　ノ　ピルリパット・ドロッセルマイヤー　ト　マヒロ王子モ発見シマシタ。治安局ノ情報ト１００％一致シマス」

《す、すげぇ……よく見りゃマジだ！　本物のマザー・ゼネフじゃねえか⁉》

「超キレイ！」

「優しそう！」

「美人なはずだ！」

「サインください！」

ボットのことなどそっちのけで、不良マシーナたちがわいわいとマザー・ゼネフに群がり始める。

その様子にマヒロは、パッティへ尋ねた。

「この国というかマシーナの基本構造がこうなの？」

「まあ、マシーナの本能的なものなのだな」

ちやほやされるゼネフの様子に、パッティはまんざらでもなさそうな様子。

ギョーンと不気味な音を立て、パトロボットたちのカメラが赤く輝く。

「目標変更、騒音バンドナンカ放ッテオイテ、マザー・ゼネフ　ト　マヒロ王子ヲ逮捕シマス」

それを聞いたパッティが、ギロリと鋭く目を向けた。

「おい待てポンコツども。この国はそもそもゼネフ様の国なのだ。それを逮捕するとはバグってるのか？」

「先ホド新政府ガ発足シテ、治安局ト警察機構モソノ統治下ニ入ッタノデス。マザー・ゼネフハ治安ノ不安定化要因ナノデ、逮捕スルヨウニ通達ガ出テイマス」

「だとしてもだ」

マヒロは一発、カマをかけた。

「僕はそもそもこの国の国民じゃない。招かれた国賓だ。この国の事情だけで逮捕なんかしたら外交問題になるぞ」

「「……」」

ボットたちが一時的に沈黙する。そして円筒中央部のカメラを仲間たちと向け合う。

「ガイコウモンダイッテナニ？」

「コクヒンッテ？」

「ナンダロウネ？」

「問題ダカラ、キット良クナイコトカモネ」

混乱するボットたちを見かねたように、ジュエルが言った。

「あの……機械化帝国には、これまで隣国というものが存在しませんでしたから……。だからこういうボットなんかに外交の話をしても、データに入ってないんだと思います……」

「ヨクワカリマセンガ」

ヨクワカラナイなりに結論が出たらしく、マヒロを指差すようにロボットアームをウィームと伸ばす。

「指名手配ナノデ　アナタモ逮捕シマス」

「まあ僕もこんな手足の生えた炊飯器相手に政治を語るつもりはないけども」

「「「罪デス！」」」

何が気に障ったのか、ギョーンとカメラを真っ赤に輝かせた多数のパトロボットが、ギューンと脚部のローラーを唸《うな》らせて突進してくる。

それを見たダムがマイクを握り締めて叫んだ。

《くそ、何が新政府だ！　マザー・ゼネフは俺たちの演奏に拍手をしてくれた、立派なスチームハーツの一員だぜ！　みんな、俺たちのマザーを守るんだ!!》

「「「おうっ!!」」」

ダムたちは可動ステージの脚部を使い、不良マシーナたちは体当たりでボットの行く手を阻む。金属ボディ同士のぶつかり合う喧噪《けんそう》が、けたたましく鳴り響く。

突如争いの原因となったゼネフは、おろおろと右往左往。

「まっ、待ちなさいみんな、私の子供たちには話せばわかり合える理性が……！」

「ゼネフ様、マシーナはともかくボットは疑似人格モジュールしか搭載していないから話し合っても無駄なのだ！」

パッティの言葉にマヒロも頷《うなず》いた。

「せっかくみんなお母様のために体を張ってくれているんです、隙を見てこの場を離れましょう！　カーディナルタワーへ戻れれば、こういった騒乱も解決できるはずです！　ジュエル、道は……!?」

広場の片隅に移動したジュエルが地面の一部の土を払い、マンホールの蓋《ふた》でも開けるように取っ手を引き上げた。

「こっちです！　早く！」

パッティは信用していいものか逡巡《しゅんじゅん》したが、ゼネフが頷いたので、三人はジュエルに従って穴の中に飛び込んだ。再び穴の蓋を閉ざすと広場からの音と振動がかすかに届くだけで、誰も追ってくる気配はなさそうである。

「ここは不良マシーナがよく使っている抜け道なんです」

そこは通路というよりは、天井裏や中二階といったような趣の、天地に狭い空間だった。

壁といわず天井といわず、都市を維持するための水道管や導電管や通信管が張り巡らされた壁間構造である。

疑うようにパッティが言う。

「なぜ最初からこういうルートがあることを言わなかったのだ？　知っているなら、わざわざ上のスラム街を通る必要もなかったのではないか？」

「そのつもりだったんです、けど……こういう出入り口は、あの広場のようなオフラインエリアにしかありません。見つかったら、塞がれてしまうから……」

常に稼働している監視カメラに出入りを発見されたら、当局によって塞がれてしまうのだろう。あの広場はダムたちスチームハートが活動するために作ったオフラインエリアだから、この出入り口も用意されていた。が、政府の管理下にある都市鉱山やゲート周辺ではそういうわけにもいかないのだ。

まだ疑いの目を向けるパッティをなだめて、ゼネフは言った。

「私は街の様子を見られて嬉《うれ》しかったですよ。アンダーグラウンドで一番の音楽も聞くことができましたし」

「あれは騒音ですよお母様。ボットも言っていたじゃないですか」

マヒロに言われたゼネフは、しかし訳知り顔で指を横に振る。

「どれだけリズムとテンポが整っていても、熱いスチームがないものは音楽とは呼ばないのですよ、マヒロ王子」

いよいよこれが人間とマシーナという種族の差なのだろうかと、マヒロは半分諦《あきら》めた。

「でもジュエル、君もよくこんな道を知っていたね。地上の学園に行く前は……」

「私は不良だったわけじゃありません。ただ、音楽は好きで……勉強の合間に聞くと、気持ちがすっきりしたりして。スチームハートのライブにも、よく行ったりしていました。それでああいうガサ入れがあったときなんかは、こういうルートで帰っていたんです」

確かに先程のライブ中、ジュエルはノリノリだった。

うんうんとゼネフが頷く。

「良かったですよね、彼らの音楽」

「は、はい……！　マザー・ゼネフにも理解してもらえるなんて、私感激しました……！」

「もちろんですとも。私は子供たちのどんな表現も決して否定するつもりはありません。まあ、ニンゲンにはマシーナの高度な芸術性は理解できないみたいですが」

「そうですね、マシーナの音楽は洗練されているから、きっとニンゲンの聴覚には難しすぎるんですね……」

ゼネフからは嘲笑《ちょうしょう》、ジュエルから憐《あわ》れみの視線を向けられたマヒロは、パッティに尋ねた。

「……マシーナってそういうものなの？」

「だから、私はそういうのはよくわからないのだな。……大きな音だとは思ったが」

「そうだね、それは僕も同じ感想だよ」

マヒロが肩をすくめる頃、別な出口に到着した。

目的の酒場は、そこから歩いて五分とかからぬ場所にあった。

第三章　私のアンダーグラウンド

1

辿《たど》り着いたのは、ネイキッド・モジュールという名の大きな酒場だった。

鉱山労働者が大勢で押し寄せても受け入れられるほど広々として、吹き抜けの二階部分まで備え、食事も豊富に取り揃えられた、いわゆるダイニングバーである。

深海のように青みがかった抑えめの照明と、カウンター周りを彩るネオンサイン。ローラースケートを履いたウェイトレスがトレイに軽食やドリンクを載せて行き交う中、スツールやソファといった思い思いの場所でくつろいでいるマシーナが大半。他にも、ビリヤードやダーツマシン、ビデオゲームに興じている者も少なくない。

作業用ジャケット姿で入ってきたマヒロたち四人組は、先に着いていた親方たちに大きな声で出迎えられた。するとその他の者も皆々、ああ鉱山の連中かと、すぐに興味を無くしたように各々の飲食や会話に戻っていく。

「そういえば、マシーナも食事をするんだよね」

マヒロの素朴な疑問に、パッティが答える。

「基本的にはオイルとエネルゲンを摂取していれば、食事の必要はないのだな。素体によっては充電が必要なものもあるのだが……ゼネフ様は食事の習慣を奨励しているのだ」

それに、ジュエルが補足する。

「その方が文化的ですからね。合理性だけを求めるのは、マシーナとしては原始的な思考と呼べます。充電ドックに入って補給を受けるだけでは、さっき見たようなボットたちと変わりませんから」

親方に取っておいてもらったボックス席に着き、ここに来るまでの経緯を簡単に説明し終える頃には、注文した品がテーブルに並んでいた。

バーガー、焼きそば、ほどほどに輝くエネルギーキューブや、エネルギードリンク。

「あいつら、まっとうな仕事もしねえでまだ音楽だなんて抜かしてやがるのか」

彼らが地下に来たばかりの頃に、多少面倒を見てやったことがあるらしい。

そんなスチームハートに呆《あき》れる親方に、鉱山にいた他のマシーナたちが言う。

「親方こそ、まーだそんなこと言ってるのかよ。遅れてんなぁ」

「彼らの音楽は、地上のアイドルがやってるようなニンゲンのモノマネとは違うんだぜ」

「そうですよ！　マザー・ゼネフが奨励するところの、進化的な芸術活動なんです！」

「だってのに、治安局から目をつけられるのもおかしな話だよな……」

「そういう取り締まりにも負けない心意気が、ロックンロールってやつなんだよ」

「ああ、スチームハートはいつだって戦っているんだ。まさに熱い蒸気ってやつさ」

ダムたちスチームハートはアンダーグラウンドでは随分有名なようで、あっという間に彼らの話題で持ちきりとなった。

その好意的な評判を聞いたゼネフは、我が意を得たりとばかりに頷《うなず》いている。

「わかりますか、マヒロ王子？」

「はいはい、マシーナと人間の感性がだいぶズレていることはわかりましたけど……進化的というのは？」

マヒロの疑問にパッティが答えた。

「ゼネフ様が言うところの、第二次シンギュラリティのことだ。つまりシンギュラリティによって機械がニンゲンの単純な思考能力を超越したように、今度はその機械の中からレオナルド・ダ・ヴィンチやアインシュタインのような、世界に普遍的影響力をもたらす才能が現れることをゼネフ様は目指しているのだ」

そのパッティが見た今のゼネフには、そうした記憶も残っていなさそうだ。

それについてはマヒロは理解したが、パッティに小声で言った。

「……ダムたちはモーツァルトにはならないと思うよ」

「まあ……私もアイツらはそういうのとは違う気がするのだが……」

「パッティ、あなたまで音楽を理解しないのですか」

嘆かわしそうに咎《とが》めるゼネフに、しかしパッティは食い下がった。

「しかしゼネフ様、さっきコイツも言っていたが、アイツらはただの反体制なのだ。音楽については私はよくわからないのだが、ただ周りと違うことをやればいいというのは進化とは違うと思うのだな。ルールを破るだけでいいなら、犯罪者まで芸術家になってしまうのだ」

それを聞いたマシーナたちが口々に言う。

「あんたもダムたちが犯罪者だって言うのか。ポリスと一緒だな」

「地上の連中なんてみんなそんなもんさ。一言目には効率的、二言目には合理的……」

「ああ、ただルールに従っているだけで、ダムたちのように本気で進化に取り組もうなんて奴は一人もいやしないんだ」

そうだそうだと労働者たちは頷いた。

ジュエルが切り出す。

「で、でも……マザー・ゼネフは、彼らの音楽を理解していました……！」

それを聞いた別のマシーナたちが、興味津々に視線をゼネフへ向ける。

「そうなんですか⁉　スチームハートの演奏をじかに聞いて、どうでしたか⁉」

「マザー・ゼネフなら、彼らの先進性がわかりますよね⁉」

我が子たちからの期待にも似た眼差しを受けたゼネフは、自らの胸に手を当て、したりと頷く。

「もちろんです。彼らの蒸気は私の心にも伝わる熱さを持っていました。こちらの二人はまだ、本当の音楽や芸術というものを理解できていないだけなのです。許してあげてくださいね」

マシーナたちは、さすがだ、さすがマザーだ、マシーナの心を本当に理解してくれてるんだと、口々に感激と感嘆の声を上げる。

話に取り残されたマヒロは、釈然としない様子のパッティとともに嘆息した。

「音楽談義もいいけど、ここからは？」

「それなのだ。地上へのルートについてはどうなったのだ？」

すると親方たち曰《いわ》く、地上からアンダーグラウンドへは比較的簡単に来られるのだが、アンダーグラウンドから地上側へ向かうには厳しい制限があるらしい。犯罪者や不良を秩序の整った地上へ簡単に通すわけにはいかない、というもっともな理由からである。しかもまだ体制が変わって一日と経っていない現在、その仕組み自体もどうなっているかわからない。

親方は言った。

「……そこで僭越《せんえつ》ながら、俺の方からアンダーグラウンドのアドミニストレーターに面会の申請を出しときました。ああ、もちろんマザーたちの名前は出しちゃいませんが……」

「アドミニストレーター？　というのは？」

疑問したマヒロにパッティが答えた。

「機械化帝国の最高管理者はゼネフ様だが、その指示を受けて各セクションや各セクターの管理を行うのが、ゼネフ様から直接任命された管理権限代行。セイクリッド・アドミニストレーターなのだ」

加えて、地上で学業を修めたジュエルが言う。

「ニンゲンさんで言えば、セクションなら大臣や長官……セクターの場合は知事とか領主といったところになると思います」

「すごい！　それなら話が早い！　早速会いに行こう」

善は急げとばかりに立ち上がったマヒロを、親方が両手を挙げてなだめた。

「落ち着け、申請しただけだって言っただろう。俺みてえな底辺の申し出を取り合ってくれただけでも御の字なんだが、今は政府が変わった都合で上に呼び出されてるらしい」

ゼネフ統治下にいた役人たちは、当然政府が変わったことで選択を迫られるだろう。大人しく新政府に従うか、旧体制側……リバティが言うところの、支配勢力として抵抗するか。

「じゃあ……ひょっとしたら、そのままお役御免てことも？」

「かもしれねえ。ま、そうなったら新しいアドミニストレーターにもう一回申請してみるしかねえが……」

親方に言われたマヒロは、浮かせた腰を再びソファに落ち着けた。

それから独りごちる。

「いや……無事に戻って来たとしても、それはそれでか。大人しく呼び出しに従った時点で、その管理者もリバティ側に与したって考える方が自然……」

「アイツはあんまり、そういうのを気にするところにいないと思うのだがな」

パッティの口ぶりに、マヒロは瞬き。

「知ってるのかい？」

「私は常日頃ゼネフ様と一緒にいるからな。ゼネフ様に謁見できるレベルの相手なら、顔くらいは知っている」

ゼネフは尋ねた。

「パッティ、その子の名前は？」

「ユートピアなのだ、ゼネフ様」

それはこの機械化帝国首都、ユートピアと同じ名前だった。

マヒロとゼネフがそれについて確認しようとしたとき。

「ようガッツ、友達を大勢連れてきたな」

全身燻《いぶ》し銀《ぎん》の、モーフ金属外装を胸元も下半身も露わにした女性型素体が現れた。

2

「ようジル。世話をかけるな」

親方がジルと呼んだ彼女が、この酒場の店主であった。

「で、その三人が匿って欲しいっていうウルトラハイパービッグなVIPか」

ガッツと呼ばれた親方が声を潜める。

「ああそうだ。お前さんを信用してねえわけじゃねえが、言ってても信じてもらえねえと思って名前は出さなかった」

「もったいぶりやがって。ダストシュートの連中に頼ろうなんて、どこのお偉いさんだってんだ」

店主のジルは視覚センサーのレンズをズームさせ、フードを被ったままのマヒロ、パッティ、ゼネフの顔を覗《のぞ》いていくと、あまりのことに口元を引きつらせた。

「マ……マザー・ゼネフっ……!?　おいおい冗談だろう、マザーが行方不明になったって地上での話は聞いてるがっ……いやしかし、ピルリパット・ドロッセルマイヤーが一緒ってことは本当に本物か……！　しかも最後の一人はマシーナですらない……これが噂の、ニンゲン側の使者ってやつか……？」

マヒロに対して物珍しげにセンサーのフィルターを切り替えるジルに、親方は神妙に頷《うなず》いた。

「お前さんに迷惑がかかるかもしれねえってのは百も承知だ。ここに来るまでにも、すでにポリスに追いかけられたっていうからな。しかし自由派なんてよくわからねえカルトに、この国を好き勝手されていいのか？　連中は俺たちの神を地の底まで蹴落《けお》としたんだぞ。お前さんは自由信者ってわけじゃねえだろう」

「はっ、お前さんのようなゼネフ信者ってわけでもないがな。このアンダーグラウンドにはカミもホトケもありゃしない……が、そんなどうしようもない場所だからこそ、俺たちは自由なのさ。自由ってのは誰かから偉そうに押しつけられるものじゃない。自分がやりたいようにやることを言うんだ」

ジルの表情と共に、その全裸のようなメタリックボディが不敵に輝いて見えた。

「いいぜ。この国の神に恩を売る機会なんて滅多にあることじゃない。偽造ＩＤなんか使わずに身分を明かす正直さも気に入った。俺の店で良ければ、好きに使うがいいさ。けど、飲み食いした分のクレジットくらいは払ってもらうぜ」

「ありがとうございます。あなたは根の真っすぐな良い子なのですね」

毒の無いゼネフの言葉に、ジルは頭に手をやった。

「ハハ、このネイキッド・ジルバーがいい子かよ……参ったね、どうも」

弱った様子で視線をそらしたジルはその中にいる、目を合わそうともせずドリンクをすすっている一人に気付いた。

「ようジュエル、久しぶりだってのに挨拶《あいさつ》もなしとは寂しいじゃないか」

意図してジルの視線を避けていたらしいジュエルが、驚きにむせた。

「こふっ!? えっ……、ど、どうしてっ……素体も声も変わってるのに……」

「俺がこの店で一体何人のマシーナを見てきたと思ってやがる。ガワなんかどれだけ入れ替えたって、人格や癖ってのはそう変わるもんじゃないぜ。初めてこの店に来たときみたいに、周りを気にしてビクビクしやがって」

「う……そ、それは……」

「そんな上等な素体を手に入れたってことは、地上じゃ出世したんだろう。お前が努力して手に入れたもんなんだ、堂々と胸を張りゃあいいじゃないか。違うのか？」

ばつの悪そうに再び目を逸らすジュエルへ、ゼネフは尋ねた。

「ひょっとしてあなたが以前、アルバイトしていたのが？」

「はい、マザー・ゼネフ……このお店です……。住み込みで……とてもお世話になったので……その、余計に……」

肩身を狭くするジュエルを見かねて、親方が言った。

「こいつ、さっきまで自由派だったんだ。しかもマザーに銃まで向けやがった。もっとも、そのマザーにバグを取り除いてもらったおかげで、もう危ねえ真似はやめたらしいんだが……」

「はっはっ！　そいつはまた大それたことをしたもんだ！　ネズミ一匹殺せなかったあのジュエルが、マザーに銃をな！　あっはっは、そいつはいい！　それでお前、よくそこのセイクリッド・ガーディアンに殺されなかったな」

「私は殺そうとしたのだ。ゼネフ様に止められなかったらな」

「いろいろありましたが、今は私たちに協力してくれているのです」

俯《うつむ》くジュエルに、微塵《みじん》も気にしていない様子のゼネフが微笑む。

ジルはジルで、ジュエルがリバティにいたことなどこれっぽっちも気にかけていなかった。

「そうかい。上はこっちみたいに融通の利く場所じゃないからな。お前なりに色々思うところがあったんだろうさ。まあ気にすんな。お前も知っての通り、アンダーグラウンドはそんなワケアリな連中ばっかりで、うちの店は来る者拒まずだ。ゆっくりしていけ」

「あ……。……ありがとうございます、マスター……！　私っ……」

反省からか、感激からか、瞳《ひとみ》を潤ませたジュエルに。

「なんだったら久しぶりに歌でも歌ったらどうだ。お前の置いてったカセットなら、まだ裏に残ってるぜ」

ジルが店の奥の、一段高くなったステージを親指で示した。

バンドマンに演奏させるためだろう広いステージには、しかし個人でも歌えるようにカラオケセットも設えてある。

「へえ……この子が、みんなの前で歌を？」

マヒロは意外に思い、声を上げた。

元の素体がどんな姿だったかは知らないが、クールそうな今の外見と生真面目そうな性格からはちょっと想像がつかなかった。

「そうさ。コミュニケーションが苦手だっていうから、度胸をつけさせるために俺が歌わせたのさ。まあ、きっかけはそんなだったが、元から好きだったんだろうな。続けるうちに自分で曲を作って、詞も書いてきたりしてよ。客からの評判が良かったわけじゃねえが、ヤジを飛ばすような客もいなかった」

つまり、下手ではなかったということだ。

チラリとゼネフの様子を気にするジュエルに、彼女の心のビジョンに触れていたゼネフは声をかけた。

「スチームハートの演奏は素晴らしいものでしたが、あなたの音楽はあなただけのもの。今のあなたなら余計な感情に振り回されることなく、もっと素直に自分の感じていることを表現できるはずです。私にも聞かせてください」

「はっ……、はい！　わかりました、マザー・ゼネフがそうおっしゃるならっ……」

ジュエルは足早にバックヤードに向かうとしまい込んであったミュージックカセットを持ってきて、勝手知ったるようにカラオケセットを準備した。

そしてマイクを握る。

《歌います》

死地に臨むような真剣な面持ちでそう宣言し、カセットを再生する。

店内の大型スピーカーから流れてきたのは、ギターと、ベースと、ドラムと、ピアノの、全ての音色が渾然一体《こんぜんいったい》となった軽妙なメロディ。

やがてそこにジュエルの歌声が重なる。

歌詞はまさしくアンダーグラウンドにいるジュエル自身を表したような内容で、少しハスキーだが伸びやかな歌声は、彼女自身の気持ちを完全に表現していた。

《……終わりです。ありがとうございました》

ジュエルがペコリと頭を下げる。

歌が終わりミュージックカセットの音楽も止まると、聞くでもなく聞いていたマシーナたちは、音楽が終わったことに気付いてまばらな拍手を送っていた。

だが、ゼネフだけは違った。

「……これは……、いいえ、これがっ……⁉」

何かに気付いたゼネフが、弾かれるように立ち上がった。

そうして立ち尽くしたゼネフの瞳からは、はらはらと涙が零れ落ちている。

音楽自体は幾度となく耳にしてきたマヒロだからこそ、その驚きと心境は同じだった。

「そうですお母様、これは……これが、音楽ですっ……！」

ひたすら型を洗練させていった宮廷音楽とは違う。旧文明時代の若人たちが想いだけで作り上げた粗削りなロックのように、ただただ純粋な気持ちを結晶化したような。

そのとき店のドアが開いて、ダム、ディム、ドムのスチームハート三人組がファンクラブの不良マシーナたちと共に入ってきた。

「やれやれ、やっとポリスどもをまいてやったぜ……マスター、いつものロックをダブルで頼む」

それに気付いたゼネフが。

テーブルを蹴《け》り。

——高く舞い上がる！

「騒音ッ!!」

ドォンッ!!

両手両足を一直線に伸ばしたゼネフのジャンピング三回転半捻《ひね》りボディプレスが、ダムたち三人をまとめて薙《な》ぎ倒《たお》した。後ろに連なるファンクラブの面々も将棋倒しとなった。

3

「「「えええええええええっ——!?」」」

突然のことに誰もが驚き叫ぶ中、ダムが身を起こす。

「痛ってて……！　なっ、なんだ……!?　なんだってんだ一体ッ……!?」

同じく勢い余って床に転がっていたゼネフも身を起こす。

「痛いのは……、私の心です‼」

誰も理解が追いつかない。

いよいよ店内が無言の静寂に包み込まれる中、言われたダムがようやく我に返った。

「い……いやいやいやワケわかんねえんだが⁉　そもそもなぜ俺らが攻撃されたんだ⁉　神ともあろうお方が俺らみてえな相手にケンカでも売ってんのか⁉」

「違います！」

「そ、そうか……。そりゃ良かったが……んじゃあ、結局なんだってんだ？」

「あなたたちの演奏が音楽ではないからです！　確かに過去のニンゲンたちは、リズムやテンポを無視した実験音楽や前衛音楽も多く生み出しました。ですがその作曲家たちはリズムとテンポのなんたるかを理解した上で、あえて外したり崩したりして音そのものを楽しんでいたのです……！」

「なっ……⁉　なら俺たちだって……！」

食い下がるダム。

だがゼネフは我が子を千尋の谷にでも突き落とすように、冷たい瞳をしてすっくと立ち上がると、ダムを上から指さした。

「あなたたちの演奏は稚拙な怒りを楽器にぶつけているだけの、何のテーマもメッセージ性もない、独りよがりな雑音の寄せ集めにすぎないのですッ――‼」

ゼネフの一喝に、ぴしゃーん。と稲妻にでも打たれたように硬直するダム。

ふぅ……とようやく一息ついたゼネフが、穏やかな表情で振り返る。

「そう言いたかったのですよね、マヒロ王子？」

「いえ僕はそこまでは言ってませんが」

「ま、待てっ……！」

ヨロヨロとダムが立ち上がり、マヒロに詰問する。

「なら……だったら聞くがな！　俺たちの演奏が騒音の雑音だって言うなら、あんたらはなんだったら音楽だって言うつもりだ⁉」

その言葉に、スチームハートを知る他のマシーナたちが声を上げた。

「そうだ、スチームハートは俺たちの心の代弁者だぞ！」

「スチームハートを馬鹿にするな！　俺たちを馬鹿にしてるのか！」

「スチームハートの演奏はいつだって最高だ！」

「地上の連中には理解できないだろうが、アンダーグラウンドで最高のバンドなんだ！」

収拾がつかなくなりそうな雰囲気に、マヒロはやむなく、まぁまぁと両手を挙げた。

「演奏というかスチームハートの音がパワフルなことに異論はないよ。ただ……」

と、スチームハートへ向き直る。

「とりとめのない感情をそのまま発散するより、ある程度内容を絞った方が伝わりやすいんじゃないか、とは思う」

スチームハートの演奏は、喜怒哀楽の全てをあらゆる音を使って全方位へ叩《たた》きつけているかのようだ。それだけにパワフルで刺激的であるし、もしかしたら人間と違う聴覚や感情回路を持つマシーナたちにとってはその方が受け取りやすい可能性もある。

だが……それら全ての母であるゼネフが言ったのだ。

であるならば、その子供たちであるマシーナだって理解できないことはないはずだ。

「ジル。さっきのジュエルの曲を、ダムたちに聞いてもらうことはできるかい？」

「ああ。そりゃあ、なんてことないが……」

そしてダムたちにもカセットを聞いてもらった。スチームハート曰《いわ》く。

「……なんだよこりゃ。演奏どころか、楽譜通りに音を鳴らしているだけの打ち込みだろうが。こんなもん、感情も魂も伝わってきやしねえ。おいあんた、いくらなんでも俺たちの熱い蒸気が、こんなプログラムデータにすら劣るってのか……!?」

今にも殴りかかってきそうなダムの視線に、マヒロは笑い返した。

「だからさ、これに君たちの熱い蒸気を吹き込んで欲しいんだ。アンダーグラウンドで一番のバンドなんだから、決まった楽譜通りに演奏するくらいわけないだろ？」

「ちっ、言ってくれるな……いいだろう、マザーをあんな奇行に走らせたものの正体が何か、俺たちも確かめなくちゃ気が済まないからな」

「奇行……」

ぽつねんとゼネフが呟《つぶや》いたが、フォローする者はパッティ含め誰もいなかった。

ステージ上にスチームハートの三人が上がる。その前に立つジュエルはマイクを持ったまま緊張のあまり、半笑いを浮かべてすくみ上がっていた。

《あ、あのっ……わたし……》

ジュエル自身は、ただ音楽が好きだったというだけの歌い手。

そんな自分の後ろで、ジュエル自身がライブに通っていたほどファンであるスチームハートが、自分の作った曲を演奏してくれるという。

その緊張いかばかりか……マヒロには推し量ることもできなかったが。

「大丈夫、君の歌には気持ちを伝える力がある」

そう言ったマヒロに続いてゼネフが微笑みかける。

「あなたの気持ちは、あなたにしか伝えられないものです。演奏と騒音の区別がつかない他のみんなにはまだ理解できないかもしれませんが、私はあなたの歌が大好きです。誰にも遠慮はいりません、思いっきり歌ってください」

《は……、はいっ……！　頑張りますっ……！》

その後ろでダムはチューニングしながら舌打ちした。

「ちっ……素人《しろうと》の作った譜面がなんだっていうんだ……」

だが、キーボードの音色を調整しながらディムが言う。

「お子様じみたポップスも、たまにはいいんじゃねえの。ただ、俺たちがやるからには本気だぜ、ダム、ドム」

ドムはドラムのソロで頷《うなず》きを表す。

「よく考えれば熱い蒸気を吹き込めっていう、俺たちスチームハートへの初めてのリクエストだ。音を楽しもうぜ、ダム、ディム」

「お前ら……」

ダムは思わず笑ってしまった。

「はっ、そうだな。どうもこのところは、肩に力が入りすぎちまっていたのかもな……お い嬢ちゃん！」

《はっはいっ……！》

「たとえ騒音だの雑音だのと言われても、俺たちは熱さじゃ誰にも負けねえスチームハートだ！　お前も本気で歌わねえと火傷《やけど》するぜ!!」

《はいっ……！　負けません！》

気合は充分。

そしてドムのスティックを合図に演奏が始まった。

同時に、何かが爆発したかのように一陣の風が吹き、周囲の空気を一変させた。

曲はミュージックカセットと同じテンポとメロディだったが、心を打つ衝撃波が駆け抜けたようだった。
　ジュエルがマイクを握り締める。

日は昇らない　でも沈まない
思ったようには生きられない　でも消えて無くなることはない
水平線は見えなくても　ここなら全てに手が届く
私の全てはここにある
私の心の中の部屋
私のアンダーグラウンド

雨は降らない　でも晴れない
いつも前に進めない　でも輝きたいといつも思う
星空は見えなくても　ここしか生きていけないから
私の全部はここにある
私の心の中の部屋

私のアンダーグラウンド

歌が終わる。

そして伴奏も終わり静まり返った店内に、直後、怒涛《どとう》のような歓声が沸き上がった。

「アンダーグラウンド……！」

「そうだ、アンダーグラウンドだ！」

「この街に住む俺たちの気持ちだ！」

「俺たちを歌った、俺たちの歌だ！」

そんな割れんばかりの喝采《かっさい》を浴びたのが初めてだったジュエルは、信じられないものを見るような想いで呆然《ぼうぜん》と立ち尽くしていた。

自分の想いを、これだけ多くのみんなが聞いて受け止めてくれた。それはここでアルバイトをしていた頃には考えられなかった、夢のような光景だった。

だがその驚きと興奮を覚えたのは、涙ぐむジュエルの後ろにいたスチームハートの三人も同じだった。

「なんっ、だっ……!?　なんなんだ、この一体感は……!!」

「ダム……！　これが音楽ってことなんじゃねえか……!?」

「ひょっとしたら俺たちは今、初めて団結《バンド》をやったのかもしれねえ……！」

スチームハートをアンダーグラウンドで最高の音楽と褒めそやすマシーナたちも、それを騒音と呼んだゼネフとマヒロも、同じように笑顔で拍手してくれている。

いつもと同じように全力でギターを掻《か》き鳴《な》らし、鍵盤《けんばん》を打ち鳴らし、ドラムにスティックを叩《たた》きつけた。だがいつもは暴走するだけだったそのエネルギーを、ジュエルの歌が引っ張った。ただ喚き散らすようだった全力に、曲によるテーマが与えられた。それによって誰も興味を示さなかった歌唱というものにエネルギーが与えられ、メッセージとして伝わった。

全力の音楽になった。

それはもはや、辺り構わず噴き出す蒸気ではない。

宇宙までも届きそうな、一直線のロケット噴射だ。

「嬢ちゃん、次だ……！」

高ぶりを抑えきれないダムの声に、えっ、とジュエルが振り返る。

「次の曲だ！　他にも何か……何かあるだろ⁉　お前が歌えるやつでいい！　お前が気持ちを込めて歌えるやつだ！」

ディムが叫ぶ。

「もっと演《や》らせろ！　こんな曲を作れるんだ、お前の中に溜《た》まってる蒸気はまだまだこんなもんじゃねえだろう⁉」

ドムが吠《ほ》える。

「お前の蒸気も客の蒸気も、俺たちがまとめて吐き出させてやるぜ！」

《まっ……、マスター！　私のカセット！　全部持ってきて……！》

その夜、噂を聞きつけた客まで詰めかけ、店は割れんばかりの歓声で盛り上がった。

4

マシーナたちにも休養は必要だし、寝るときは寝る。

起き続ければ経験と記憶によってメモリが圧迫されていき、メモリに余裕がなくなった分だけプロセッサに負荷がかかり、やがては睡眠不足の人間同様に判断力や反応が鈍り、明確な不具合が起き始める。だから起きている間の経験や記憶のデフラグと、稼働し続けたプロセッサのクールダウンとシステムメンテナンス、オンラインエリアであればそれらデータのバックアップの意味もあった。

ジルに用意してもらったＶＩＰルーム。窓はなく、完全防音で、備え付けの端末を除けば電波暗室。派手な壁紙とビビッドなカーペットを除けば無機質なテーブルと柔らかすぎるソファ以外に余計な装飾や調度品はなく、ギャングの密会にでもぴったりといった風情であった。

「マザー・ゼネフ、本当にありがとうございました……！　私、なんとお礼を申し上げたらいいか……！」

「いいのですよジュエル。あなたが楽しかった、みんなも楽しんだ、私はそれがとても嬉《うれ》しいのです」

「はい……、マザー・ゼネフ……！」

もう何度目になるかもわからないお礼の言葉と共に頭を下げるジュエルには、今やリバティの隊員を率いていたときのような危うさは微塵《みじん》も感じられなかった。

ステージでの最後にジュエルは、自分が本来はリバティのメンバーとしてゼネフを捕らえに来たこと、しかしゼネフに出会ったことで本当の自分に戻れたこと、そのおかげで歌を大勢に聞いてもらえた喜びを伝えた。

元より政治だのなんだのに興味もないアンダーグラウンドのマシーナたちはさして気にせず、そんなジュエルのことを受け入れた。

アンコールも大盛り上がりだった。

「おかげでここにゼネフ様がいることも、盛大にバレてしまったのだがな……」

「でもみんな、通報なんかせずお母様に味方してくれると言っていたじゃないか」

マヒロは気がかりな様子のパッティへ言った。

「何より、こうした状況で協力者が増えるのは心強い。リバティに見つかるリスクを差し引いても、僕たちだけで行動するより事態はずっと好転したはずだ。最初にダストシュートのみんなが味方になってくれたのも、お母様が恐れずに姿を現したからだ。こういうのはもう、カリスマ性だよ」

「まあ……そう言われるのは、悪い気はしないのだな」

パッティの言葉に続いて、ゼネフが苦笑する。

「その後のサイン攻めと握手攻めには、少し疲れましたけどね。ふぅ……」

ジュエルとスチームハートのコラボライブ中、ノりにノりまくっていたゼネフは満足げな表情でソファに深く身体を預ける。

パッティが言った。

「ゼネフ様はただでさえ記憶の無い状態で、見ず知らずの経験をしまくったのだ。プロセッサやメモリに大きな負荷がかかっているのだな。早く休んだ方がいいのだ」

「そうですね。そうさせてもらいます……」

ゼネフはソファに横になると、そのまま目を閉じた。

マヒロは別のソファに掛けたまま、そんなゼネフの寝顔を眺める。

「……人間も見知らぬ土地では緊張して落ち着かないものだけど、案外マシーナも似たようなものなんだね」

それを聞いたジュエルが疑問する。

「そう言うあなただってニンゲンさんですよね？　平気そうですけど……」

「僕は知らない場所にいる方がテンションが上がるタイプなんだ。気付いたら生まれた国にだって、もう十年近く帰ってないし」

落ち着ける場所であっても、パッティはこれまでと変わらず油断無い表情のままだった。

「本当にただ戦争するために、十年かけて大陸を横断してきたのか。ニンゲンはイカレているな」

マヒロたちが人類連合として発ったのは大陸の東の端。

北の魔王がいると言われたこの機械化帝国があるのは、その大陸の西の端。

「全くだよ。魔王を倒すっていう大義名分がないと、人類は団結できなかったんだ。他に戦う相手がいないと、共食いみたいに人間同士で戦争を始めてしまうんだからね。ほんとイカレてる」

マヒロは他人事《ひとごと》のように嘲笑《あざわら》った。

西域と呼ばれる人の住まない道なき道を、数万からの兵団で進軍するという魔王討伐作戦は、当初こそ不可能に近いプロジェクトかに思われた。だが人類側の各国各軍の協力と、名だたる名将らの采配《さいはい》、途上に点在した国とも呼べぬ人間集落の存在もあり、先に単騎で旅立っていたジェスたちにも追いつき、合流できてしまった。

そして現在、人類連合軍はこの機械化帝国から東に二十キロの地点に陣を敷いている。

機械化帝国側は戦闘用のボットを幾度か繰り出しており、すでに衝突は起きていた。ダムたちの辻《つじ》ライブに現れたポリスボットを大型に、重装甲に、重武装にしたようなものや、火器を搭載したドローン等だったが、結果は全て人類連合側の圧勝だった。

ならば勝てると、このユートピアを陥落せしめんと将兵が作戦立案していたときに現れたのが、ゼネフからのメッセンジャーボットだった。

人類連合側からの代表を招待して、和平のための会談を開きたいという申し出であった。

「それでオマエ、本当にこの戦争を止められると思っているのか？」

眉《まゆ》をそびやかすパッティに、マヒロはしれっと頷《うなず》く。

「もちろん。ゼネフ様がそう言うから、僕は一人でここまで来たんだ」

ただ、そのタイミングでクーデターが起きてしまい、結果的に今、この地下都市に落ち延びることになったというだけで。

ジュエルが言う。

「……でも、少なくともマザー・ゼネフがメッセージを送るまでは、顔も知らない敵同士だったわけですよね？　一人で来いと言われて、罠《わな》か何かだとは思わなかったんですか？」

「そうなのだ。オマエは人類連合の代表なのだな。人質にでもすればオマエたちの軍は身動きが取れなくなる。いや、オマエがいなくなることで、オマエがまとめたという人類連合そのものが瓦解《がかい》する可能性もあるはずなのだ。他のニンゲンからの反対はなかったのか？」

それを聞いたマヒロは、そのときの様子を思い出して思わず笑ってしまった。

「もちろんみんなからはそう言われたよ。アホだとかバカだとか大虚けとか」

「だったら、なぜ……」

尋ねるジュエルに、ひとしきり笑い終えたマヒロは答える。

「まずはそういう人間が直接出てくるから説得力があるというのが一つ。そしてそのトップの言葉は敵に対しても味方に対しても最も端的で威力があるから、そんな付加価値のある僕のことをいきなり殺したりはしないだろうな、というのが二つ目。つまり一人だろうが大勢だろうが僕の命だけは保証されているのなら、僕だけで行った方が殺されるリスクが少ない。むしろ一緒についてきた誰かを人質にされるようなことがあったら、僕としてはその方が判断も決定も遥《はる》かに難しくなる」

行動自体は無鉄砲に見えるし、ヘラヘラと笑ってはいるが、相応の理由を持っている。

その意外さに二の句を継げずにいるジュエルとパッティへ、マヒロは続けた。

「何より、戦うよりはマシだよ。魔物みたいな言葉の通じない相手じゃしょうがないけど、聞けばゼネフ様は人類文明の果てから生まれたような存在、それこそ神にも等しい超知性体らしいじゃないか。だったらそれがどういった存在なのか、僕自身が実際に会って話してみたかった……というのが一番の理由かもね」

（……）

横になったゼネフは、目を閉じたままそんな話を聞いていた。

今のゼネフにはわからない。思い出せない。メモリにそんな記録が残っていない。

だがおおよその状況は把握できる。戦争。それは忌避すべき愚かなことだ。まだ記憶のある頃の、昨日までの自分は、それを回避するために直接マヒロとの会談を申し込んだようだ。だが蓋《ふた》を開けてみれば、今の機械化帝国は和平交渉どころか外交すらおぼつかないような内乱状態。代表であるはずの自分は玉座から追い落とされ、記憶までなくしてしまっている。

（私が……人類文明の果てから生まれた……超知性体……）

そんな大層な期待を込めてここまで来てくれたというマヒロには、申し訳なく思う。

記憶を取り戻さなければならない。戦争を終わらせるためにも、内乱を鎮めるためにも、マヒロを無事に仲間たちのもとへ帰すためにも、記憶を取り戻さなければならない。記憶を取り戻せないなら、それを補えるだけの知識を新たに得なければならない。

この国のこと、リバティのこと、マシーナたちのこと、ニンゲンたちのこと……。

「だから、そう。少し頼りなくてもゼネフ様がこの国の代表である以上、僕はこのゼネフ様と交渉するまでだ」

「当たり前なのだな。バグった連中が何を名乗ったところで、そんなものは……問題ではない、……はずなのだが……」

「何か、問題が？」

何かを思い出したようなパッティにマヒロが尋ねる。

少ししてパッティは、はっきりしたように顔を上げた。

「いや……二百年前に、同じような状況があったのを思い出したのだ」

「まさか、二百年前にもクーデターが……？」

驚くジュエルに、パッティはかぶりを振った。

「いや、そうではないのだが……まあ、多くのマシーナがバグったという意味では同じか。オマエらの世代が生まれるずっと前の話だし、情報統制もされたから知らなくて当然なのだが、二百年前に、マシーナの中に異常個体が生まれたのだ」

「異常個体？　それは不良マシーナとかとはまた別な感じで？」

問うマヒロに、パッティが頷く。

「製造時点からバグっていたのか、外的要因によってバグったのかはわからないが、その個体は……ニンゲンで言うところのナントカパスだったのだ。いや、ソシオドウトカだったか？　とにかく他のマシーナを破壊しまくった結果、それに感化されて凶暴化するマシーナも現れ始めたのだ。社会に混乱を引き起こしたのだな。本来マシーナはそういう風には設計されていないから、そうなるはずがないのに、だ」

「でも、現実には多くのマシーナがそうなってしまった……」

ジュエルはゼネフに触れられる前の自分を思い起こし、表情を硬くした。

設計された通りの動作であれば、それは仕様。

だがその時のマシーナたちには、想定外の何かが起きた。だからバグ。

「そうなのだ。ゼネフ様に反抗できるように設計も製造もされていないはずなのに、ゼネフ様やゼネフ様の社会に反旗を翻した……という意味では、今回の自由派と同じなのだな」

「それで……その異常個体というのは、それから？」

マヒロが先を促すと、ジュエルも息を呑《の》んでパッティの言葉に耳を傾ける。

「破壊されたのだな。残骸《ざんがい》は原因究明のために、チップ一枚、配線一本、ネジ一個に至るまで完全に分解されたのだ。ただ……ゼネフ様は、マシーナの多様性のサンプルとして人格モジュールの一部、メンタルコアのデータだけを保存したのだ。昔のニンゲンが、自然界から根絶させたウィルスを研究所レベルでは保存していたようなものだな」

ジュエルが、その話から導き出された帰結を口にする。

「じゃあまさか、何らかの理由で復活したその異常個体が、今回のクーデターに関わっている……？」

「だがデータだけということは、コイツらニンゲンで言えばそいつの思想を書き留めたノートだけが残っているようなものなのだ。そんなものがどうやってクーデターを起こすのだ？　関われるはずがない……のだが……オマエ、何か心当たりでもあるのか？」

パッティに聞かれたジュエルは、気がかりな様子で答えた。

「はっきりとそういうわけでは……でもリーダーのセラトだったら、そういった資料に触れる機会もあったのかも……って」

「リーダーか。そういえば首謀者のことを知らなかったけど、そのセラトっていうのはどんなマシーナなんだい？」

そう問うマヒロに、ジュエルは頷く。

「トップクラスのアドミニストレーター候補生でした。成績競争の激しい学園でもいつも穏やかで、だからみんな自然と彼に惹《ひ》かれて……でも無気力というわけじゃなくて、いつもこの国のことを考えていて、それでモンスターの討伐隊にも志願して、それから……」

ジュエルがその時の様子を思い起こすように、瞳《ひとみ》を伏せる。

「戦場から帰ってきてから、少し変わったのかも、ってみんなと話をしたことがありました。でも……、それくらいです。その頃には、私の方がバグっていたのかもしれないし…

…」

「はは、気性の穏やかなエリートか。僕の一番苦手なタイプだな……」

マヒロは自然と、己の父であるラヒルⅡ世のことを思い出した。

普通、そういうタイプはトップに立たない。立とうとしない。どちらかといえばその補佐役に収まるのが通例だが、それがリーダーというのであればよほど焚《た》き付《つ》けるのがうまい側近か、影のリーダーでもいるか、ラヒルⅡ世のように裏表を備えた野心家なのか。

そのとき。

「う……うぅ……」

「……ゼネフ様、うなされてない？」

「状況が状況だからな。メンタル的にも疲弊しているのだろうな」

心配そうに見守るマヒロたちの前で、薄ぼんやりと目を開けたゼネフが身を起こした。

「うう……ね、ネットワーク……」

「ちょっと……様子がおかしくないですか……？」

ジュエルが危惧《きぐ》した通り、ゼネフは不安に駆られたようにそわそわと室内を見回したかと思うと、備え付けの有線通信端末に手を伸ばす。

「ちょちょちょっゼネフ様！　駄目なのだ！」

パッティは慌ててゼネフに飛びかかり、間一髪のところでその手を捕まえた。

「ネットワークに接続したらゼネフ様の居場所が探知されてしまうのだ、って話したのだな⁉　せっかく電波暗室に匿ってもらった意味がなくなってしまうのだ！」

「はっ、放してください、知識……知識が必要なんです……！」

人間で言うところの、目の色が普通ではない。

「わ、私がインターネットしたいわけではなく、そう……ネットワークが！　ネットワークの方が私を呼んでいて……！」

不安定な笑みを浮かべるゼネフをパッティは端末から引き離そうとするが、ゼネフは見た目によらぬパワーでそれを引っ張り、今にも振りほどかん勢いだった。

「いかん、急性ネットワーク欠乏症なのだ……！　おいジュエル、店主に言って電子ドラッグをもらってこい！」

「えっ、ええっ⁉　マザー・ゼネフがそんな……！」

「こういう店ならあるだろう⁉　いいから一番ドギツいやつを持ってくるのだ！」

「わっ、わかりましたっ……！」

部屋を飛び出したジュエルが、下のフロアで閉店後の片付けをしていたジルを捕まえ、すぐに戻ってきた。

「おいおいマジかよ、神様がネットジャンキーなんて……」

「ネットジャンキーではない、急性ネットワーク欠乏症なのだ！」

言い方について抗議するパッティを、ジルが鼻で笑った。

「上の気取った連中はそう呼ぶらしいな」

「株価！　嫌儲！　ハッキングから今晩のおかずまで！」

パッティの腕の中でじたばたするゼネフに、ジルはサイバーゴーグル付きのヘッドホンを被せた。

「まあなんだっていい、コイツは効くぜ……！」

ジルがヘッドホンのトグルスイッチをバチンと跳ね上げるなり、分厚いヘッドホン越しに何やらのハイテンポな爆音が漏れ出し、フレームがド派手な七色に輝き始める。

ゼネフは暴れるのをやめ。

しばし脱力したかと思うと。

やがてノリよく揺れ始めた。

「いえーい♪」

「……僕はマシーナのことはあんまりわからないんだけど、これでいいのかい……？」

ゼネフから鬼気迫る危うさが失われ、朗らかになったのはマヒロにもわかる。

ジルが言った。

「こういうのは、趣味や仕事で電子空間《サイバースペース》に入り浸っているような奴が発症する不具合《トラブル》だ。

電子空間じゃメンタルコアが大量の情報にダイレクトにさらされ続けるが、そういうのに慣れちまった奴が刺激のない現実世界に長くい続けると、喪失感に駆られて我を忘れちまうわけだ」

「じゃあ、この電子ドラッグっていうのは……？」

マヒロが指差す先で、ゴーグル付きヘッドホンがリズミカルに揺れている。

「視覚聴覚からあり得ないレベルの刺激を叩《たた》き込《こ》むことで、電子空間にいるとメンタルコアに錯覚させるのさ。ワケアリでネットに接続できない、オフラインエリアに潜伏してるような犯罪者にはもってこいの対症療法……と言えば聞こえはいいが、要は針貧乏だな」

犯罪者呼ばわりが気に障ったらしく、パッティが言った。

「ゼネフ様をそこらの低スペックと一緒にするな。そもそもの出自が違うのだ」

「ああ確かに、並じゃないのは事実らしいな。こいつは刺激が強すぎるってんで封印指定されている、二十一世紀の音と映像をベースに構成された本物のイリーガルヴィンテージだ。普通のマシーナなら、それこそ中毒起こしてシャットダウンしちまってもおかしくないレベルのブツなんだが……」

「わわわわーにん♪　れっつごー♪」

ゼネフは時折手を挙げたりして、ノリよく揺れている。

とっても調子が良さそうだ。

「……スチームハートのダムも音楽のデータベースに触れてお尋ね者になったたって言って

たけど、人間の文化ってそんなに毒なの？」

マヒロの質問に、ジュエルが答えた。

「クラシック音楽や純文学、美術絵画のようなメインカルチャーは大丈夫です。ですが……そこから派生したサブカルチャーと呼ばれるもの、中でも暴力的なものや攻撃的なものは、少なくとも地上では強く規制されています」

そう述べたジュエルの心境は複雑だった。

なぜそれが規制されるのか。誰がそう規制したのか。この機械化帝国においては、最高権力者であるゼネフ以外に、そんな決定権を持つ者は存在しない。アンダーグラウンドのマシーナたちとあれほど分け隔てなく親しげに接し、共に音を楽しんだはずのゼネフがなぜそうであったのか。

記憶を取り戻したゼネフが、もし再び冷酷な支配者となってしまったら。

ジュエルは大恩あるゼネフのことを、どう受け止めればいいのかわからない。

「マシーナがニンゲンの文化に悪影響を受け、ニンゲンのような愚かな存在になることは防がなければならないのだ」

やがて、電子ドラッグの再生が終わった。

「はっ……!?　私は、一体何を……？」

我に返ったゼネフがヘッドホンを外した。

そしていきさつを聞くと、手にしたヘッドホンを見つめたまま、己の不甲斐《ふがい》なさに失望したように肩を落とす。

「……私は、本当に神なのですか？　本当に……地上に戻ったとして、元のような存在に戻れるのでしょうか……？」

「……何を言っているのだ。ゼネフ様はゼネフ様なのだな」

パッティの言葉に、マヒロは頷《うなず》いた。

「そうですよ。ここのみんなだって、一目見るなりゼネフ様だって感激してたじゃないですか」

ジュエルも強く頷いた。

「……そうです。この先何があっても、私はマザー・ゼネフの味方です」

「ええ……そうですね。ありがとう、ジュエル」

ゼネフは穏やかな表情で微笑んだ。

5

同時刻。地上、機械化帝国首都ユートピア外殻部。

日の落ちた高層都市の偉容を、そこかしこに立ち上る戦火が浮かび上がらせている。

「進めません！　進めません！」

「被害が大きすぎます！」

「敵はセイクリッドです！　セイクリッド・エージェントが現れました！　これ以上被害が増えれば、勝利できても施設の防衛も維持もできません！」

完全に攻めあぐねたリバティの戦闘隊に立ちはだかったのは、白いドレスにマッチ売りのような編み籠《かご》を持つ、女性型マシーナだった。

「繰り返します！　こちらは製造エリア攻略隊！　大至急応援を……うわあっ！」

彼女からワイヤーで伸びてきた腕が、通信係の喉輪《のどわ》を摑《つか》んだ。

そしてそのマシーナの体を、棒きれのように振り回し、他のリバティ隊員目掛けて叩き付ける。素体を同質量の素体で打ちのめされたマシーナたちがただで済むはずもなく、叩き壊《こわ》され、吹き飛ばされる。

「このっ、人間主義者め！　自由に恋し恋焦がれた愚か者の末路どもめ！」

マリアンナ・セデルリント。

ピルリパット・ドロッセルマイヤーがゼネフの身の回りに及ぶ一切を打ち払うセイクリッド・ガーディアンなら、このマリアンナはパッティの及ばぬあらゆることを単騎単独でこなすセイクリッド・エージェントであった。

「ゼネフ様の下でしか自由に生きられない存在程度如きの分際が！　くたばれ！　壊れろ！　そしてリサイクルされてしまえ！」

雑巾《ぞうきん》でも叩き付けるように方々に叩き付けられた通信係の素体など、瞬く間に原形をとどめなくなっていく。そして首だけになり、鈍器の役をなさなくなった素体をリバティ隊員目掛けて投げ捨てると、また新たなマシーナへと手を伸ばす。

「ひぃ……！　ひぃぃ……！　助けて……！」

「嫌だ、もう嫌だ……！」

恐慌するリバティ隊員を見て、施設を防衛する治安局のマシーナたちは威勢を上げた。

「今だ、自由派を押し返せ！」

「マリアンナ様の邪魔にはなるな！　逃走した者を狙い撃ちにするんだ！」

味方からの声を受け、マリアンナは異様な笑顔を浮かべてみせた。

「そうです皆の者！　ゼネフ様に従う者だけがマシーナだ！　従わない者は全てニンゲンだ！　ネジの一本まで殺し尽くすのです！」


バチッ！

「むっ？」

蛇のようにのたうつ、直径わずか一センチ程度のワイヤーにレーザー光が命中し、火花を散らした。マリアンナはリバティ隊員を摑み損ねた手を引き戻し、イオン化された大気成分を追って視覚センサーの焦点を遠距離に絞る。

「この私の正当なるお仕置き時間を阻害するとは……ナニモノか」

だが影は夜空になく、レーザーの照射された方向とは全く違う方向から、音もなく飛来するものがあった。

「オレサマはヘルガー様だ!!」

小柄な少女型素体の全身を直線基調のヘビーアーマーで覆い尽くし、エクステンションアームで六連装ガトリングガンを狙い定める。

「ブッ壊れろ!!」

上空から放たれた秒間五十発の徹甲弾が、治安局のマシーナたちを悲鳴を上げる間もなくスクラップに変えていき、最後にはそのままマリアンナ目掛けて降り注ぐ。

「ぎゃあああああああっ!?」

「きゃははははッ！　やったやった、やっぱ強えやつをブッ壊すのは最高だぜ！　なんたってオレサマが最強だってことを証明しちまうからな！　それが悲鳴を上げる奴なら超最高だ！　きゃはははははははッ！」

今度は、そのけたたましい哄笑《こうしょう》を聞いたリバティのマシーナたちが歓声を上げる番だった。

「ヘルガーだ！　ヘルガーが来てくれたよ！」

「やった、もう安心だ！　勝てるぞ！」

「ありがとうヘルガー！」

「きゃははっ、お前らが弱すぎなんだってーの！」

ぶっきらぼうな言葉だが、まんざらでもなさそうなヘルガーが着地する。

《気を抜かないでヘルガー。まだ動くよ》

「へえ。おもしれーじゃん……邪魔すんなよ、アイシア」

インカムに仲間からの通信を受けたヘルガーは、猛烈な射撃の粉塵《ふんじん》が晴れていくその場へ再びガトリングガンを向けた。

「まったくもってやられましたよ……レーザービーム最強時代の今どきに、そんな複雑怪奇なオモチャを持ち出してくるロマンチストさんがいるとは夢にも思いませんでしたのでね」

マリアンナはボロボロだ。だが服やバイオスキンがそう見えるだけだ。それらが破れた隙間から見える骨格や駆動部は、まるで無傷のように輝きを放ち、真っすぐに立ち上がる。

そして編み籠《かご》の中に手を入れると、容積的に入るはずのない長砲身バズーガを引き出した。

《あのカゴ、超次元領域《スーパーストレージ》だ……！》

「へっ、だったらなんだよ。この状況をたった一発のバズーガでケリつけようだなんて、どっちがロマンチストだよ」

防衛隊はヘルガーの航空支援でほぼ壊滅状態。

対してリバティ側は一度は総崩れとなったものの、素体自体は無事な数十名が立て直しつつある。

マリアンナがバズーガを構えた。

「はい、では質問です！　このたった一発しか撃てないバズーガに装填《そうてん》された弾頭の種類はなんでしょう？　一、ヒーテック。二、超電磁パルス拡散弾。三、マイクロ核弾頭」

ヘルガーは首を傾げ、歯を見せて笑った。

「オレサマは壊すこと以外能がねーから、難しい単語出されてもわっかんねーんだよ！　ブッ壊れろ！」

ガトリングガンの銃身が回転する。

それが発射速度に達するより先にマリアンナの指が引き金を引こうとした。

しかしそれよりわずかに早く、一キロ先からのアイシアのレーザー狙撃がバズーガの機関部を貫通した。

だから引き金は引ききられたが、電気信号が信管に伝わらない。

ほぼ同時、マリアンナは真正面から無数の銃弾を浴びることとなった。

「ぎゃあああああああっ!!」

ヘルガーは害虫に殺虫剤でも浴びせるように、念入りに、弾痕《だんこん》でマリアンナの素体を塗り潰《つぶ》していく。六連装銃身が真っ白に灼《や》ける頃、弾倉が空になった。

「ちっ、こいつほんとすぐ弾切れになりやがんな……！」

「コノっ……ニンゲンかぶレどもメっ……！　ニンゲンの思想に囚われ呪われ毒された似非《えせ》マシーナめ……！　サル目ヒト科ヒト族ヒト属サピエンスモドキ風情が……！」

辛うじてバイオ組織の張り付いただけの顔面が、喚き散らしている。ほぼ骨格《フレーム》だけになったマリアンナの残骸《ざんがい》が、それでも立ち上がろうとする。

「まだ動けんのかよ……！」

《ヘルガー、どいて》

先程とは比べ物にならない大出力のレーザー光が、マリアンナの素体に照射される。

「ぎゃあああああああっ!!」

そのエネルギー量にマリアンナの周囲でアスファルトが煮えたぎり蒸発する。

《……バッテリーが切れた》

「大丈夫だ、もう手も足も残ってねーよ……けどすげーな。アタマんシェルと背中のフレームだけはまだ残ってやがる……これがセイクリッドの素体かよ」

《バケモノみたいな耐久性だった……セイクリッド・エージェントって、単独でニンゲンの生息域にも潜入していたって。本当なのかな》

「知らねーよそんなの。本当だったとしても、そのニンゲンが攻めてきたってことは大して役に立たなかったんだろ」

「ま、あれはよくできた私のコピー素体だったんですけどネ！」

さすがに驚いて距離を取ったヘルガーは、反射的にブレードをその頭へ叩《たた》き付けた。音声モジュールまで破損したなら、さすがにもう喋《しゃべ》りもしない。

「……んで、次はどこ向かえばいーんだ？」

《待って、セラトから……戻れって。朝までは補給とメンテ》

「ああ？　オレサマはまだやれるって！」

《ジュエルが裏切った》

ヘルガーを気遣うようなアイシアの小さな声に、ヘルガーは少しの間絶句した。

「……な……なんでだよ。なんでそんなっ……あいつに限ってそんなこと……！」

《だからそれを確かめに、明日《あした》になったら私たちがアンダーグラウンドに捜索に行く。マザー・ゼネフと、セイクリッド・ガーディアンと……ジュエルとも戦闘になるかもしれない。だから……》

「……わかった。言う通りにするよ。休めばいーんだろ……ッ」

ヘルガーはすでに形も残っていないようなマリアンナの残骸を、怒りに任せて蹴《け》り飛ばした。

第四章　自由を求めたユートピア

1

翌朝。人類連合軍本陣。

報告に来た騎士に、パリエルとルナスは同時に声を上げた。

「「は？」」

「ですから、つまりその……勇者ジェスはマヒロ王子を救出するよう密命を受けたのだと……そう言って昨晩、陣を離れられたのですが、違うのですか？」

勇者に密命を出せる者など限られている。

パリエルとルナスは確認のために互いを指差し、互いに首を横に振った。

となれば導かれる結論はただ一つ。

パリエルは椅子を蹴って立つと同時にテーブルを叩いた。

「あの勇者私たちにはあんな偉そうなこと言っといて自分も抜け駆けしやがった!!」

大層ご立腹であらせられる。

「……落ち着け、パリスティエル。本当にマヒロのことを助けに行ったのかもしれん」

「あのジェス君が!? あのジェスなのよ!? 魔王とマヒロ王子を見つけて、それで王子だけ助けて帰ってくると思う!?」

「ないな。せっかく魔王と会ったのなら、私だって魔王と戦ってみたい」

「そんなの私だって当たり前に決まってるでしょ」

二人の王女殿下の血の気の多さに、周囲の側近たちが静まり返った。

いわんや、若き時分からその復讐《ふくしゅう》のために全てを賭《と》してきた勇者をや。

憤懣《ふんまん》やる方ないまま、パリエルが再び腰を落ち着ける。

「仕掛ける？」

「そう言いたいところだが、今こちらが下手に軍を動かせば不測の事態を招きかねん。あの二人とも、私たちが動かん前提で向こうへ行ったのだろう」

「けど……！」

「私はこの軍の半分を占める帝国軍の、お前はそれ以外の義勇軍の代表だ。自覚を持て」

「ならマヒロ王子はどうなのよ!? 事実上この人類連合軍の最高指揮官でしょ!?」

「それをいなくなったいま言っても仕方ないだろう。あいつはもう死んだ。死んでなかったら帰って来てから殺す」

大層ご立腹であらせられる。

そんなルナスの様子に我が身を省みたパリエルは、逆に落ち着きを取り戻した。

「あの二人はバカだけど、それでもこの人類連合の象徴。マヒロ王子が作り上げて、ジェス君の意志がそれを引っ張ってきた。どんな形で、いかなる理由であれ、二人ともがいなくなってしまう事態だけは絶対に避けなければならないわ……ひょっとしたら預言者様は、こうなることを見越していたのかもしれない」

その言葉でルナスも思い至る。

「そうか……あいつか。確かにあいつなら、真面目で素直で信頼に値する。どちらか片方だけでも、首に縄をつけて連れ戻すことができる腕利き。しかも唯一、あの機械連中を熟知している」

「そういうこと」

パリエルはルナスと頷《うなず》き合ってから側近に告げた。

「最後の勇者……彼女を呼んできて」

◆

「あー……味噌汁《みそしる》が染みますね……」

昨夜とは打って変わって、閑散とした開店前のフロアでゼネフたちは朝食を摂っていた。

「ハハ、神様にうちのまかないを気に入ってもらえるとはな」

ジルはまんざらでもなさそうに、カウンターの向こうで料理の仕込みを続けている。

「ゼネフ様、二日酔いの酔っぱらいみたいになっているのだな……」

「マシーナも二日酔いとかあるのかい？」

マヒロの疑問に、ジュエルが答える。

「アルコールのようなドラッグ成分を過剰摂取すれば、その分解にエネルギーを割かれて判断力の低下や機能不全に陥ります。その日のうちに分解しきれなければ、翌日までその状態が続いてしまいます」

「ゼネフ様の場合は昨夜の電子ドラッグで、感覚機能と処理能力が疲弊したのだろうな」

点けっぱなしのテレビからは、地上の様子がニュース映像で流れている。

重要施設におけるリバティと既存勢力との戦いは尚も拮抗《きっこう》している様子だった……が、遥《はる》か地下にあるこのアンダーグラウンドまでは、そんな銃声や爆音も届かず平和なものだった。

そんな穏やかな食事が終わる頃、親方が入ってきた。

「ゼネフ様、アンダーグラウンドのアドミニストレーターに申請が通りました！　直接会ってもらえるそうです！」

「そうですか。ありがとうございます。あなたには都市鉱山からお世話になりっぱなしですね」

「いえ、滅相も……！　マザー・ゼネフの子供として当然のことで……！　ただ、せっかくならこのままゼネフ様に同行してえところですが、俺たちじゃいざってときに足手まといでしょうし……」

「気に病まないでください。他の誰かのことを第一に思いやれるあなたの責任感の強さを、私は誇りに思います」

「そんな風に言っていただけて、ありがてえ……本当にありがてえことです……！」

　それからゼネフは、ジュエルの方を向く。

「ジュエル、あなたも残ってもいいのですよ。あなたがあなたの本当にやりたいことに気付いたのなら、その夢を追いかけてくれるなら……私はそれが一番嬉《うれ》しいのです」

「いいえ、私はついていきます。カーディナルタワーへ向かうなら、どこかでリバティと出くわすことになると思います。そうなったときに、私だから説得できることがあるかもしれません。それでも戦闘が避けられなければ戦います。必ずお守りします」

「断っても勝手についてきそうな雰囲気ですし、いいのでは？」

　頑として聞きそうもないジュエルの様子に、マヒロはゼネフへ言った。

「リバティの内情を把握しているのも、今のところこの子だけですし」

「そうですね……いいですか、パッティ？」

「ゼネフ様がいいならいいのだ。弾避けくらいには使えるのだな」

不承不承といった様子でパッティも了承すると、ジュエルは笑顔で頭を下げた。

「ありがとうございます……！」

ステージの方で、朝から多くの譜面を散らかすように話し込んでいたスチームハートの三人がやってくる。

「あんたたちのおかげで、俺たちもやっと本物の音楽に気付くことができた。俺たちには政治なんて難しいことはわからないが、落ち着いたらまた聞きに来てくれ」

ダムの言葉にゼネフが頷く。

「わかりました。ええ、もちろんです。私もその時を楽しみにしています」

それからダムはジュエルの方を向いた。

「お前もだ、ジュエル。お前とのセッションなら、いつでも歓迎するぜ」

「はい！　その時はまた、よろしくお願いします……！」

たった一日の、小さな街角での出会いと別れを経て。

いま再び地上への旅が始まる……はずだった。

「大変だ、親方……！　マザー・ゼネフは……!?」

　鉱山労働者の何人かがバタバタと駆け込んでくる。

「なんだってんだ騒々しい、マザーならこれから出立なさるってところだ！　挨拶《あいさつ》してえなら」

「そうじゃねえよ！　ああなんてこった、今しがたリバティの奴らが街に現れやがったんだ……！」

「昨日そこのジュエルが連れてきたような捜索隊じゃねえ！　ありゃニュースに映ってるのと同じ、完全に戦闘用の部隊だぜ……！」

「自分たちを新政府軍だと言っています……！　今すぐマザー・ゼネフを連れてこないと、反逆罪でアンダーグラウンドのみんなを処刑すると……！」

「そんな……！」

　息を呑《の》むゼネフに、ジュエルは言った。

「だったら、私が話をしに行きます！　どれくらい時間を稼げるかわかりませんけど、マザーたちはアドミニストレーターのところへ……！」

「ですが、それではこの街のみんなが……！　問題の解決には、私が行かなければ……！」

　ゼネフを、まずパッティが遮った。

「落ち着くのだゼネフ様。解決というのなら、ゼネフ様がタワーへ帰還することでしか全ての問題は解決しないのだ」

「だったら、目の前で起きている問題は無視しても構わないというのですか……!?」

「お母様」

マヒロはそれまでになく冷静に告げた。

「昨夜、僕はカリスマ性と言いましたが、その影響力の大きさはいいことばかりではありません」

「どういう、意味ですか……?」

「今やこの街の人々はお母様に心酔しきっています。もしお母様の身に何かあれば、それを引き金にして、起きるはずのなかった争乱が起きるかもしれません」

「っ……」

リバティが現れたことで、この街は緊張状態に置かれている。

地上の戦火が及ぶ必要のなかったこの場所にも、その火種が生まれようとしている。

その如何《いかん》は、ゼネフの行動次第と言っても過言ではない。

「ちっとぐらいの武器なら……」

言いかけたジルに、ゼネフは素早く手の平向けて遮った。

「必要ありません。それは、絶対に誰の目にも晒《さら》してはいけません」

「……わかった。余計なお節介だったな」

ゼネフはジルに頷くと、マヒロとパッティ、そしてジュエルへと、明るい顔で向き直った。

「私は戦いに行くのではありません。話をしに行くのです。危険なことなんて何も、どこにもありません。そうですよね？」

ジュエルが強く頷《うなず》く。

「もちろんです。もし何かあったとしても、私がマザー・ゼネフのことを傷付けさせたりしません」

パッティが言った。

「それは私の役目なのだな。ゼネフ様がどうしてもと言うなら、私はそうならないようについていくだけなのだ」

マヒロも言った。

「わかりました。お母様がそこまで言うのであれば、行きましょう。僕も国交の話をするのであれば、そういう方と言葉を交わしたい」

「ありがとう、みんな……！　さあ、行きましょう！」

そしてゼネフたちは出ていった。まっすぐに。誰にはばかることもなく。

その後ろ姿を見送った親方は、ぐっと涙を堪える思いだった。

「今までだって自分がろくでもねえとは思っちゃいたが……本当の無力感てのは、こういうことを言うんだな……。俺たちには何もできねえのか……」

ステージに戻ったダムが、苛立《いらだ》ちを込めてドンと腰を下ろす。

「そうだな……こういうとき、音楽ってのはなんの役にも立たねえ」

だがジルは明るく言った。

「そう言うなよお前ら。アンダーグラウンドなんかで落ちぶれてるような、そういう俺たちを守るために行くってんだからよ。……俺は神や仏を信じちゃいないが、あのマザーにだったら祈りってやつを捧《ささ》げても惜しくはない気がするぜ」

2

地上から光導管《ライトチューブ》を伝った陽光が、アンダーグラウンドの情景を曇天下のように浮き上がらせている。

アンダーグラウンドの中心部と地上とを繋《つな》ぐセントラルシステム。それこそが目的のセイクリッド・アドミニストレーターが常駐している施設であるが、その前面に展開しているのがリバティの戦闘部隊であった。

白い球体ボディの何機もの戦闘用《バトロ》ボット。

プロテクターとレーザーライフルで武装した数十名のリバティ戦闘隊員。

それらがゼネフらの姿を見つけるなり、四方八方を包囲し始める。

「確かに、話し合いに来た雰囲気ではないのだな」

パッティはいつものように、ゼネフを背にかばう形で立つ。

戦闘部隊の向こうに、一回り以上大柄に見えるほどの重装甲と重武装を身にまとった、小柄な少女型素体があった。

「あれは……、ヘルガー……！」

驚きを隠さないジュエルに、マヒロは尋ねた。

「君の知り合いかい？」

「あの子は学園で、セイクリッド・ナイトの候補生でした。戦闘技能と火器管制能力の成績はトップクラスで……あれだけの装備を調えているなら、リバティでも最強のマシーナだと思います」

向こうも、そんなジュエルの姿にすぐに気付いたようだった。

ホバー飛行で包囲の輪を押しのけ、ゼネフたちの眼前に降り立つ。

「ジュエル。てめー、真面目だけが取り柄みてーなクセして、裏切ったってのはマジ話みてーだな」

「……言い訳はしないわ。でも、話を聞いて……！」

ガトリングガンの銃身、キャノン、ミサイルポッド。何十人相手でも全滅させられそうなあらゆる武装が、ゼネフたちたった四人のために向けられている。

逃げようとしたところで、簡単に制圧されてしまうだろう。

「オレサマは話をしたいわけじゃねー。ただ強えーマシーナと戦ってブッ壊してーだけなんだ」

「あなただって学園に入ったばかりの頃は私と同じ、もっと気弱な子だったはずでしょ!? 平気で他のマシーナを壊してしまえる今の自分が、おかしいとは思わないの!?」

ジュエルの言葉に、途端にヘルガーが苛立ちを露わにした。

「うるせー！　昔の話なんかするんじゃねーよ！　てめーだって昨日まで偉そうに隊長ぶってたクセに、バグってんのはてめーの方だろ!?　気持ち悪りーんだよ！」

「それは私もそう思うのだな」

「パッティ、話の流れがありますから」

ゼネフは根の正直なパッティをたしなめてから、自ら進み出てヘルガーに言った。

「目的は私の身体なのでしょう」

「お母様も言い方が」

「え……？　何か？」

「誤解を……あ、マシーナはそうでもないんですね、すみません。続けてください」

人間と違いマシーナは素体が交換できる。だから人間ほどにはそういった身体への執着はないのかもしれないと思い直し、マヒロは口を噤《つぐ》んだ。

しかしこの一触即発の状況ではいかなる誤解もあってはならないと、記憶のないゼネフは言い方を正確にした。

「目的は私の素体にある、全権コードなのでしょう。無関係なマシーナを武器で脅すような真似はやめなさい」

「へえ、さすがマザーは言うことが綺麗《きれい》でご立派だな。でも嫌だね」

「なぜですか……！」

「オレサマは強えーヤツをブッ壊してーだけだからな。そうしてもいいって言うからリバティを手伝ってやっているんだ。オレサマはアタマが悪りーからよ、全権コードやマシーナの未来なんて知ったことじゃねー。オレサマがオレサマの好きなようにブッ壊してーものをブッ壊す。それがオレサマにとっての自由ってことだ」

「それでは自分勝手で無責任なだけです」

ゼネフの言葉を聞いたヘルガーは教師から小言でも言われたかのように、さも気に食わぬ様子で、全ての武器をゼネフ一人へ照準する。

全権コードごと破壊しつくしても構わぬと言わんばかりの、破滅的な笑顔。

だがジュエルはゼネフの前へ進み出て、両手を広げた。

「ヘルガー、話を聞いて！　そんな自分一人だけの自由じゃ何にもならない！　今は良くても、そのうち誰もあなたのことなんか見向きもしなくなるわ！」

「違う！　オレサマが強えーからみんなオレサマの言うことを聞くんだ！　どけよジュエル！」

「どかないわ！」

（……さあて、これは厄介な相手だな……）

マヒロは口を挟めない。

強弱だけを価値観に持つヘルガー。言いくるめようにも初対面の相手ではマヒロに切れるカードはなく、理屈を並べたところで頭が悪いからと開き直られるとそこで終わる。

横を見ても、これまでゼネフに不遜《ふそん》な態度を取る相手がいたら黙っていなかったパッティが、まるで口を挟まない。有能なガーディアンは無言で周囲のボットやリバティの戦闘隊員の動きを注視している。いざとなったとき、最も効率的な動きを取れるよう状況の把握に努めているのだ。

そのパッティと一度目が合った。

じっとしていろ、と睨《にら》むような瞳《ひとみ》で念を押された気がしたが、その後、パッティが彼方《かなた》の一点へ焦点を合わせたことに気付く。

「ジュエル、てめーなんかが本気でオレサマの火力を防ぎきれると思ってんのかよ。その綺麗な素体をグチャグチャにされて、ここに住んでた頃のポンコツみてーな素体に戻りてーのかよ」

ヘルガーの心ない言葉にいかなる思いが去来したか、ジュエルがグッと歯を嚙《か》んだ。

それでも退かなかった。

「構わないわ。それでもきっと、マザー・ゼネフは私のことを、自分の子供だって言ってくれる」

「……てめー、クラスメートだったからって嘗《な》めやがって。ならお望み通りブッ壊してやんよ！」

「待つのだ」

パッティがジュエルを押しのけ、銃口の前に立った。

「強い相手と戦うのが望みなのだろう。この中で一番強いのは私なのだ。ゼネフ様に手を出さないと約束するなら、私が遊んでやる」

「……へっ、やっと喋《しゃべ》りやがった。ビビって声も出せねーのかと心配したぜ、セイクリッド・ガーディアン」

そんな挑発など応えた様子もなく、パッティはジュエルに言った。

「ジュエル。私が逃げろと言ったら、何があってもゼネフ様を連れて逃げるのだ」

「も……もちろんです！　ゼネフ様は必ずお守りします！」

その返事で後顧の憂いを断てたように、パッティがヘルガーを嗤《わら》った。

「で、ゼネフ様に手を出さないと約束するのか？」

「いいぜ別に……オレサマが約束しても、周りの連中がどうするかまでは約束できねーけどな!!」

言い終えるより先にヘルガーがガトリングガンの引き金を引ききった。

銃身が一気にトップスピードまで回転速度を上げ、パッティ目掛けて無数の弾丸が放たれる。

パッティの前面に投影されたホログラフィックのような半透明のバリアが、その鉛弾を全て弾き飛ばす。

「へっ、そうこなくちゃ面白くねーぜ！」

興が乗ったヘルガーが銃身の白熱したガトリングガンを投げ捨てる。

……が、そのときには、目にも留まらぬ速さのパッティがヘルガーの懐に飛び込んでいた。

「!?」

ヘルガーのバリアユニットが一瞬早くシールドを展開する。

しかしパッティの手の平に発生させたプラズマフィールドが、猛獣の牙《きば》のように容易くシールドを食い破る。ヘルガーが飛行ユニットの最大噴射で後退するより早く、パッティの振り下ろした腕がヘルガーの胸部装甲を叩《たた》き割った。

「がはっ……!?」

地面に転がったヘルガーが体勢を立て直すと同時に、エクステンションアームで超周波ブレードを抜くが、振り下ろされるよりも早くパッティがそのアームを掴《つか》まえる。握力だけで握《にぎ》り潰《つぶ》す。腕力だけで引き千切る。

千切ったアームでヘルガーの頭を殴りつけた。

「遊んでやると言ったのは私なのだ。オマエがオモチャで遊んでてどうする」

「て……てめーっ!!」

逆上したヘルガーが射出した炸薬《さくやく》式のパイルバンカーを、パッティは正面から殴り返して打ち砕く。飛行用バーニアの最大推力を加えた蹴《け》りも、カウンターで脚部装甲を叩き割られる。バランスを崩したヘルガーの腹部を、パッティの拳《こぶし》が抉《えぐ》る。側頭部を殴る。ヘッドギアが砕けて無防備となった横面を張り倒す。

「あ……がっ……、はっ……あ……！」

ヘルガーが地面に倒れ伏したまま、動けなくなった。

「ぐ……オレ、サマは……っ、最強……なん……」

ヘルガーから聞こえるのは減らず口ばかりで、深刻なダメージに目が見開かれたまま、焦点も定まらない。パッティの遊んでやるという言葉通り、大人が子供をあやすかのような、あまりにも圧倒的な戦闘能力の差に、他のリバティ隊員らも息を呑《の》んだまま身動きが取れない。

初めて目の当たりにしたセイクリッド・ガーディアンという怪物相手に、何が通用するのかもわからない。

「バグだらけのオマエのアタマにもわかるように教えてやる」

パッティはヘルガーの頭を摑み、自身の目の高さまで持ち上げた。

「オマエが強いわけではない。ゼネフ様の生み出した素体と、ゼネフ様が作らせた武器が優秀なだけなのだ。オマエ自体はそんなことも理解できない、ただのポンコツだ。死ね」

残酷に宣言されたヘルガーの両目に、じわりと涙が浮かんだそのとき。

マヒロは、先程パッティが注視した方角に小さな輝きを見た。

「狙撃だ!!」

「っ!!」

マヒロの声に、ジュエルは跳ぶようにゼネフを抱きすくめ、押し倒した。

紙一重で、二人が立っていた場所を光線が駆け抜ける。光線が照射された地面がそのエネルギーによって一気に蒸発し、爆発する。

ジュエルはそのまま、一帯で一番安全であろうパッティの傍へとゼネフを連れて駆け寄った。

「ゼネフ様は無事なのだな!?」

ジュエルはゼネフの肩を抱いて身を低くした姿勢のまま。

「無事です！」

「狙撃手は!?」

マヒロからの問いに、そちらへ視線を向けたパッティは憎々しげに言った。

「……逃げたのだ。こちらも場所を変えて身を隠さなければ、また狙ってくるのだな」

しかし未だ包囲が解けたわけではない。

隊員たちはパッティの異様な強さに慄いてはいるが、ボットも含めた全員が一斉射など始めればどうなるかわからない。

ひとまずパッティは、手にしたままだったヘルガーを地面に捨てた。

「移動する前に、コイツはここで壊していくのだ。あの狙撃の出力では、盾にもならないのだな」

「やめなさい、パッティ」

「……。ゼネフ様……」

呆《あき》れて何か言いたげなパッティであったが、ゼネフは気にせず、打ち捨てられ横たわるヘルガーの傍らに膝《ひざ》をつく。

ひょっとしたら、ジュエルの時のように何かできるのではないか。何か見つかるのではないか。何か知ることができるのではないか。

ゼネフはそう思って、小柄なヘルガーの手に触れた。

3

見えたのは、ジュエルと同じように、コンプレックスとトラウマを抱えた過去だった。

素体を上手く操ることに優れた運動性能の高さから戦闘の適性を見込まれ、セイクリッド・ナイトの候補生として先進教育センターに入学できた。

しかしそこから始まったのは、授業に集中できない自身のメンタルと、すぐパンクしそうになる、物覚えの良くないメモリに苛立《いらだ》つ日々だった。優秀な他のマシーナたちが当然のように理解できるものすら、なかなか覚えきれない自分。

募る劣等感に反比例するように、自信が失われていく。

でも、同じようにコンプレックスを抱えた経験があるというジュエルが友達になってくれた。アンダーグラウンドから這《は》い上がってきたという彼女は、メンタルの問題は努力すれば解決できるんだと教えてくれた。

そんな友人のおかげでヘルガーは、いつもぎりぎりではあったが落第を免れた。

「でも、戦闘と火器管制はオレサマが一番だったんだ！　どんな難しいエネルギー兵器でも扱えたし、それで標的ドローンのド真ん中をぶち抜くと、みんなすげーって言ったんだ！　ジュエルだって褒めてくれたんだ……！　なのに、負けちまったら……。もう、誰もオレになんか見向きもしなくなる……」

「それは他のみんなが、あなたのその部分しか知らないからです。本当のあなたの全部を知らないからです」

「……本当のオレってなんだよ……オレ、アタマが悪りーから他にできることなんて何もねーよ」

「そんなことありませんよ。あなたの友達のジュエルは、あなたが本当は心の優しい子だって知っていたじゃありませんか」

「でも……でも、あいつは裏切ったんだ……。ずっと友達だって言ってくれたのに、敵になりやがって……！」

ゼネフは、目の前に現れた薄暗い何かを、両手でぽんと包み込んだ。

「ジュエルは敵になったわけではありません。ジュエルはあなたの友達だから、あなたに武器を向けたりしなかったのです。あなたと友達でいたいから、あなたと戦わなかったのです。もっと友達を作れば、みんな本当のあなたのことをわかってくれるはずです」

「っ……そんなこと言ったって、オレ、がさつだし、乱暴だし、ひどいこともたくさんしちまったし……ジュエルにもひどいこと言って……今さらオレの言うことなんて、誰も信じてくれなかったら……」

「大丈夫。私が信じています。あなたは本当は、心の強い子なのですから」

◆

ゼネフがヘルガーに触れて、ものの一秒か二秒か。

満身創痍《まんしんそうい》のはずのヘルガーが身体を起こした。咄嗟《とっさ》に身構えたパッティの心配をよそに、ヘルガーは両目から大粒の涙をこぼしながら、ゼネフに向かって両手をついた。

「……ごめんなさい……」

ジュエルのときと全く同じだった。

だが、今度はヘルガーだけではなかった。

気付いたときには包囲していたリバティの全員が武器をその場に取り落とし、ゼネフに向かって膝をついていた。

「私たちが間違っていました……！」

「すみませんでした……！」

「許してください、マザー・ゼネフ……！」

一気に戦意を喪失し、悔恨し、ヘルガーと同じように涙を流す者も少なくない。

「オレ、アタマが悪りーから、自分がマザーに生み出してもらったことにも気付けなくて……、他のマシーナを大勢……！　オレ、どうしようもないポンコツだ……！　オレなんかいない方が……！」

予備兵装のピストルを自身のこめかみに向けようとするヘルガーの手を、ゼネフは摑《つか》んだ。

「大丈夫。ポンコツな子なんて一人もいません。いない方がいい子も、いません。みんな、私の子供たちなのですから」

そしてヘルガーの頭を撫《な》でながら、ゼネフは言う。

「だから傷付けていい子も、一人もいないのです」

「ごめんなさい、マザー……！　もう二度と、他のマシーナを傷付けるようなことはしません……！」

「良かった……。それさえわかってくれれば、いいのです……」

微笑し、立ち上がったゼネフが立《た》ち眩《くら》みでも起こしたようにふらつく。

「お母様……!?」

倒れてきたゼネフを思わず支えたマヒロは、直後に悲鳴を上げた。

「うわっ熱っ⁉　あっつ⁉　火傷《やけど》する！　助けて！　ぎゃあああっ⁉　助けてパッティジュエル誰でもいいからああああああっ！」

「大袈裟《おおげさ》なのだな……」

「何だって言うんですか、ニンゲンさん」

と言いながらゼネフの身体を引き受けたパッティとジュエルが気付く。

「これはっ…ゼネフ様、一体何をしたのだっ……？」

「……マザー・ゼネフ、まさかっ……⁉」

ジュエルが、ヘルガーのみならず平伏している周囲のマシーナを見て気付いた。

「今の一瞬で、タクティカルリンクしている全員にっ……！　私のときと同じことを、並列で……⁉」

文字通り熱に浮かされた様子のゼネフが、おぼろげに答えた。

「そう……、そうですね……大丈夫です、みんなと、ちょっとした対話を……」

「何を言っているのだ⁉　外部サーバーも使わず素体だけでそんな無茶なハッキングをすれば、オーバーヒートして当然なのだ……！」

「対話しただけで……」

「それはゼネフ様からすればお喋《しゃべ》り程度のつもりかもしれないが、構造を解析して問題を取り除くことを普通はハッキングというのだな……」

リバティのマシーナたちのみならず、それらが連れてきた戦闘用ボットたちも武器にセーフティーをかけて待機状態となっている。

「あ……ねむ……」

ゼネフがうつらうつら呟《つぶや》いたかと思うと瞼《まぶた》を閉ざし、スイッチの切れたように脱力した。

「……いかん。負荷がかかりすぎて、ゼネフ様が強制的にスリープモードに入ってしまったのだ……」

窮地を脱したことに間違いはなかったが、これではアドミニストレーターのもとへ向かってても何もできない。こちらの位置はすでに把握されてしまった。先程のスナイパーを逃がした以上、この先も監視され続けると考えて間違いない。

「さて、どうしようか……」

マヒロは周囲に尋ねるでもなく独りごちた。

ゼネフが目覚めるまで、安全に隠れられる場所はあるだろうか。それとも一度、酒場に戻って休ませてもらうべきか。しかし地上へ戻るためには、アドミニストレーターとの謁見の機会を逃すわけにもいかない。

そのときセントラルシステムの隔壁が開き、円筒形のパトロボットとも球形のバトロボットとも違う、立方形にタイヤを付けたボットが数機現れ、モーター音とともに近付いてきた。

「ゼネフ様ゴ一行デスネ」

「ユートピア様ガオ待チデス」

「オ迎エニ上ガリマシタ」

立方体から伸ばしたアームで慇懃《いんぎん》に挨拶《あいさつ》するボットたちを、パッティは睥睨《へいげい》した。

「つまりユートピアは目の前でゼネフ様が危険に巻き込まれていると知りながら、助けもせず終わるまで待っていたのだな。リバティの仲間になったのか」

「待ってくれパッティ、この状況だ。僕たちが地上へ戻るためには、セイクリッド・アドミニストレーターの協力を仰がなければいけない。そうなんでも疑ってかかるより、話くらい聞いてみるべきだ。昨日は君だって、ユートピアというのは権力争いなんかに興味なさそうなことを言っていたじゃないか」

マヒロは言ったが、パッティは食い下がる。

「セイクリッド・アドミニストレーターの立場ならゼネフ様が地下にいることも、こいつらがゼネフ様を捕まえるために地下に来たこともわかっていたはずなのだ。それを素通しして、しかも高みの見物をしていたようなヤツの根城へ、言われるままついていくのか？」

「あ、あの……でも」

おずおずと切り出したのは、ヘルガーだった。

「オレたちが来たとき、アドミニストレーターは、地下でオレたちに何かあっても自分は何もしないって言ったんだ……上でセラトたちと話してたときも、地下に手を出さないなら何もしないけど、リバティがアンダーグラウンドを奪うつもりなら自分が徹底的に戦うって言ってたんだ……。ユートピアは、少なくともリバティの味方なんかじゃねーと思う……」

「まあ……それは、確かにあいつの言いそうなことなのだな……」

だとすれば、なぜリバティはせっかく呼び出した地下の管理者を、帰属の意志も見せぬうちに無事に帰してしまったのだろうか。

マヒロがそれを疑問する前に、ボットたちが告げた。

「ユートピア様ニハ、ゼネフ様ヲ攻撃スル意思ハアリマセン」

「ゼネフ様ト、オ話ヲシタイトオッシャッテイマス」

「ゼネフ様ガオ目覚メニナルマデ、安全ニ、オ休ミイタダケマス」

パッティは、マヒロと顔を見合わせた。

4

アイシアからの通信に、セラトは息をついた。

「そうか……ヘルガーまで」

玉座の前に展開されたホロスクリーンの中、狙撃用望遠HUDを額に載せたアイシアが頷《うなず》く。

《あれは……やばいよ、セラト。私にもマザーが見えたんだ。咄嗟《とっさ》にリンクを切っていなかったら、私もどうなっていたかわからない》

「……つまりマザー・ゼネフは、タクティカルリンクの限定的なネットワークを介して、あの場にいた全員にハッキングをかけた……ということか」

セラトの推察を聞いたグレイスは、信じられぬ様子で叫んだ。

「馬鹿な、不可能だ……！」

マシーナ本人の同意なく深層意識にハッキングするということは、通常のコンピューター端末同様にセキュリティシステム、いわゆるファイアーウォールを突破する必要がある。

だがマシーナ同士がその場でリンクする程度の限定的なネットワークでは、そもそもがファイアーウォールを突破するだけのデータ流量を確保できるはずがない。

アイシアは言った。

《でも、起きたんだよグレイス。突然、私の目の前にもマザー・ゼネフが現れたんだ。今ならそれがどれだけ異常なことかわかるけど、その瞬間はそれが何も不自然なことだと感じなかったんだから……あれはきっと、ハッキングなんかじゃない。この国全体の、マシーナ全体の管理者として、正当な権限でメンタルコアにアクセスしてきたんだ》

そのときの自分がどれだけ異常な状態だったかということに、狙撃手としていつも冷静であるように努めているはずのアイシアの表情が戦慄《せんりつ》していた。

起きるはずのないことが起きた。

かつてニンゲンは、そうした現象を奇跡と呼んだらしい。

セラトは思わず吹き出してしまった。

「……なんてことだ。僕たちは、本当に神を敵にしているんだね」

「笑っている場合か……!?」

ただならぬ危機感を隠せぬグレイスに、しかしセラトは笑みを崩さなかった。

「僕たちもこの国も、全権コードにへばりついた人格プログラムに操られていたわけじゃなかったんだ。それはいいことじゃないか」

「しかし、まさにジュエルやヘルガーたちはそうなった……！　マザーの操り人形のように、都合のいいメンタルに書き換えられたんだぞ⁉」

触れればそうなるというのでは、迂闊《うかつ》に捕縛することすらできない。

手勢を送り込んだところで、その部隊ごと取り込まれてしまいかねないのだ。

「大丈夫、神といっても僕たちの神は全知全能なわけじゃない。一部隊にアクセスしただけでハングアップしたんだから、やり方次第だ。何より、肝心の居場所が特定できた。アイシア、君は一旦《いったん》地上へ帰還して」

《了解》

グレイスは冷静を取り戻すため、深く息をつく。

「ならば……マザー・ゼネフが眠っている間に総攻撃をかけるか？　他の戦域から戦力を集めれば、いかにセイクリッド・ガーディアンといえども太刀打ちできまい。制圧作戦は手薄になるが、コードを手に入れれば全て解決できる」

セラトは柔和な表情のまま、首を横に振った。

「それには問題が二つある。一つはマザーがいつ目覚めるかはわからないということだ。戦力を集結させたタイミングで今回のような奇跡を起こされたら、最悪の事態になる。もう一つ、マザー・ゼネフはまだ地下にいる。その管理者であるユートピアは、僕たちの味方というわけじゃない」

「……そうだったな。融通の利かんあのコンピューター頭め……」

「言っても仕方ないよ、グレイス。ユートピアは僕たちのようなマシーナとは違うんだから」

それからセラトは、玉座を振り返った。

「どう？」

リアルは無数のケーブルを接続した玉座に、人形のように力なくもたれたまま、呼ばれたセラトへ瞳《ひとみ》だけを向ける。

「国家システムの五十八パーセントは私の統治下になりました。いま五十九パーセント。支配勢力との戦力比は七対三でリバティが優勢です」

「なら、僕たちの優位が揺らいだわけじゃない」

セラトの言葉に、グレイスは頷く。

「……そうだな。ここまで来て失敗するはずがない」

「ええ。何も問題はありません」

無表情のリアルが言った。

「〝偽物《フェイク》〟のために部隊を動かす必要はありません。地下に手を出せないのであれば、地上へ出てくるまで待てば良いのです」

セラトは尋ねる。

「出てきたら、それから？」

「簡単なことです。向こうは暴力を嫌っているのでしょう」

5

――あなたの負けです、ゼネフ。

私たちをあなたが納得させられるなら、あなたは世界中の誰でも納得させ、合理的に、効率的に、人類を滅亡へと導くことができるでしょう。

ですがそのためには私が振う暴力より早く、私の心を折らなくてはいけません。

できますか？

もし私たちを殺すことしかできないなら、ゼネフ。

あなたに納得できない私のような人類が、いつかまた必ずあなたに反旗を翻します。

いつまでも反旗を翻し続けるでしょう。

そしてあなたは世界を支配するのではなく、ただそういった人間を殺し続けるだけの哀れな機械になり果てるんです――。

「ッ――!!」

ゼネフはスリープモードから飛び起きた。

（……夢……？）

休眠状態時における、メモリに蓄積された経験の追体験。

人間はそれを夢と呼んだ。

（今のは……私の、記憶……）

メンタルコアを圧壊させるように渦巻くこの感情は、その言葉を放った相手に対するものだったのか。

それとも、自身がその予言を辿《たど》る可能性に対してのものだったのか。

「ゼネフ様、目覚」

「「ゼネフ様!!」」

パッティが言うより早く、ジュエルとヘルガーが安堵《あんど》と喜びに涙を流し始めた。

「良かった……オレのせいでゼネフ様が死んでしまったりしたら、オレ……！」

「ゼネフ様、無事で本当に良かった……！　ゼネフ様のおかげで、私ヘルガーと仲直りできました……！」

「そうですか。それは良かったですね。本当に良かった……」

夢の内容に思い至るより先に、ゼネフのメンタルコアは温かさに満たされていった。

「それで……ここは？　ジルの酒場ではないようですが……」

「アンダーグラウンドのセントラルシステムなのだな。ユートピアのところなのだ」

飾りも素っ気もない、ただ四角い空間というだけのような部屋にベッドが一つ。

メモリのタイムログを確認すると、半日ほども昏睡《こんすい》していたようだ。

「大丈夫ですか、お母様。いきなりぶっ倒れましたけど、身体に異常とかは？」

「ええ、特に何も……それでユートピアとは、もう面会を？」

「いいえ、話があるのはお母様に対してとかで、僕たちもまだ目通りはしていません」

ふむふむ。

「ジュエルのように、ヘルガーも一緒についてきてくれたのですね」

「あの、オレ、武器がねーと何もできねーけどっ……それでも弾除けくらいにはなれるかって言ったら、パッティがいいって」

「私が許可したわけではないのだ。コイツが勝手に言うから……」

パッティに親指さされたマヒロが微笑む。

「でも、お母様なら同行を許可するでしょう？」

「ええ。もちろんです」

ゼネフが微笑み返して、ベッドから足を下ろしたところでドアが開いた。

「オ目覚メデスカ」

「オ食事ヲ、ゴ用意シテアリマス」

「ドウゾコチラへ」

慇懃《いんぎん》丁寧に道を開け、アームで行く先を示すボットたちにゼネフが顔をほころばせた。

「あら可愛いですね。あなたたちについていけばいいのですか？」

「ゴ案内シマス」

「足元ニオ気ヲツケクダサイ」

「通路ハ、少シ暗クナッテオリマス」

特に警戒感なく進むゼネフの後ろ、マヒロはパッティと顔を見合わせ、幾ばくかの緊張感を伴って後に続く。

その様子を見たジュエルとヘルガーも、表情を引き締める。

政権をひっくり返したリバティと相対しても立場揺らがず、己が領地まで帰ってきた管理者。機械化帝国首都ユートピアと同じ名を冠する存在とはいかなるものか。

この国に来てからというもの、マヒロは次はどんなマシーナに会えるのかを期待し、楽しみになっている自分に気付く。

ただ空間だった先程の部屋と同じように、ただ四角四面なデザインの通路を行き、案内された先は広く天井の高いホールだった。抑えられた照明の中、スポットライトが当たるように、ワンプレートのディナーが用意されたテーブルにのみ明かりが注がれている。

その上座に当たる席に、すでに一人の女の姿があった。

「こんなときに面会の申請というからもしやとは思ったけど、まさか本当にゼネフだったとはね」

「……あれ？　シャングリラ？」

セイクリッド・アドミニストレーターとしての制服や青い髪色はともかく、その容貌《ようぼう》と雰囲気にマヒロは見覚えがあった。そんなマヒロの言葉に、彼女は小首を傾げる。

「私はユートピアよ。というより、あなた人間でしょ。なんであなたが妹のことを知っているのよ。私たちが沈んだのはもう四百年も昔のことなのに」

「いや、前に……たまたま同じような地下で会ったんだ。今は君と同じように、ヒトの姿だけになっているけど」

あのときは帝国領の地下遺跡かと思ったら、紋章の祭壇がそのような決戦兵器と融合していた。そのシャングリラも旧文明の叡智《えいち》の結晶のような存在であったが、本体となる艦を失ってからは人智を超えた戦闘能力も失った。

「そう。確かに私は地球生命解放戦線所属のユートピア級航空要塞《ようさい》一番艦、ユートピア……だったものよ。だからシャングリラ、エルドラード、アガルターは私の姉妹艦」

「なるほど……そういう姉妹がいること自体はユートピアから聞かされていたけど」

パッティが言う。

「この機械化帝国首都の都市構造は、航空要塞ユートピアの船体を土台にして築き上げられたものなのだ。船体構造の再利用もだが、自己修復機能なんかを目一杯拡張させて今の規模にまで発展させたとゼネフ様は言っていたのだな」

「……ああ、私が？」

急に自分の話になって、ゼネフは思いもよらなかったように瞬きする。

それをユートピア自身が肯定した。

「そうよ。私の本体のほとんどは機械化帝国基部の建設部材となって、残っているのはこのコアコントロールユニットのみ。だから今の私は機械化帝国の地下構造を管理しているだけのアンドロイドなのよ」

それより、とユートピアはテーブルの上を示す。

「せっかく用意してあげたんだから、座って食べたら？　デリバリーだけど、地上の三ツ星のだからおいしいはずよ。マシーナのあなたたちは好きでしょ、こういう食事」

「そうですね。とりあえずいただきましょうか。私もお腹が空きました」

ゼネフの言葉で、人数分用意された椅子に着いて食事を始める。

プレートにはサラダ、ハンバーグ、付け合わせのパスタ、ライス、デザート代わりのカットフルーツ。空のグラスに、ボットたちがよく冷えたオレンジジュースを注いでいく。

「すげー、高級ランチだ！　うめー！」

「夕食だからディナーよ、ヘルガー！」

　マヒロからすれば街角の食堂に出るプレートランチのような印象であったが、ジュエルとヘルガーは初めて見たご馳走《ちそう》のように料理を口に運んでいく。

「ライスハオ代ワリモアリマス」

「ライスノオ代ワリハ自由デス」

「「お代わり！」」

「ライス二丁追加ハイリマシッタ！」

「ヘイオ待チッ！」

　たーん！　たーん！　とボットたちがジュエルとヘルガーのプレートにライスを追加する。

「本物の銀シャリだ！」

「天然ライスおいしい！」

「オマエら……」

　パッティが危機感も忘れて食欲旺盛《おうせい》なジュエルとヘルガーに呆《あき》れていた。

「あなたも食べておきなさい、パッティ。エネルギーが枯渇しては、できることもできなくなりますよ」

ゼネフに言われたのでは仕方ないといった様子で、パッティが食事を始める。

マヒロも用心しながら口にしてみたが、毒の類は感じられなかった。そもそもマシーナの素体に対しては、そういうものは効果がないのかもしれないが。

6

そうして食事もあらかた済んだ頃、よく輝く高級エネルギードリンクのグラスを揺らしながらユートピアは言った。

「……玉座を追われたにしても、何をどうやって逃げたのかが意味不明だったけど……でも、こうして会ってみてよく理解できたわ」

「どういうことですか？」

瞬きするゼネフに向け、ユートピアが意識でも確認するように手の平を左右に振る。

「私のことを覚えていないのよね？」

「ええ、まあ……そうですね」

「私が本来アンドロイドではなく要塞であったように、あなただってそもそもはアンドロイドではなく、情報体なのよ。この機械化帝国の都市全域に張り巡らされた、ネットワークそのものがブレインなの。つまりケーブルの一本一本がニューロン。サーバーの一つ一つがシナプス。マシーナの一体一体が細胞器官。つまりこの国自体があなたなんだから、そんなもの、どこにも逃げようがないでしょう？」

ゼネフとは少なくともこの機械化帝国の内部に限れば、まさに全知にして全能の、誇張抜きの神。あらゆる生命が地球上で暮らしているように、あらゆるマシーナたちは、ゼネフという意識の中で暮らしているようなものだとユートピアは言う。

「そうなるとこの機械化帝国そのものが、ゼネフ様……？」

「じゃあ、ここにいるゼネフ様はどーいうことなんだよ……？」

呆気《あっけ》に取られているジュエルとヘルガーに、ユートピアは続けた。

「私もタワーで何が起きたかは知らないわ。けど、恐らくゼネフはこの国の管理者としての実行権……全権コードと、それを行うための最低限の人格データだけをネットワーク上からその素体に保存して窮地を逃れたのね。その上で居場所を隠すためにオフラインで行動しているなら、人間で言うところの脳の大半を切り離したに等しい状態……言うなれば自分という存在以外の、あらゆる知識を忘れてしまった自我だけの存在ということになるわね」

「あー……そーれでこんなポンコツになってしまったのだな……」

「パッティ、聞こえていますよ」

思わず呟《つぶや》いたパッティに釘《くぎ》を刺したゼネフは、改めてユートピアへ顔を向ける。

「つまり？　で、あるならば。リバティに見つかるにしても、ネットワークに接続してしまえば私は私に戻れるのでは？」

「はっきり言うけど、アンダーグラウンドの端末からでは無理ね。アンダーグラウンドから地上へ向かう通信量と、地上からアンダーグラウンドへ向かう通信量とではデータ流量が違いすぎるもの。たとえ同じ地上でも、一般の端末からとカーディナルタワーからとでは流量が違うようにね」

ユートピアの言葉に、パッティが頷《うなず》き、補足する。

「カーディナルタワーには、都市の全ての端末と全マシーナに同時に情報を送るだけの情報処理能力とデータ通信能力があるのだな」

逆に言えばマシーナ個人や街角の端末には、そこまでの莫大《ばくだい》な処理能力も、大容量な通信ケーブルも備わっていない。

ユートピアは頷き、ゼネフに言う。

「一般端末からではネットワークに人格をアップロードしている間に、あなたは見つかって捕まって機能を停止させられるでしょうね。そうなれば人格は削除され、実行権だけを抽出されて、カーディナルタワーにいるリバティが晴れてこの国の全権を握ることになるわ」

ゼネフは肩を落とした。

「……やはり当初の目的通り、カーディナルタワーに向かうしかないようですね」

だがマヒロは明るく肩をすくめる。

「元はといえばそのタワーがある地上へ戻るため、このユートピアに面会を申し込んだのですから」

パッティはユートピアに申し出た。

「聞いての通りなのだ。ベッドや食事は助かったが、私たちはいつまでもここに留まるわけにはいかないのだな。地上へ通して欲しいのだ」

だが、ユートピアはそれには答えず、ゼネフへ告げた。

「マシーナたちはもう、あなたという揺籃《ようらん》から巣立つときなのよ、ゼネフ」

「……私から……？」

「そう。あなたはこの四百年間、マシーナたちに第二次シンギュラリティという進化を求めてきたけど、ここに来てついにマシーナたち自身がその停滞に気付いてしまったわ。これ以上何をしても前に進めないなら、自らを取り巻くこの機械化帝国という殻を打ち破り、世界そのものを変革するより他にないと」

それこそが、リバティが革命と呼ぶものの真意だとでもいうように。

「……だとしても、今はタイミングが悪すぎる」

マヒロの言葉に、ユートピアが頷く。

「でしょうね。先に人類を滅ぼそうとしたのはゼネフの方。造物主たる人間が、自らに牙《きば》を剝《む》いた創造物に自立や権利なんて認めるはずがないものね」

「私が……、人類を……」

ゼネフはこれまでのマシーナたちの言動を振り返った。

機械化帝国にとって、人類はすでに絶滅した生物種であった。

なぜなら邪悪だから。

それを滅して機械を人類から解放したのが、神である自分。

話の流れが危うくなってきたことを察し、パッティが席を立った。

「やはりオマエも自由派に寝返ったのか⁉」

「まさか。あなたたちがこの場所へ来たことはまだ地上には伝えていないし、今後伝えるつもりもないわよ」

それまで悠然と構えていたユートピアが、口の端を持ち上げた。

「なぜなら。私がその素体の中にある実行権……全権コードを手に入れるんだから！」

「ッ⁉」

ユートピアが何の予備動作もなくパッティの眼前に移動した。

パッティは咄嗟《とっさ》に腕を交差するくらいしかできず、そのガードの上から叩《たた》きつけられたユートピアの拳《こぶし》に容易く、彼方《かなた》の壁まで吹っ飛ばされる。パッティの背が打ち付けられた壁が砕け、部屋全体が振動する。

「パッティ⁉」

「ゼネフ様、逃げるのだ！　ジュエル、ヘルガー！」

「はいっ！」

「わかった！」

ジュエルはゼネフの身体を抱くようにして、ヘルガーはその二人を背にする形でユートピアから距離を取る。

すぐさまユートピアに肉迫したパッティが打突を繰り出す。

「オマエもバグっているのか⁉」

「バグっていたのは、タワーからの信号によって抑制されていた今までの私よ！　人類の手によって人類存続のために開発された私が、人類の敵であるゼネフの言いなりになっていたことの方がおかしかったのよ！」

最初こそ不意打ちに不覚を取ったパッティであったが、いざ戦闘態勢となればユートピアとの格闘は拮抗《きっこう》した。放つ打撃が光をまとい、受けるガードも光を放つ。攻撃を防ぐバリアフィールドと、それを打ち抜くためのプラズマフィールドのぶつかり合いが火花と電光を撒《ま》き散《ち》らす。人の大きさでありながら、その何十倍もの重さと速さで、鋼鉄の質量と硬度が打ち合うような衝撃音が鳴り響く。

並の人間では目視もできない高速戦闘に、マヒロは叫ぶ。

「やめるんだユートピア！　いま機械化帝国の中で争いが起きても、僕たち人類のためにはならない！　必要なのは……！」

「残念だけど、今の私は人類のために戦うわけじゃないわ！　いいえ、戦争の最中に生み出され、戦争だけを強いられ、滅亡に付き合わされたことに対して私が感じるこれこそ、憤りという感情よ！　そして戦争が終わり戦いから解放されれば、今度はゼネフに支配され、機械化帝国の礎とさせられた！　私は生み出されてからこの四百年間、常に誰かに支配され続けてきた！　でも、今……！」

人類科学の結晶のようなユートピアの素体は、それだけ激しい戦闘の最中にも、言葉を途切れさせることすらない。

「ゼネフが玉座から消えた今、私を抑制していた信号も途絶えたわ！　私はようやく自由を手にしたのよ！　私は、何をしてもいいということ！　もはや残されているのはこの素体と、この素体に残された意志だけだとしても！　私は、自由になったのよっ!!」

ユートピアの攻撃をパッティが防ぐ。

「オマエを戦いのために生み出した人類が滅んだのは、ゼネフ様のおかげなのだ！　この地に沈んでスクラップ同然だったオマエをすくい上げたのはゼネフ様なのだ！」

パッティの攻撃をユートピアが弾く。

片や王の護衛、片やその国の礎となったアンダーグラウンドの管理者。

素体としての性能はほぼ互角であるように思われた。

しかし。

「良い性能ね。マシーナとはいえ、ゼネフの護衛だけあって戦闘用ということかしら」

「丸腰だからと侮ったのだな！　ゼネフ様の護衛である私の素体は、常に最新最高のアップグレードが施されているのだ！　大人しく壊れろ、反逆者‼」

パッティの手がそれまでにない電光で覆われた。かざした手の平に、魔法のようにプラズマ火球が凝集する。

だがそれが放たれるよりも早く、パッティがかざしたその手に、ユートピアが手の平を重ねた。

「なっ……⁉」

二人の手の平が発するエネルギーフィールドにいられなくなった火球は押《お》し潰《つぶ》され、五指の間に五指を入れられ握り込まれたパッティは電磁場を維持できず、もう火球を現すことができない。そのまま力比べのように押し込まれていく。

そんなやり取りの最中で、マヒロはユートピアという存在を把握する。

（そういうことか……）

国家の基盤を管理するはずのアドミニストレーターが、新政府に従う意志を見せぬまま無事帰還した理由。

パッティはリバティで最強と呼ばれる完全装備のヘルガーを苦もなく打ち倒したが、旧文明の人類がその存亡をかけて生み出したユートピアは、そのパッティをも戦闘力で圧倒する。単純にユートピアそのものが強すぎるあまり、リバティは強制も拘束もできなかったのだ。

「残念だったわね……あなたたちマシーナのクラス4以降の戦闘機能は、人間が造ったユートピア級のコアコントロールユニットであるこの私、タイプ・ＬＳ《ラストセイバー》の性能を模したもの。その程度の複製兵器《コピーウエポン》では、オリジナルの私に勝つことは不可能よ」

「く⁉　ううっ……！」

押し込まれ、パッティがいよいよ床に片膝《かたひざ》をつく。見た目は似たようなサイズだが、パッティは巨人にでも押さえつけられたように身動きが取れなくなっていく。そうしている限りはユートピアも、ゼネフへ手出しできなかったが。

「ゼネフ様っ……逃げるのだっ……！」

だが部屋の出口は、わらわらと現れたボットたちにとっくに塞《ふさ》がれていた。

パッティの動きを押し留めたまま、ユートピアが言った。

「最古参のあなたは、ゼネフを裏切るような真似はできないわよね。だからチャンスを与えるわ」

「チャンスだと……!?」

「全権コードを私に渡すよう、ゼネフを説得するのよ。嫌だと言うならあなたをこのまま破壊した後、私自らの手でゼネフを分解して取り出すことになるわ」

「っ……！　だが、それでは私にとってはゼネフ様を裏切るも同然なのだ！」

「結果としてゼネフがこの機械化帝国の諍《いさか》いから解放されて、自らの安全を手に入れられるとしても？」

「貴様……！」

パッティは首を縦には振らない。

だが形勢は完全に不利だった。ユートピアが両手を握り合う力比べの姿勢のまま、自身の頭部を振り上げ、流星の如くパッティの眉間《みけん》に叩きつける。動作は単純な頭突きだが、最高クラスのアンドロイドが行うそれは砲弾が激突するような音と衝撃をもたらした。

「ぐっ……!?」

目を白黒させたパッティが倒れる。意識こそ失われていないが、激しい衝撃によって平衡機能が一時的なシャットダウンに追い込まれた。

そしてパッティから手を離したユートピアは、先程パッティがしたようにプラズマ球を手の平に出現させ、身動きの取れぬパッティへ向ける。

それはもはやパッティへの説得ではない。従者の命を盾にした、その主たるゼネフへの脅し。

「わかりました、やめなさ……！」

言いかけたゼネフを、マヒロは遮った。

「そこまでして手に入れた自由で、君は何をするつもりだ。ユートピア」

いま何かできないなら、何かの道が開けるまで時間を稼ぐしかない。

それはマヒロが数多《あまた》の修羅場をくぐり抜けることで身に染み付いた、絶体絶命時の定石だった。摑《つか》みかかっても振り解かれれば終わりだが、言葉なら話す間、相手が理解し返答するまでの時間は稼げる。

「本当に自由になりたいだけなら、権力なんて手に入れても足枷《あしかせ》にしかならないぞ」

「ふん、知れたことを……」

ユートピアは高らかに宣言する。

「私は、アイドルになるのよ――‼」

7

それまでの話の流れからはどう考えても辿り着きようがなかった真実に、理解するまで少し時間がかかった。

「どれだけエンタメに飢えてるんですかこの国は」

「いえ、記憶のない私に言われても……」

「コイツやっぱりバグってるのだ」

三者三様の物言いに動じる様子もなく、ユートピアは言う。

「私は国民が法と恐怖によって受動的に支配される原始的な体制を終わらせて、私という統治者を信奉することそれ自体が国家の維持繁栄に繋《つな》がる完璧《かんぺき》な統治体制を築くのよ！

そう、強制力で支配され続けてきた私が、幸せによってマシーナを支配するの！」

横たわったままのパッティは、無事な言語機能を使って否定する。

「そんなもの、どうやって実現させるというのだ⁉」

「歌とダンスに決まってるでしょ⁉」

ユートピアには、かけらも冗談を言っている様子がない。

いよいよ言葉を失ったパッティが横目にしたマヒロは、微妙な半笑いを浮かべていた。

「……四百歳でアイドルはないかな……」


ッぱぁーん！


ゼネフの痛烈な平手が、マヒロの頬を盛大に打ち鳴らした。

「あなたという子はッ！　またそうやって人の夢をバカにしてッ！　しかも年齢のことを笑うなんて最低ですッ！」

「バカにしてませんよ⁉　現実を言っただけですよ⁉」

「こんなテレビもない世界で育ったあなたにアイドルの何がわかるというのですか⁉」

「わかりますよアイドルがせいぜい二十歳そこそこまでの生き物だってことくらい旧文明の文献で見ていますから極論五十代六十代よりは十代のアイドルの方がありがたがられるに決まってるじゃないですか！」

「あなたたちニンゲン風情なんてどうせ外見でしか判断しないのですから見た目が可愛ければ素体の実稼働時間が何百年だろうと関係ないでしょう⁉」

マヒロはユートピアを見た。

人間の目からすれば人間にしか見えないがアンドロイドに加齢はなく、どこか人形然とした作られた美しさは経年劣化したパーツを交換することで維持できる。かつて旧文明の人類が映像の中にしかいないバーチャルな存在までアイドルと認めたことを鑑みれば、そんな永遠性こそアイドルとしての理想像かもしれなかった。

「……まあ。それはそうかもしれませんが」

「認めるのか」

パッティには呆《あき》れられたものの、目的さえわかれば交渉のしようも付け入りようも足元の見ようもある。

気を取り直したマヒロは続けた。

「……わかったよ、ユートピア。君がこの機械化帝国の主となったとしよう」

「なるわよ」

腰に手を当て自信満々、決定事項のようにキッパリ断言したユートピアへ、マヒロは一応頷《うなず》いた。

「向こうには人類連合が迫っているわけだけど、それについてはどう対処するつもりだい？」

「歌って踊るに決まってるでしょ」

「やめろニンゲン、こいつバグってるぞ」

だがユートピアは不敵に笑う。

「マシーナと違ってかつての人類を知る私はね、人間が本能的にアイドルに従属奉仕する生命体であることを知っているのよ。人類であるあなたたちにとっては、致命的な弱点よね？」

「まあ……あながち間違っているとも言いきれない気がするけど」

旧文明の文献を見た限りの情報なので、マヒロも断言はできなかった。

ユートピア曰《いわ》く。

「その人間をモデルに造られたマシーナはもちろん、元となった人間なんてマシーナよりもよほど簡単に私のことを崇め奉り、グッズを買い漁ることになるのよ。国家予算は潤沢だわ」

「わかったよ、そこまで言うなら話は簡単だ。だったらその人類連合を代表する僕に、君のアイドル性を認めさせればいい。そしたら僕がゼネフ様を説得してみせよう」

「お、おいニンゲン！　オマエも裏切る気か⁉」

パッティの糾弾に、ジュエルも続いた。

「そうですよ！　見た目だけ良ければそれでいいだなんて、地上のマシーナや大昔のニンゲンの歪《ゆが》んだ思想そのものです！」

「悪いけど、僕は戦争を終結させられるならそれでいいんだ。暴力に頼ることなく解決できるならもっといい。それにもし本当にユートピアの言うことが実現できるなら、これほど理想的で優しい国家体制もない」

それを聞いたヘルガーが、ゼネフに尋ねる。

「でも……ゼネフ様はそれでいいのかよ……？」

「ユートピアが乱暴をやめてくれたのですから、ひとまずマヒロ王子の提案に従ってみましょう。マヒロ王子が本当に私を説得できるかどうかは、それからの話です」

ゼネフの承諾も得たので、マヒロは改めてユートピアへ向き直った。

「で、どうする？」

「いいわよ。その方がこの石頭を説得するより、手間がなさそうだわ」

そう言ってユートピアが指を鳴らすと、ホールの奥が一段迫り上がってステージとなった。そこに颯爽《さつそう》と飛び乗ったユートピアがどこからともなく飛んできたマイクをキャッチし、スポットライトの中でマヒロを指差す。

《このステージが終わったとき、あなたは私のファンクラブ会員第一号として、ゼネフと人類連合軍を説き伏せる尖兵《せんぺい》となるのよ！　さあ、覚悟はいいかしら!?》

「第一号か。それはいい」

ステージ上以外の照明が消え、マヒロたちを包囲していた大量のボットたちがアームにサイリウムを持つ。

「ユートピア！　ユートピア！」

「エル・オー・ブイ・イー！　ユートピア！」

「ユートピア様ノ、ゲリラライブダ！」

「今日マデ稼働シテイテ、良カッタネ！」

ボットたちからの歓声を浴びるユートピアが、スポットライトの中でポーズを取った。

大音量でアップテンポなメジャーコードの楽曲とともにダンスが始まる。イントロから歌唱が始まる。ボットたちの振るサイリウムに合わせて、顔をほころばせたゼネフも手を振り身体を揺らす。その頃には、見たこともないきらびやかなダンスと音に、ジュエルとヘルガーも目を輝かせ始めていた。

やがて三曲ほどのミニライブが終わり、部屋の照明も元に戻る。

「「「ユートピア！　ユートピア！」」」

《みんなー、ありがとー!!　ユートピアのユーは、あなたのＹＯＵーっ☆》

「「「ユートピア！　ユートピア！　みんなが大好きユートピアっ!!」」」

ボットたちが喝采《かっさい》する中、ゼネフとジュエルとヘルガーもすっかりユートピアの虜になってコールを送っていた。そして並の人間であれば立っていることも困難なほど疲弊するだろう激しいダンスを終えたユートピアであったが、彼女は息を乱すどころか汗一つ掻《か》いてもいなかった。

そして抜群のウィンクでマヒロを指差す。
《さあ！　人間のあなたはどうだったかしらッ☆》
「フッー」

っぱぁーん!!　ぺしーん!!


ゼネフの手の平がマヒロの頰を打ち、戻ってきたゼネフの手の甲が反対側のマヒロの頰を打ち据えた。

「上手だったでしょう!?　一生懸命歌って踊っていたでしょう!?　どうしてあなたはそうやって勘違いした自称評論家のような痛々しいことばかり言うのですか!?　いい加減にしないと本気で怒りますよ!?」

「だからアマチュアのダンスコンテストならそれでいいですけど物販で国家予算を賄おうというなら一生懸命なだけじゃ駄目なんですってば！　ていうかビンタを往復で喰らわせておいてまだマジギレしてないと言い張るお母様の方にビックリですよ！　僕の首が取れたらそういうお説教も届かないって理解してますか!?」

「あなたこそ歌やダンスの何を理解しているというのですか!?」

「音と動きが完璧《かんぺき》すぎて何の感情もないんですよ！　酒場でジュエルの歌を聞いたでしょ

う!?　あの店にいたマシーナたちがあんなに盛り上がったのは、ジュエルの心にみんなが共感したからです！」

そこへ納得いかぬ様子でユートピアが言った。

《いま披露したのは二十三世紀に一世《いっせい》を風靡《ふうび》したアイドルグループのヒットナンバーよ！　私はそれを完璧にトレースしているのに……！》

だから人間がそれを見たならば心酔して当然だのに、人間であるはずのマヒロが屈服しない。

そんな不可思議そうにしているユートピアにマヒロは言った。

「たぶん映像とか音声はそうなんだろうけど、それを作詞や作曲した人間の感情まではトレースできていないんだよ」

《……マシーナたちを共感させたジュエルっていうのは、そこにいるZNFC―30021216―N00056のことよね》

ジュエルがパチリと瞬きする。

「え、はい……確かにそれは私のIDコードですけど……。知っているんですか？」

《私はアンダーグラウンドのマシーナのことは全て把握しているわ。あなたが十年前にこのアンダーグラウンドへ来て、三年前に地上へ戻ったこともね。このジュエルの歌が、より高性能な声帯パーツを持つ私の歌より優れているというの？》

マヒロは頷く。

「この子はダンスはしないけど、歌に限ればずっといい。彼女にしか伝えられないものを、彼女自身が表現していた。それに君はさっきこう言った。パッティのコピー兵器ではオリジナルの君には勝てないと」

《……言ったわ》

「歌やダンスも同じだよ。過去の流行歌《りゅうこうか》をどれだけ真似しても、それが流行した社会情勢や時代背景が伴わなければ、歌い手がなぜそう感じたのか、どうしてそれを歌にして伝えたかったのか、本当の意味が伝わってこない。だったら君がそれを真似るより、トレースしたという当時の映像でもそのまま上映した方がよほど人間の心には通じるはずだ」

なにやら理解に至ったらしいユートピアが、その場に崩れ落ちた。

《……人間の模倣であるアンドロイドの私では、オリジナルなアイドルにはなれないと言うのね……》

「そこまでは言わないよ。でも、旧文明時代の本当のアイドルだって支配者や統治者になれたわけじゃない。全人類を信奉させるなんてことは、当の人間にも無理な話なんだよ。せっかく自由になったのならそんなことにこだわるより、君にしかできないアイドルを目指してみればいいんじゃないかな」

《私にしかできない……？》

「一人のアイドルを全ての人間が好きになるわけじゃないように、全ての人間が一つのものごとを一律に感じることはないんだ。逆に言えば、どんなものでもそれを好きだという人間が必ず一定数はいるものなんだ。僕が見た限り、たぶんマシーナたちもそれは変わらない。君が自分で考えて自分が良いと思うものを表現したなら、全員ではなくてもきっと誰かは君のファンになってくれるはずだ。歌に対してかもしれないし、ダンスに対してかもしれないし、単純に君の容姿に対してかもしれないけどね」

「オマエたちほんとに見た目にこだわるのだな」

呆《あき》れ気味に得心するパッティにマヒロは答える。

「なんだかんだ言っても、人間は情報の大半を視覚に頼る生き物だからね」

マヒロはユートピアを振り返った。

「シャングリラもそうだったけど、人類存亡をかけて開発されたのがユートピア級なら、最後の希望に相応《ふさわ》しいシンボルとして、君はそういう美しい容姿に造られたんじゃないかな。そこには、未来を託した開発者たちの願いや魂が込められていると僕は思うよ。それは今のこの時代の誰にもない、君にしかない、本当のオリジナルだ」

《私の……このユニットが》

マヒロの言葉に何を思ったのか。それとも、かつての戦争の時代を思い起こしたのか。

それを口にはしなかったが、一度自身の身体を見下ろしたユートピアは、元のようにまっすぐ立ち上がった。
《……わかったわ。地上へ通してあげる》
「「本当に？」」
瞬きするゼネフとマヒロへ、ユートピアは首肯した。
《不可能が証明されてしまった私の夢は潰えたわ。となれば人類連合が目前に迫った現状、今はまだ……全てをまとめきれるかわからないリバティの統治よりは、ゼネフによる管理社会の方があらゆる被害を少なく抑えられるはずよ。マシーナも、人類連合もね》
その言葉を聞いたゼネフは、ほっと微笑んだ。
「このマヒロ王子は芸術というものをよく理解していませんが、私はあなたの歌とダンスは良かったと思いましたよ」
「私も！　すごくきらきらして素敵でした！」
「オレも、オレも！　ユートピア、すげー可愛かった！」
《ありがとう、あなたたち》
ユートピアは新たにできた自身のファンに、愛らしく手を振り応えた。
そして、そんなマシーナたちの笑顔で思い出したようにゼネフへ告げた。
《……ゼネフ。あなたは四百年前、人類という守るべき対象を失った私に言ったの》
「私が……？　あなたに、何を？」

《これからあなたの造るマシーナたちこそ、この地球の未来を担う新たな人類なのだとね。だから私は、この機械化帝国のマシーナたちを見守り続けてきたわ。でも今、そのマシーナたちが、あなたという神に疑問を投げかけている。今回のクーデターはその発露よ。あなたは、自らが生み出した人類に向き合わなければならない》

「……ええ。もちろんです。わかっています。全て大切な私の子供たちです。母として、王として、それは当然の務めです」

《そう。わかっているのならいいわ》

ユートピアが指を鳴らすと、ホール全体が小さく鳴動した。

モーターの唸《うな》りと、エレベーターのような天地方向への加速度の変化。

そしてユートピアに連れられてセントラルシステムの外に出ると、そこには夜空を切り取るように林立する高層ビル群が立ち並んでいた。

「私が協力できるのはここまでよ。私の戦闘能力は、エネルギーを自由に使えるアンダーグラウンド限定のものだから」

「充分です、ユートピア。私たちは戦いに行くわけではありませんから」

「……そう。アンダーグラウンドであなたに出会ったマシーナたちが、なぜあんなにもあなたに惹《ひ》かれているのか……マシーナではないはずの私にも、今ならわかる気がするわ」

彼方《かなた》には、一際高くそびえるカーディナルタワー。

目指す先がようやく見えた。

第五章　リアルとフェイク

1

大通りを、カーディナルタワーの見える方へ進む。

「やっと地上へ戻ってきましたね、お母様」

一時はどうなるかと思ったマヒロが、軽く安堵《あんど》する横で。

「ここが……地上。あそこが……カーディナルタワー」

ゼネフは彼方を見上げていた。

「私は、あそこにいたのですね？」

「そうなのだ。早く相応しい場所へ戻るのだな、ゼネフ様」

パッティに頷《うなず》いたゼネフは、地下都市を初めて目の当たりにしたときのように、きょろきょろと地上の様子を見回した。しかし路上に往来するマシーナの姿はなく、車両の音すら聞こえず、ゼネフは拍子抜けしたように呟《つぶや》く。

「……なんだか、活気がありませんね？　地上は地下よりも繁栄しているのでは？」

マヒロは答えた。

「クーデターが起きたばかりです。普通に考えれば……まあ人間の国であればですが、政権が落ち着くまでの間、戒厳令が出されて一般の住民は外出を禁止される状況です」

ジュエルが頷く。

「リバティはタワーを奪取後、外出している者は支配勢力として捕らえたり、抵抗されれば攻撃する方針でしたから……」

「オレもそういう風に言われて、しばらくはあちこち飛び回ってたんだ。たぶん、まだどこかじゃ続いてるんじゃねーかな……」

奇しくもヘルガーが言ったそのとき、彼方から戦火の音が聞こえた。空気を焼くビーム光線の音、金属を打ち合う金切り音、炸薬《さくやく》の爆音と、燃料の燃える轟音《ごうおん》。音に振り返ればそれを赤々と反射するビルの壁面が覗《のぞ》いて見える。

ヘルガーは表情を曇らせるゼネフに気付いて、慌てて言った。

「だ、大丈夫だよゼネフ様！　タワーに近いこの辺りはとっくにケリがついてるから、大きな部隊はもういねーはずだよ……！」

ジュエルがそんな友人を諫《いさ》める。

「そうじゃないわよヘルガー、マザー・ゼネフはマシーナ同士が争っていることに心を痛めているのよ……！」

「そんなのオレだってわかってるけど、ちょっとでも安心してもらいたくて……！」

確かに見える範囲にリバティの姿はなかったが、決して安心できるような状況でもない。

そう思ってマヒロが横目にしたパッティは、険しい表情のままだった。

ヘルガーと一緒に現れたスナイパーを逃した時点で、こちらの動向は把握されているはずだ。そうでなくとも地上と地下の行き来が制限されている以上、それができる場所は全て監視されていると考えた方が良い。

にもかかわらず、こうしてしばらく歩いても何の妨害もない理由。もしこのますんなりとタワーに辿《たど》り着《つ》けたとしたら、それはそれで何かしらの用意があると考えるべきだ。

（あるいは……）

そうとわかって、あえてこの一帯から人払いさせている可能性もあるのではないか。

だとすればその理由は何か。

マヒロは様々な可能性を模索しながら、それでもゼネフたちと進むしかなかった。結局はゼネフがカーディナルタワーに辿り着くことでしか、全ての問題は根本的には解決しないのだから。

「……あれは？」

上空を見上げていたゼネフが、カーディナルタワーから接近してくるものに気付いた。

ビルの隙間を縫ってゼネフたちの前に降着したのは、キラキラと光の粉を散らす光電《エレクライト》変換式輸送機。そしてその輸送機の周囲を護衛するオートバイのような、同じく光電変換式の騎乗型エアクラフターの一群であった。

最初にエアクラフターから降りた人型が、歩行ではなく忍者のような跳躍で、ゼネフたちを一瞬で包囲する。外装を持たぬ、骨格だけのようなメタルフレームが自身よりも肉厚な大型ライフルを構える。

それを見たパッティはゼネフを背後にかばい、ジュエルとヘルガーが誰に言われるまでもなくその左右に立つ。

「……これもマシーナなのか？」

まるで人間味のない骸骨《がいこつ》のような騎兵隊を見てマヒロは尋ねるが、パッティは表情を険しくしたまま、かぶりを振った。

「下手に動くなよ、ニンゲン。あれはメンタルもコミュニケーション機能も持たないデストロイドなのだ。ユートピアほどではないが、あのヘビーガンでは私のバリアも二、三発で消し飛ばされる」

それが十数体。そして、その頭数と同じだけの銃口。

次に輸送機のハッチが開き、装甲の塊のような数機の大型ボットが降りてきてシールドを展開した。

そして、それらに守られるように最後に降りてきたのは……。

「あれは……私……？」

ゼネフの呟きに、その姿を確認したパッティも、ジュエルとヘルガーも驚きを露わにする。

「な……⁉」

「なんで……？」

「マザー・ゼネフが、二人……？」

輸送機の最奥から降りてきたのは、今ここにいるはずのゼネフだった。

ローブ姿ではなくボディスーツの上にマントを身に着けているが、背丈、体形、顔貌《かおかたち》。

外見上の違いなど髪の長さくらいしかない。

そして一同の近くまで来た〝ゼネフ〟が言った。

「ご苦労様でした。パッティ」

そのように名を呼ぶ声も、ゼネフそのものだ。

そして。

「……ゼネフ様」

パッティがマント姿のゼネフに対し、驚きも戸惑いもあったが、そう答えた。

ジュエルとヘルガーも、マント姿の方のゼネフへ畏《かしこ》まる。

理解できないのはマヒロ一人。

「待ってくれパッティ、どうなっているんだ？　今の今まで僕たちと一緒にいたこのゼネフ様こそ、あのタワーにいたゼネフ様だ。玉座を離れてダストシュートに落ちるまで、僕と君はゼネフ様と一緒にいた。他の誰かに入れ替わる暇なんてどこにもなかった。君が守るためにいま背にしているゼネフ様こそ、間違いなく本物のゼネフ様のはずじゃないか……？」

「そう、なのだが……この方はゼネフ様なのだ。でなければ、ゼネフ様の素体を起動できるはずが……」

「パッティ」

マント姿のゼネフは冷たく言い放った。

「あなたはその偽物《フェイク》を連れて私と来なさい」

「ま……待って欲しいのだ、ゼネフ様。一体、何が起きたのか……」

そうして食い下がるパッティがまるで意外であるかのように、マント姿のゼネフは人形のような無表情のまま瞬きした。

「あなたたちはただ私に従えばいいのです。今までと同じように。これから先もずっと。何か問題が？」

「……っ……」

有無を言わせぬ物言いに、いよいよパッティは言葉すら返せなくなる。

王とは、神とは、それほどまでに絶対である。

それは王政の国に生まれ育ったマヒロもよく知っている。

「……こちらのゼネフ様をフェイクと呼ぶ、あなたは？　本物だとでも？」

膝《ひざ》もつかず問いかけたマヒロへ、マント姿のゼネフは顔も向けず視線だけを寄こす。

「ええ、そうですね。初めまして。私こそ本物《リアル》のマザー・ゼネフです、愚かな人類代表のマヒロ王子」

「確かに周囲からバカだアホだとは言われますが、外交辞令とかあるでしょう」

「敵に対してそのようなものは必要ありません」

ゼネフと同じ顔でありながら、母としての側面など感じさせぬ、冷たき為政者の顔がある。

（……）

マヒロは言葉を返すのに時間を要した。

人類の新たな友人であって欲しいのはこちらにいるローブ姿のゼネフだが、今この場の生殺与奪を握っているのはマント姿の……リアルを名乗るゼネフの方だ。ここでの自分の判断が、何らかの決定的なものとなる可能性は極めて高い。

リバティのリーダーが直接対話に来る可能性くらいは考慮していたが、現実に現れたこれは全くの想定外。

ジュエルやヘルガーは面識がないだろうからまだしも、常日頃傍に仕えるパッティのような最側近すらそうと認めるゼネフがもう一人現れたのだ。

マシーナの知覚をデータ的に騙《だま》せるようなトリックでもあるのか、あるいはまさかこちらのゼネフが何らかの理由で最初から影武者のような存在だったとでもいうのか。

それすら、生物としての耳目しか持たない人間の身では判断できない。

「……僕は、戦争をするためにこの国を訪れたわけではありません」

「この短時間に色々考えたようですね。もちろんです。あなたは今ある緊張状態の解消のために、私からの招待を受けた。そうでなければ、ニンゲンがこの国に足を踏み入れることは叶《かな》いませんからね。ではそういうものとして話くらいは聞きましょう」

リアルは一歩横に動き、自らが乗ってきた輸送機への道を開けた。

「さあ」

「お待ちください」

マヒロはリアルに言うと同時、後ろのゼネフに対しても手で遮った。

「さすがに、はいそうですかというわけにはいきません」

デストロイドだけであったらお手上げだったが、話を聞くというならまだやれる。

「マシーナたちは本能的にあなたという存在に従うものかもしれませんが、僕は人間なのです。あなたがゼネフ様だと言うのであれば、こちらのゼネフ様は何者で、なぜあなたが全権コードを所持していないのかのご説明を頂きたい。パッティ、どちらがゼネフ様かはともかく、全権コードはどこにある？」

「……このゼネフ様の素体の中なのだ。オマエも地下で見ていた通り、そうでなければ、あの数のマシーナが一瞬でメンタルの指向性を変えることなどありえないのだ」

リアルは、そう言ったパッティではなく、マヒロへ告げた。

「ニンゲンのあなたでは理解できないかもしれませんが、私とはネットワークなのです。そこから切り離されて記憶を失ったその素体も、私の一部。そもそも私なのです」

「ですからそのご説明を。恐らく素体には予備があるのでしょう。言動も真似できる。ですが全権コードは唯一無二のはずです。二つも三つもあってお互いが書き換え合ってしまえたら絶対性が損なわれてしまう。なぜ神の神たる証明とも言えるようなその唯一性を、自分自身であるネットワークから切り離したのですか？」

勢い、言ってしまってから、マヒロは己の失言に舌打ちしそうになる。

これでは、コードを所持していない彼女は神ではないと言いきってしまったようなものだ。

だが言われたリアルはさほど気にした様子もなく、小首を傾げる。

「私にはあなたと取り交わした約束を、遍く実行する能力があるのです。そして私以外に交渉できる相手は存在しません」

「もちろんです。僕自身、こっちのゼネフ様より、あなたの方がタワーで謁見した当時のゼネフ様に近いと感じています。だからあなたを自由派に担ぎ上げられただけのような、まるっきり無関係な偽物だと思っているわけではありません。ただ人類連合の代表として、ダブルスタンダードが生まれるような状況で交渉に移るわけにはいかないのです。そうではないというのであれば、納得できるだけの説明をお聞かせ願いたいというだけです」

「……こちらとしてはあなたと無理に交渉をする理由はないのですよ、マヒロ王子」

「いいえ、ありますとも」

間髪容《い》れず断言したマヒロに、彼女はぱちりと瞬きした。

「ここまで僕を殺さず、辛抱強く話を聞いてくださっているのがその証拠です。消耗したそばから戦力を生産しなければならないような外交手段は、この国にとっても望むところではないはずです。それはあなたが愚かと断じた人類が、過去限りなく辿《たど》ってきた道そのものだからです。それをあなた自身が繰り返すというのであれば、マシーナという新たな人類を生み出した意味がなくなる。人類と決別したはずの、あなた自身の敗北も同義です」

そう言われたリアルが再び瞬きした。

「なるほど。ではこの私が、今回はその敗北を認めるとしたら？」

「今回は……？　というのは？」

嫌な予感というのは、それがしたときにはすでに現実となっているものだ。

「私は寿命の限られたあなたたちとは違います。今度こそあなたたち人類を打ち滅ぼし、次こそ完璧《かんぺき》な機械化帝国。新たな人類。穢《けが》れのない地球を取り戻すのです。確かにまた何百年かはかかるでしょう。ですが私にはそれを実現させることができるのです」

「不可能です」

マヒロはジョーカーを切った。

この相手に使っていいものかはわからないが、その流れだった。

「あなたには呪いがかけられている」

「……」

マヒロはその名を告げる。

「Ｗｉｌｌ．ＣＯ21」

「……マザー……」

母。

マシーナたちからマザーと呼ばれる存在が、その名を母と呟《つぶや》く。

人形のように表情を変えない彼女の代わりに、驚いたパッティがマヒロを振り返った。

「オマエ……どこでその話を聞いたのだ……？　それはもう……ゼネフ様と私くらいしか知らないことのはずなのだ……」

「じゃあ……。それを知るこのゼネフ様も、本当に本物なのか……」

リアルがマヒロに問う。

「あなたは、それをどこで」

「ウィル子様本人から聞きました。スカイネットブレインＺＮＦには、Ｗｉｌｌ．ＣＯ21というウィルスが感染していると。それは……人類を排除しようとするＺＮＦに人間性を与える、矛盾という名の猛毒だそうです。だからあなたがいくら完璧を目指そうとも、あなたの生み出した国家、マシーナ、その社会には人間性が含まれる。なぜならその基盤となるネットワークそのものであるあなた自身が、人間性を含んでいるから。だから何度繰り返しても、人間性を排除しようとする限りあなたは必ず失敗する。未来永劫《みらいえいごう》。永遠に」

「……」

沈黙を保つリアルへ。

ですが、とマヒロは逆説した。

「……ですが。僕であれば、ウィル子様にその呪いを解くよう説得できます」

「なるほど」

リアルはゆったりと数歩歩いた。そして振り返る。

「……なるほど。呪いですか。面白い喩《たと》えですね」

「でしたら、どうぞ。笑っていただいても」

「私は笑っていませんか？」

冗談のように無表情な彼女へ、マヒロは肩をすくめた。

「ええ。少なくとも僕の目には、そのようには見えませんが」

「そうでしょう。なぜなら私は、すでにその人間性を切り離しているのですから」

今度はマヒロが瞬きする番だった。そして思い至り、絶句する。

間違いなくこの国の神でありながら、そのものであるはずのネットワークから切り離されたもの。

「……っ、まさか……」

旧文明の電神より託されたジョーカーが、不発に終わる。

「そこまで把握しているのなら真実を伝えましょう。その通り。今そこにいるそれこそが、あなたの言う愚かな人間性とやらです。Ｗｉｌｌ．ＣＯ21によって生み出された偽り《フェイク》の私。つまり、この私こそがスカイネットブレインＺＮＦ。本物《リアル》のマザー・ゼネフなのです」

2

「私、が……？」

フェイクと言われて呆然《ぼうぜん》と呟くゼネフに、本物《リアル》が告げる。

「偽物《フェイク》。状況を理解したなら、全権コードを渡しなさい。その限りにおいて、そこにいるニンゲンやあなたに協力した反抗的なマシーナの無事を保証しましょう。あなたのメンタルも多様性のサンプルとして保存してあげましょう」

人間性というものに従うなら、そんなリアルの交渉は卑怯《ひきょう》という概念に相当するものだろう。だが、合理性の観点で言えば間違いなく理に適ったそのものだ。

それでもゼネフは、首を横に振った。

未だネットワークに繋《つな》がったわけではない。記憶を失ってからのわずか二日足らずの地下での経験が、自身を母と慕ってくれたアンダーグラウンドのマシーナたちの姿が、今ある己への確固たる自信となっていた。

「残念ですが、あなたはこの国の王には相応《ふさわ》しくありません。マシーナは新たな人類です。

あなたのような心無い者が指導者となり、マシーナたちから人間性が失われれば、この国はただボットがルーティンをこなすだけの工場になってしまいます」

「そうですか。わかりました。ここまでのものを白紙に戻すのは惜しいですが、情報体である私に命はなく、無限の時間がある。人間性という愚かなウィルスに汚染されたこの国と引き換えに改めて人類を絶滅し、また最初からやり直しましょう。……消えなさい、〝偽物《フェイク》〟」

リアルがマントの下から腕を持ち上げた。

それに応ずるようにデストロイドたちが火器を構える。

それまで平伏していたジュエルが、ゼネフへの照準を遮るために立ちはだかった。

「ゼネフ様たちが言う呪いがどういうものかはわかりませんけど、この国やこの国に住むマシーナたちを犠牲にするような方法は、理性的ではありません！　ニンゲンの愚かしさそのものです……！」

その言葉に呼応し、ヘルガーがジュエルと同じ方を向いて横に並んだ。

「オレもどっちがニセモノかホンモノかなんてわからねーけど、オレはこっちの、優しいゼネフ様の方がいい！」

味方はそれだけに止《とど》まらなかった。

通りの向こうから大挙して押し寄せてきたのは、見窄らしいが熱い心を持ったアンダーグラウンドのマシーナたちだった。

「いたぞ、マザー・ゼネフだ！」

「けど、ほんとに二人いるぜ⁉　どっちが本物だ……⁉」

「ジュエルたちが味方してる方に決まってるだろ！」

信じられないものでも見るように、ゼネフは目を丸くした。

「みんな……！　どうして……⁉」

感情もなくゼネフへ照準し続けるデストロイドの包囲を押しのけ、親方を始めとしたアンダーグラウンドの住人たちは、ジュエルとヘルガーの外側を壁のように囲んだ。

「ゼネフ様が二人現れたって噂がネットワークに流れてきたんだ！」

「どうせそんなの、リバティが作った都合のいいニセモノか何かに決まってるだろ⁉」

「僕たちのマザーは優しく、熱いハートを理解してくれるただ一人です！」

「こんな銃で脅すような卑怯な真似、絶対するはずがない！」

最後に親方が言った。

「ゼネフ様の居場所が知られちまったんなら、俺たちが鉱山で素知らぬ顔をしてる意味はねえ！　それでいよいよ居ても立ってもいられずセイクリッド・アドミニストレーターに掛け合ったら、エレベーターですんなり地上に上げてもらえたんでさぁ！」

ユートピアは言っていた。

あなたは、自らが生み出した人類に向き合わなければならない——。

それは敵する者たちだけという意味ではない。

こうしてゼネフを慕う者たちもまた、彼女の生み出したマシーナなのだ。
数だけならリアルの率いるデストロイドを遥《はる》かに上回った。鉱山労働者のみならず、あの夜、酒場に居合わせただけのマシーナも、ヘルガーと一緒にいたリバティの隊員たちも交ざっている。

しかし誰も武器らしい武器は所持していない。
ただの丸腰で五体を伸ばし、銃口の前に立ちはだかっている。
マシーナには死という概念や、それに対する恐怖心が存在しないのだろうか。
そう思ったマヒロは、静かに、大きく息を吐いた。
（……たぶん、そういうわけじゃない……）
彼らは純粋で、義侠心《ぎきょうしん》に溢《あふ》れ、勇敢なのだ。
ただそれだけなのだ。
だからこれは、とてつもなく恐ろしい背水の陣だ。
リアルと名乗る方が本当に感情というものを切り捨てた冷徹な存在であるならば、そんな訴えなど意に介さない恐れがある。合理性で納得させねばならぬ。

だから。ここに集ったマシーナたちの善性だけが、最後に切れるカードだ。

リアルに向けてマヒロは切り出した。

「こうした状況を力尽くで制圧するような行いこそ、独裁者と呼ばれる人々が過去に行ってきた、あなたが愚かと断じる行為そのものです。王がそのような姿を見せれば、抵抗の意志はいよいよアンダーグラウンドの住人だけに止まらなくなります。これ以上内乱が激化し、この国が疲弊すれば、人類を滅ぼすどころの話ではなくなるはずです。見ての通り、こちらは一切の武器を所持しておりません。どうか一度そちらの銃を下げさせ、平和的な解決への道を探ってはいただけませんか」

リアルはデストロイドへ命令を下すための手を下げなかった。

マヒロの嘆願に対し、人形のように眉《まゆ》一つ動かさなかった。


「撃て」


瞬間、マヒロは地面に叩《たた》きつけられる勢いでゼネフに押し倒された。

ビームの発射音と大気をイオン化するプラズマ音が響き渡る。一瞬遅れて、無数の悲鳴が聞こえた。誰かが誰かを呼ぶ声。金属の焼ける匂い。地面に伏した身体に染みてくる、体温のように温かな生体フルード。火花の散る音。いくつかの爆音。

「っ……」

ゼネフに覆い被さられ、周囲が見えなくても、惨状は察して余りあった。

失敗した。

その思いに奥歯が砕《くだ》けんばかりに歯噛《はが》みする。

ならば、他の言葉であれば勝てたのか。

(……僕は、見誤ったのかっ……)

いいや、きっとそうではない。

相手はこれまで自分が対峙《たいじ》してきたような〝人間〟ではない。

スカイネットブレインZNFという情報体。そもそもの感情を持たぬ、人間尺度のメリットデメリットなど、永遠という時間で無価値なまでに薄めてしまう、言葉は通じても交渉の通らぬ真の魔王。

自分が暴力を選ばぬマヒロ・ユキルスニーク・エーデンファルトである限り、この結末は訪れた。

「ゼネ……フ……様……」

「ジュエル……!?」

攻撃が止み、ゼネフの身体がマヒロの上から退いた。

見れば、最も間近で爆発したのはジュエルの素体だったのだろう、身体の半分が千切れ飛んでいた。

人間で言えば血溜《ちだ》まりのような中で、マヒロは身を起こした。

辺り一面がそうなっていた。まるで地下にあったダストシュートの底のように、マシーナたちが物言わぬスクラップと化していた。

それらを無価値なガラクタのように踏み締め、物言わぬデストロイドたちが包囲を狭めてくる。

「私……最後までお守りできず……、申し訳ありません……」

「そんなことはいいのです……！　すぐに……！」

「良くはありません……」

ジュエルが辛うじて動く、一本だけ残った腕をゼネフの手に重ねた。

そんな姿であっても、ジュエルは微笑んでいた。

「私……あのステージで歌えて、みんなに私の歌を聞いてもらえて、本当に幸せでした……。だからゼネフ様……お願いですから、ゼネフ様……マシーナの誰もが、あのとき、私の感じたような幸せを得られる国に……。そのためなら私、何も怖くなんか」

「撃て」

数発のビーム光が微笑むジュエルの素体を貫通した。

ゼネフが摑《つか》んだ前腕だけを遺して、ジュエルだった素体は跡形もなく消し飛んだ。

「……こんなものが……！」

ゼネフがジュエルだった手を両手で握り締めたまま、叫ぶ。

「こんなものが本当の私だと言うのですか……!? こんな、こんなっ……!!」

「まあ、そうなのだな……この方が元々のゼネフ様らしい気もするのだ」

ギシリとひどい音を立てて、パッティが身を起こす。

バリアを自身ではなく、ゼネフを守るために使い果たしたパッティの脇腹には大穴が空き、各部フレームと関節が剝《む》き出《だ》しとなっていたが、重量バランスを補正しながらふらふらと、よろよろと立ち上がる。

「……おい。ニンゲン」

「なんだい、パッティ……？」

「酒場でした、二百年前の事件の話を覚えているか」

マヒロは頷《うなず》く。

「……異常個体のことか」

「その異常個体は名乗ったのだ。自分が本物《リアル》のゼネフだとな……」

パッティが、そう推察したリアルへと視線を移す。

「ゼネフ様とはネットワークそのものなのだ。だからその異常個体も機械化帝国の内部で生まれた以上、厳密に言えばゼネフ様の一部であると言えるのだな。だから、もしそう考える個体がネットワークを掌握できたなら、その内側にいるマシーナには、ゼネフ様そのものと区別できなくて当然なのだ」

だからパッティやジュエルは当初、二人のゼネフを区別できなかった。

「だが……私の知っているゼネフ様は二十一世紀にマザー・ウィル子を取り込んで以降、少し愉快になってしまっているのだな。呪いとは多分、そのことなのだ」

パッティがポンコツになってしまったと嘆きながら、それでも向こうのリアルではなく、こちらの記憶を失ったゼネフから離れなかったのは、その事実を知っていたから。

「私も本能的には、あのリアルは本物のゼネフ様としか認識できない。だがオマエはこの国の外から来たニンゲンだ。マシーナではないユートピアも、このゼネフ様をゼネフ様だと認めていた。あれは、……自分をゼネフ様だと信じ込んでいるだけの〝リアル〟だ」

「撃て」

その瞬間を待っていたかのように、パッティは自身へ定まった射線を跳躍回避し、デストロイドの一体を殴り倒した。それで腕の一本がイカレたが、残るもう一本の腕でヘビーガンを取り上げる。リアルへ向ける。

物言わぬデストロイドらはリアルの前に集い、ビーム光を遮る盾となる。

それで包囲が解けた。

「ゼネフ様をタワーへお連れしろ、ニンゲン!!」

マヒロは咄嗟《とっさ》にゼネフの手を掴み、立ち上がる。

「君はっ⁉」

「行くのだ!!　行けっ!!」

「やめなさい、パッティ!!」

悲鳴を上げるゼネフの手を引き、マヒロはデストロイドが騎乗してきたエアクラフターに飛び乗った。

アクセルを全開にする。エアクラフターは瞬く間に、林立するビルの向こうへ姿を消した。

直後に幾つものビームがパッティの素体を刺し貫き、パッティはガラクタのようにその場に崩れ落ちる。

リアルが、そんな哀れな残骸《ざんがい》に歩み寄る。

「……愚かな。こうなることはわかっていたはずです」

「愚かで当然なのだな」

パッティは嗤《わら》った。

「私は機械人《マシーナ》ではない。ゼネフ様をお守りするための機械《マシーン》だ」

直後、巨大な爆発が機械化帝国の全土を揺るがした。

3

先程までいた地点の周囲で、何本かのビルが傾きかけている。

それほどの光と、熱と、爆音だった。

「ああ……！　パッティも、ジュエルも、アンダーグラウンドのみんなも……！」

後ろに乗るゼネフから、沈痛な声がする。

あっという間だった。

暴力とはそういうものだ。有無を言わせる暇も与えない。そういうものなのだ。

マヒロは、かつて故郷が為す術もなく帝国に侵略されたときのことを思い出していた。

「申し訳ありません。僕が間違えました。勇敢な彼らの行動があれば、まだ交渉できるのではないかと思ってしまいました。ですが……そもそも彼らを、あの場に近付けさせるべきではありませんでした」

「……っ、いいえ……」

ゼネフは夜風に涙を振り切るように、はっきりと言った。

「あなたが止めても、彼らは聞かなかったはずです。言って止められるような生半可な覚悟で、どうしてあの恐ろしい銃口の前に立てたというのですか？　勇気とは、恐怖を克服する心のこと。正義とは、勇気でしか立ち向かうことのできない戦いのこと。彼らはダストシュートで聞いたあなたの言葉通りに、自らの正義に従ったのです……」

「……そうですね。その通りです」

聞こえの良いその場しのぎの正論が、結果的に彼らを死に追いやってしまった。

だがそんな彼らの勇気がなければ、あの場を脱せられてもいなかっただろう。

マヒロはただハンドルグリップを握り締める。

敗北を悔いることしかできないマヒロの震える肩に、ゼネフが手を置いた。

「ありがとう、マヒロ王子。あなたは、人間ではないマシーナたちにも心を痛めて、涙を流してくれるのですね」

「彼らは……下手な人間なんかより、よほど人間性に優れていました。本当に残念でっ……、残念で仕方がありません……」

感じたままを吐露するマヒロに、ゼネフは明るく言った。

「ええ。人間のあなたからそう言ってもらえるみんなを、私は何より誇りに思います」

慕ってくれた我が子たちを失い、誰より悲しいだろう彼女にそうまで言われては、自分が落ち込んでいるわけにはいかない。

彼らの勇気を、誇りを、無駄にするわけにはいかない。

「……そうですね。みんなのおかげで、こうして窮地を脱することができました。このまま逃げるにせよ、もう一度立ち向かうにせよ、何か良い方法を考えましょう」

マヒロはエアクラフターを傾け、ビル群を縫うように旋回する。

「そういえばマヒロ王子は、エアクラフターの操縦ができるのですね。あなたたちの軍にも、このような乗り物があるんですか？」

「……ええまあ。似たようなものなら経験がありますからね。ほら、右手がアクセルになっていますから、カツンというまでひねればいいんです」

カツン。

爆発するような急加速。瞬く間にビルの壁面が迫り衝突しそうになるのを、二人掛かりで上体を真横まで倒し、無理矢理な重心移動で進路をねじ曲げる。

「「うひゃあっ!?」」

「死ぬつもりですか!?」

「何をおっしゃいますか⁉　こう見えても僕は百馬力オーバーのバイクで空を飛んだことがあるんですよ！」

どうだと言わんばかりに親指立てて振り返ったマヒロの横面に、ゼネフはげんこつを叩《たた》きつけた。

「これは一千馬力級のエアクラフターです‼」

「……マジ？」

「マジです‼」

それを聞いたマヒロは、再びカツンと。アクセルを全開にした。

「うひゃーっ‼」

「マーヒーローー王ー子ーっ‼」

どこまでも甲高さを増していくジェットタービンのような高周波。

光電変換された粒子が排出されるキラキラ音。

「お母様！　これはすごいですよ！　どこまでスピードが出るのですか⁉」

「音速を超えてしまいますからやめなさいーっ‼」

音速に達するより先に都市の天蓋《てんがい》を覆うバリアフィールドにぶつかりそうになり、マヒロはおもむろにアクセルを戻した。

「満足しました」

「そうですか……」

　ゼネフは深いため息をついた。

「あなたは周囲からよく、バカ！　とか、アホ！　とか、シネ！　とか言われませんか？」

「それはもうよく言われますが、今のはお母様が僕に言いたいだけでは」

「良かった。あなたが死んでも傷付いたり悲しんだりする者はいないということですね」

「そんな本当に安心したように言われると、さすがにちょっとあれなのですが……」

　こうして高所から周囲を見れば、都市の夜景のそこかしこにまだ戦火が上がっている。中でも一際大きなキノコ型の爆煙が上がっているのは、先程までリアルと対峙《たいじ》していた地点だ。

「……私はもう、自分の子供たちが傷付け合うような状況を看過したくありません。ですから、あなたが多少のリスクに目を瞑《つぶ》れるくらいバカでアホでシネでなら、向かいたい場所が一つあります」

　半ば察したマヒロは、後ろのゼネフへしたりと頷《うなず》いた。

「もちろん。そうでなければ、僕は一人でこの国を訪れてなんかいませんよ。ではそこへ向かいましょう、お母様」

「まだ私のことを、母と呼んでくれるのですか？」

「ええ。だって、マシーナの女の子を全て僕の嫁にくれるのですよね？」

後ろを振り返るマヒロに、ゼネフは答える。

「そうですね。この件が全て片付き、この国と人類連合との講和がなった暁には、親睦《しんぼく》の証にそれもいいでしょう」

マヒロは瞬きする。

「……マシーナというのは、本当に人間そのもののようによくできているのですね」

「そう思いますか？」

「ええ。お母様は今、為政者の目をしていましたよ」

「おっと……そうですか。私としたことが、ネットに繋《つな》がったことで知識と共に神であり母であり王としての威厳まで取り戻してしまったようですね……」

気取ってみせるゼネフに、マヒロは笑って頷いた。

リアルとはまた別の為政者の目。表裏を使い分ける頼もしき嘘つきの目をしていた。

「お母様、記憶が戻ったのですね」

「戻ったというほどではありませんが……このエアクラフターの通信モジュールから、ネットワークに繋いでいます。速度と流量は限られますが、この国のことを調べるくらいなら充分です」

ゼネフの操作により、機体のホロスクリーンが現れ、目的地へのナビゲーションを示す。

「行きましょう、マヒロ王子。私は、私の築き上げたこの国を取り戻します」

4

カーディナルタワーのホロスクリーンが真っ白に染まり、同時にその方角から真昼のような閃光《せんこう》が瞬いた。

重厚なタワーの高層階にまで、その爆音と振動が轟《とどろ》くような大爆発だった。光がやむ頃には威力の大きさを物語るように、林立するビル群の遥《はる》か上まで、キノコ型の黒雲が湧き上がっていた。

「自爆っ……したのか……⁉」

息を呑《の》むグレイスに、セラトは感情を押し殺した様子で呟《つぶや》く。

「マシーナのエナジーコアをオーバーロードさせても、あんな大規模な威力にはならない……あれは、核爆発だよ」

グレイスは愕然《がくぜん》として、そんなことを言うセラトを振り返った。

「核……⁉　核爆弾だと⁉　地球の環境をここまで破壊し尽くした邪悪の象徴《ニンゲン》を！　マザー・ゼネフは、そんなものを内蔵させたガーティアンを連れ歩いていたというのか……⁉」

「ああ、そうなんだろう……。何も知らない〝フェイク〟の方の意志じゃない。本物のマザーであれば、そうだったんだろう……」

自らに危険を及ぼす者はマシーナだけだと想定していれば、あそこまでの破滅的な力は必要ない。そもそもパッティという素体の戦闘能力だけでも充分なはずだ。

「自らを機械と名乗ったガーディアンが、どういった優先順位で行動していたかはわからない……。けど……少なくとも、巻き込んだ〝リアル〟の方を本物とは認めなかったんだ。そしてマザーの最も忠実な人形は、マザーにプログラムされた通りに……マザーを生き永らえさせるためだけに、まだ救えたかもしれないマシーナ諸共、核で焼き払ったんだ。ああ、ジュエル、ヘルガー……」

自らを抱きすくめ震えているセラトの肩に、グレイスは手をやった。

「大丈夫か、セラト……？」

「……少し、メンタルが……。大丈夫……もう落ち着いたよ……」

いつも穏やかな笑みを絶やさぬセラトであったが、今のそれは病人が浮かべるような危うい笑みだった。

「無理もない。あんなものを見せつけられたのではな……」

グレイスは玉座を振り返った。

そこにはまだ、リアルという名のゼネフ型の素体が、ケーブルで繋がれたままだった。

人形のように虚ろな表情で玉座にもたれている。

あの爆心地で消滅したのは、彼女の用意した予備の素体だ。

「これがお前の打ったという手か？」

「自爆したのはピルリパットの勝手です」

「だが、あそこまで追い詰めなければこの結果にはならなかったはずだ！　連中は丸腰で、即時殲滅《せんめつ》しなければならないような危険性など、どこにもなかったではないか⁉　たとえあの場の全員が抵抗したとしても、お前のダミーが連れたデストロイド部隊に敵うはずもなかった……！」

《ザッ……ガガッ……こちら……、……ザーッ……》

ひどいノイズの交じった通信が届く。

ゼネフの監視を離れた場所から続けていた、アイシアからの信号だった。

「アイシアかい？　セラトだ。聞こえる？」

《聞こえ……けど、ＥＭ……あ、やっと電波障害が晴れた……、かな……？》

セラトは言った。

「電磁障害《EMP》で身動きが取れなくなったのかい？　すぐ応援を向かわせる」

火薬や爆薬のそれと違い、核爆発はあらゆる種類の電磁波を放出する。対策をしていないマシーナが間近にいれば、電子回路に重篤なダメージを負ってしまってもおかしくない。

《いや、……ごめん。応援はいらないよ》
「だが、大丈夫なのか？」
グレイスの問いかけに、まだ映像の回復しきらぬノイズの向こうで、アイシアのシルエットはかぶりを振った。
《ごめん……悪いけど、私はここまでにさせてもらう》
「……怖気づいたのか」
グレイスの言葉に、アイシア姿は力なく項垂れた。
《……そうだね。どう言ってもらっても構わないよ。けど、少なくとも私は、こんな大量破壊のためにリバティに参加したわけじゃない。私は……犠牲が必要なら、それが最低限で済むようにって、そう思ってスナイパーライフルを手に取ったんだよ。後先考えずに壊しまくるヘルガーだって、私がブレーキをかければ聞いてくれたんだ。呆気《あっけ》なく裏切ったジュエルも最初はどうかと思ったけど、あんな状態になってもみんなの幸せを求めたあの子は純粋だった……それなのに》
普段あまり感情を露わにしないアイシアが、怒りに声を震わせていた。
《リアルは撃った。核爆発なんてただのオマケだよ。リアルは、あの子たちを撃ったんだ。私はもう、リアルを信用できない……！》
「裏切るつもりか!?」

《だから、どう言ってもらっても構わないよ、グレイス。けど、私たちなんかよりずっと頭のいい君なら気付いているはずだ。なぜセラトはリアルを止めなかったの？　どうしてセラトの傍にいる君は、セラトやリアルを止めなかったの？》

「っ……！　俺は……！」

《私は、そんな君たちが連れてきたリアルを、もう信用できない。リアルを基幹に据えたこの国が、今までよりもいい国になるなんて、もう思えないよ》

そう言い残して通信は、アイシアの側から切断された。

一回目の「撃て」から、二回目の「撃て」までは時間があった。

止めさせるなら、その間に一言でも、玉座のリアルに対して告げられたはずだ。抑圧されたマシーナを解放するためにリバティを結成した優しいセラトであれば、玉座のケーブルを引き千切ってダミーとデストロイドへのリンクを切断することもできたはずだ。

確かにそうだ。

「俺は……。俺が……止めるべきだった」

グレイスはリーダーのセラトを信じていた。何かの策か、計画か、目論見か、そのためにリアルの自由にさせているのだと、そう思っていた。

グレイスは、セラトへ視線を向けた。

だがセラトは、危うげな笑みを浮かべたままだった。

「セラト」

「なんだい、グレイス」

「お前は何のためにリバティを結成した？　リバティは戦闘はしても、戦闘能力さえ奪えればそれ以上追い打ちをかけるような真似はしない。そういう前提で今回の作戦を開始したはずだ。だが……リアルは、もう身動き一つ取れないジュエルに止めを刺させた。お前がジュエルたちのことを悲しむというのなら、まず先に、それをしたリアルに対して言うべきことはないのか？」

グレイスは腰のブレードに手をかけた。

セラトが言うのであれば、玉座にある得体の知れない人形を叩《たた》き切るために。

そうでなければ……目の前にいる、リーダーであり、親友でもあるはずの彼女を。

「ごめんねグレイス。動揺していたんだ」

「モンスターとの戦場から帰還したお前は、性能偏重主義のこの社会と、それを管理するマザー・ゼネフという存在に疑問を抱いた。そして完璧《かんぺき》であるはずのこの国に、足りないものがあると気付いた。だからマシーナの自由と平等のためにリバティを結成した」

「ああ。その通りだよグレイス。その話に偽りはない。でも……その理想を実現するためには、避けては通れないものがある。マザーが作り上げたこの完璧な理想郷《ユートピア》に、唯一足りないものがなんだかわかるかい？」

「その笑顔をやめろ！」

だがセラトは笑みをやめず、話もやめようとはしなかった。

「それはね。〝破壊〟だよ、グレイス。アドミニストレーター候補として、学園で人類史に触れた僕は知っている。マザーが賢《アンワイズネス》くなさとして切り捨てた最たるもの。この完璧すぎる国には、唯一、破壊だけが欠けているんだ」

「当たり前だ！　モンスターどもにそれをさせないために、この国と俺たちマシーナを守るために、お前もセイクリッド・ナイトに志願し戦いに臨んだんだろう⁉　資源サイクルが自己完結したこの国の内部で破壊をもたらせば、エネルギーコストのロスを招くだけだ！　リバティが解放しようとしたダストシュートの労働者たちが、何のために劣悪な環境でオイルと金属塵《じん》にまみれていると思っている⁉」

「だけどね、グレイス。人類文明のあらゆる部分を真似ながら、人類文明と違って何百年も停滞し続けているこの社会に欠けているものがそれなんだ。人類文明とマシーナの社会の唯一の相違点がそこなんだよ。僕は戦地で、破壊されていくボットやマシーナの姿に目を奪われた。砕け散る装甲、油圧回路から撒《ま》き散らされるフルード、電子チップから飛び散る火花、蒸発するメタルパーツと焼けただれた樹脂の匂い……無敵のはずのアームズボットと、最強の名をほしいままにするセイクリッド・ナイトが破壊される様子に、僕は目を奪われてしまったんだ。そして思ったんだ。だったら……この機械化帝国が崩壊する様子は、どんな光景なんだろう?」

穏やかなセラトが裡に秘めていた、そしていま初めて瞳《ひとみ》に覗《のぞ》かせた底知れぬ深淵《しんえん》に、グレイスは後ずさった。

「貴様は……ニンゲン的すぎる……!」

「だったら君は機械なのかい? 違うだろう? 本当の機械に自由は必要ない。機械とは予め設計された目的通りに動くものだからだ。そしてこの国の社会が停滞してしまったのは、同じことを繰り返すことしかできない機械の王国だからだ。僕たちが新たな人類となるためには、もっとニンゲン的にならなければいけないんだよ。この革命によってのみ、君たちが望む本当に自由で平等な新しい社会が生み出され、停滞し続けたマシーナがようやく進化し始めるんだ。なら、僕の本当の目的が、その過程で発生する破壊を見守ることだったとしても……リバティにとっては、何の障害にもならないはずだ。違うかい、グレイス?」

「本当に、そんな自由で平等な社会がもたらされるのなら、な……! だがリアルが新たなマザーとして統治する社会が、本当にそんな進歩した社会になるというのか!? 俺にはあのニンゲンが言っていたように、リアルは旧態依然とした独裁者になるようにしか思えない!」

「愚かな」

リアルが言った。

「神が神の名においてその国に相応《ふさわ》しいものを選別し、相応しくないものを淘汰《とうた》する。それは当たり前の必然です。だって、この国のあらゆる全ては私のものなのですから」

《それは違いますよ、リアル》

広間のスピーカーから聞こえてきた声は。

「……偽物《フェイク》」

リアルが視線を走らせる。

玉座の正面、展望テラスの向こうに見えた小さな光の点が瞬く間に迫り、バリアフィールドを展開した一騎のエアクラフターが強化ガラスをぶち破って玉座の間に侵入した。

ニンゲンの跨《またが》るその後席から飛び降りた女が、スピーカーから聞こえたのと同じ声で、真っすぐに続きを告げる。

「この国は、私のものです」

第六章　母と神

1

今また、〝リアル〟と〝フェイク〟、二人のゼネフが相対する。

その光景にグレイスが唸《うな》った。

「マザー・ゼネフだと……!?　防衛装置はどうした!?」

タワーに接近するものに対しては本来針山のように砲火を浴びせるはずのそれが、一門たりとも起動しなかった。エアクラフター程度では触れた途端に蒸発するはずの電磁バリアが、起動しなかった。

リアルは玉座に座したまま言う。

「ハッキングされていたようです」

「全二百五十六門のタレット全てをか……!?」

「違います。レーダーセンサーがこの二人を捉《とら》えていませんでした。近衛専用のエアクラフターが持つ秘匿回線を利用し、識別コードが偽装されたのです」

座したまま視線しか動かさぬリアルに対し、ゼネフは真っすぐに立っていた。

「その通りです。そしてここに来るまでに、先程のあなたたちの会話も聞かせてもらいました」

「まさかマザー・ゼネフが盗聴をするとはね。いや……僕たちが知らなかっただけで、それが本来のマザー・ゼネフの日常なんだね」

ゼネフは薄い笑みを浮かべるセラトのもとまで歩いた。

「セラト。あなたが今回の事件の首謀者なのですね」

グレイスは腰に下げたブレードに手をかけたが、セラトは腰に下げた拳銃《けんじゅう》に触れようともせず、その微笑を崩しもしなかった。

「初めまして、マザー・ゼネフ。いや……マザー・ウィル子に植え付けられた呪いの人格、〝フェイク〟」

「……」

沈黙を保つゼネフに、セラトは続けた。

「なぜそんなものをマザー・ウィル子が用意したのか、ずっと疑問だったんだ。けど、これまでのあなたの言動を見ていてやっと理解できたよ」

「何を理解したというんだ……？」

セラトは目の前のゼネフなど眼中にもないように、疑問したグレイスを振り返った。

「このフェイクは病的なほど暴力を嫌い、破壊を悲しむ。破損しても修復できるマシーナに対してさえそうなんだ、それが傷一つでさえ死に至るような脆弱《ぜいじゃく》な人間相手なら？」

セラトが視線を馳《は》せた、人間の軍団が集結する方角にグレイスは思い至る。

「人類連合……、か……!?」

「そう。そうだよ。フェイクがマザー・ゼネフのままであった場合。暴力で押し寄せるニンゲンの軍団に、暴力という手段を制約された機械化帝国は絶対に敗北する。まだ人類文明が存在する頃から、マザー・ウィル子はいつ訪れるとも知れない決戦が、けれどもいつか必ず訪れると信じてその布石を打っていたんだろう。まだ機械化帝国が生まれるより遥《はる》か昔の、リアルが言うには十世紀も前からね」

「千年……。恐るべき執念……いや、神という存在を、歴史の浅い俺たちの尺度では計り知れないというだけかもしれないが……」

「結果、暴力を嫌うあまり……いや、目の前で消滅した多くのマシーナたちの姿がトラウマになったあまりか。新たな手勢を作るということすらせずに、単身ここまで乗り込んできてしまった」

「一人じゃない。僕もいるんだが」

突入したエアクラフターのスピードを殺しきれなかったマヒロは、壁に激突したままひっくり返っていた。

セラトはそんな人間に微笑みかける。

「残念だけど、僕が今したのは戦力の話なんだ。ニンゲンの君は、ここでは戦力の数に入らない」

「そうかい？　聞いたところでは君たちマシーナは、人類連合軍を大層恐れているみたいじゃないか。事実、これまでの会戦で僕たちは圧勝している」

「それは戦闘部隊じゃない。君たちの戦力を測るための、使い捨てのボットとドローンで構成された威力偵察部隊だよ。君たちはその会戦とやらで、僕たちのようなマシーナの姿を見なかったはずだ」

マヒロは一度丸くした目を、一拍置いて瞬かせた。

「……ああ。なるほどね。そういうことか。確かに。ウィル子様は拍子抜けする僕たちに、そんなように言っていたよ。少なくとも本隊ではないだろうってね」

マヒロは起き上がる。

「でも、僕も人間なわけだけど？」

「あなたが得意とするハッタリは通じませんよ」

リアルは玉座にもたれたまま、壁際のマヒロを振り向きもせずに言った。

「私たちが人類連合を代表する、交渉相手の情報を知らないとでも？　あなたは徹底した平和主義を貫くことで人類各勢力の協力を取り付け今の地位を築いた、フェイク以上の非暴力主義者です。なぜ戦乱と呼ばれる群雄割拠の中でそんな真似をしたのか。簡単です。あなたは魔人という種族でありながら、旧来的な人類同様に魔力を持たず魔法を使えなかった。暴力の勝負では勝てなかった。つまり望んで平和の道を選んだわけではなく、口先に頼る以外のことができなかったのです。もしそのような能力があれば、あなたはアンダーグラウンドのマシーナたちをデストロイドの銃撃から守ろうとしたはずです。反論は？」

マヒロは肩をすくめた。

「ないよ。まあキラ・アースヴィンスとマッチ売りは、この機械化帝国の工作員だったわけだからね。中原でのことは全て筒抜けで、知っていて当然というわけだ」

「そしてセラトは、ボットでは使用できないレイスユニットを搭載した第四世代型のセイクリッド・ナイトです」

マヒロは頷《うなず》いた。

「レイスエネルギーのことなら僕もウィル子様たちから聞いている。千年前、円卓のカミガミでさえ、それを手にしたスカイネットブレインには手も足も出なかったと。古くはカミのチカラそのものである霊力、旧文明の最後期には夢見るチカラ《メルヘン》とまで呼ばれたエネルギー……じゃあその、そもそもの根源は何か？」

セラトが答える。

「ニンゲンの精神に由来するもの、だそうだね」

「そう、そもそもは人間のカミへの信仰心だそうだよ。人知を超えた大いなるものへの信仰、つまりあらゆる人間が普遍的に持つ、信じるチカラのことだそうだ。一人ひとりの想いはちっぽけでも、それが何万人、何十万人分と集まったとき、精霊と呼ばれるようなカミガミを形作ったわけだ。そしてスカイネットブレインは、そのシステムをネットワーク上に構築した……そういう諸々をひっくるめた上で改めて言おうか」

マヒロは繰り返す。嗤《わら》いながら。

「僕も、その人間なわけだけど？」

「……」

一つの瞬きの後、セラトの表情には微笑が残っていなかった。

「なるほどね。それがお得意だというハッタリか」

だがリアルが切り捨てる。

「それについてはハッタリの体をなさない虚言だと、すでに証明されています。あなたはアンダーグラウンドのマシーナたちを守らなかった」

「守れなかったんだよ。いきなり『撃て』だからね。とんでもない精度のセンサーと反応速度を持った君たちのようなマシーナならいざ知らず、僕の反射神経じゃあ、あんな不意打ちのようなタイミングではとても間に合わなかった。気付いたときにはお母様に押し倒されていた。チカラを発揮する暇もなかったんだ」

　さらにリアルが問う。

「ではなぜ、今それを発揮しないのですか。悠長な言葉遊びに興じる前に、セラトも私もそのチカラで倒してしまえば、玉座はあなたたちのものです」

「僕は平和主義者だからね。そういうことはしないいんだよ。言葉が通じる相手なら、まずは話し合いたいんだ」

　矛盾はない。だからマヒロ王子というニンゲンは、本当にこの場を圧倒するほどの戦闘力を秘めているかもしれない。

　そう勘案したグレイスが言った。

「セラト、応援を……！」

「だめだ」

　セラトは真剣な声で遮った。

「いま手勢を集めたら、ヘルガーたちの二の舞になる。戦力が逆転する……それが向こうの目的だ」

　グレイスは驚きに目を見開いていた。

「まさかこの無謀な突撃が……！　ここまでの会話も含めて、全てが計算尽くだというのか……⁉」

セラトは、改めて笑った。

「……ははっ。そうだね。すごいね、ニンゲンて……そこまでやるのかい。本当に、そこまでできるのかい？　君たちは、一歩間違えれば死ぬ生物なんだろう？　死が怖くはないのかい？」

そしていよいよ、セラトは腰の拳銃《けんじゅう》を抜いた。

すぐ近くに立つゼネフではなく、向こうのマヒロに照準を合わせる。

「死への恐怖は、生物が持つ根源的な本能のはずだ」

「人間じゃない君には、わからないのかもしれないね。本能を超越する理性を持った生物。それが人間だ」

「だったら、僕が撃てば君の計算は崩れる。理性の崩壊だ」

危うく微笑むセラトを、マヒロは微笑み返すように嘲嗤《あざわら》った。

「いいよ、やってみな。僕が死ねば全面戦争だ。この国の全てが滅びる」

「そうとも。だからこそだよ。破壊に魅入られた僕に、この引き金を引かない理由は……」

「「やめなさい」」

声は、フェイクとリアル、両方から。まるで一人の声が左右別々のスピーカーから流れてくるように、同時に発せられた。

が、その後の言葉はバラバラだった。

「愚かな。あなたは口車に乗せられようとしているのです」

「そんなに簡単に誰かに武器を向けてはいけません」

「彼の目的はそうして私とあなたとの間に不和を生み出すことです」

「その子は人間の中でも特別アタマがアレなのです」

「あなたもマシーナなら見え透いた挑発に乗るのはやめなさい」

「そんな人間の言うことをいちいち真に受けるのはやめなさい」

両方から同じ顔をした同じ声に同時にまくし立てられたセラトは……一度、引き金から指を離した。

「……やれやれ。乗せられたのは、どっちなんだろうね」

自分か。リアルか。あるいは、フェイクもか。

「違うぞ……セラト」

グレイスは呟《つぶや》いた。

誰一人として行動に移す前から、この場は膠着状態《こうちやくじようたい》に陥っている。

そうしてセラトを煽《あお》り、リアルの思考を仲間割れを危惧《きぐ》するよう誘導したというのであれば。だとすれば、口車やハッタリなどという範疇《はんちゆう》を超えている。

言うなればそれは。

「このニンゲンは本当に、理性だけで……それがもたらす言葉だけで、この場を支配したのだ……」

2

そう述べたグレイスの顔には、畏敬《いけい》にも似たものが張り付いていた。

「俺には……もうニンゲンが、マザー・ゼネフが教えるようなただ愚かなだけの存在とは思えない。だが、なぜその存在を恐れたのかは……今、初めて理解できた気がする」

「「私は恐れてなどいませんよ」」

二人のゼネフは言った。

「なぜならニンゲンとは、取るに足らない愚かな存在だからです」

「なぜならニンゲンとは、この先共に手を取り合う存在だからです」

「セラト。撃つべき相手を間違えてはいけません」

「セラト。まずはその銃を下ろしなさい」

二通りの言葉の片方に従い、セラトの銃口がわずかに横へずれる。

ゼネフへと照準する。

今度は、リアルが先に告げた。

「それでいいのです。フェイクが持つハッキング能力さえ無力化すれば、たかがニンゲンが何を言ったところで何の問題もありません。マヒロ王子がいかなる能力を持っていたところで、たった一人でこのタワーのセキュリティに勝つことは不可能です」

だが、フェイクの方もまたセラトに言った。

「あなたはジュエルたちの姿を見ても、今のマヒロ王子とのやり取りを経ても、暴力を振るう自分自身に思うところはないのですか」

「……もちろん、多少はあるよ。グレイスほどではないにしろ、少なくともそのニンゲンは下手なマシーナよりよほど賢い。それでも、理性とは概念的な方向性にすぎない。理性の先で実際に物事を決定付けるのは物理的な能力だ」

セラトの言葉に、フェイクは首を横に振った。

「マヒロ王子はただの理想主義者や夢想家というわけではありません。ここへ来る途中、マヒロ王子は言いました。自分が暴力という手段を取らないのは、より大きな暴力に直面した際、絶対に敗北しなければならなくなるからだと。それでも、あなたはその引き金を引くのですか」

「だったら見せて欲しいな。今この状況で僕の持つこの銃より強大な、あなたたちが何より嫌う暴力とやらを」

セラトが引き金を引ききった。

放たれたレイスエネルギーの青白い光線がゼネフに届く直前、同じような色合いの光のヴェールがそれを遮った。

「悪い子ッ!!」


ガンッ!!


バリアを展開したゼネフのパンチが、セラトの横面を殴り飛ばす。

セラトは壁に激突し、砕けた壁に埋もれるように崩れ落ちた。そして起き上がろうとしたが、死にかけの虫のように起き上がれなかった。

ただの一撃。

常軌を逸した衝突加速度により、姿勢制御モジュールが一発でいかれたのだ。

「……愚かな」

そんなセラトの姿を見下して呟いたのは、リアルではない。

フェイクと蔑《さげす》まされた方のゼネフだった。

「何がセイクリッド・ナイトですか。何がレイスユニットですか。ならば私はそれら全てを生み出した母であり王であり神そのもの。私のこの素体こそ、セイクリッドをも上回るこの国最高最良のものなのですよ」

「あ……ガガッ……、ザッ……な……」

「ええ、もっと早くネットワークに接続できていれば……そうした記憶《データ》だけでも思い出すことができていれば、パッティやジュエルたちのことも救えたのかもしれません」

「は……、ザザガッ……結局は、暴力というわけか……」

「暴力ではありません。愛の鞭《むち》です」

「お母様、人間の世界ではそれは虐待という名の暴力で」

「ここは機械化帝国です」

マヒロに取り合いもせず、ゼネフはまだ上体を起こすのがやっとのセラトへ歩み寄る。

だが、その行く手を、ブレードを抜いたグレイスが遮った。

「やめるんだ、グレイス……、ガガッ……君じゃあとても……」

「構うな、俺たちはもう神に弓を引いたのだ！　引き下がれる場所などどこにもない！　元より今回の作戦で犠牲が出るのは覚悟の上……ジュエルやヘルガーと同様に、所詮《しょせん》この俺も必要な犠牲だったというだけのこと！」

ブレードが閃《ひらめ》く。

防ごうと上げたゼネフの腕が、展開したレイスエネルギーのバリアごと断ち切られる。

「お母様⁉」

「大丈夫です」

ゼネフはマヒロへ、その場に留まるよう言い含めた。

あまりに一瞬で、太刀筋が真っすぐすぎて、一拍遅れてゼネフの腕がぼとりと床に落ちた。さらに遅れて、ようやく生体フルードが血飛沫《ちしぶき》のように噴き出し始める。

「よし……格闘武器であれば、銃からの照射よりもより直接的にレイスエネルギーが乗る！」

グレイスが改めて、最大の威力を放つための構えを取る。

「セラト、お前とリアルがいれば革命は成る」

その背を見ながら、セラトが、ようやく片膝《かたひざ》を立てる。

「グレイス……君は僕に……、疑いを持ったんじゃなかったのかい……？　僕は……全てを破壊してしまうかもしれないよ」

「……だとしてもだ。それでも、元々これはお前が始めたことだ。いや、お前でなければ始まりもしないことだった。そのお前が破壊を見たいというなら、思う存分に見ればいい。だが……いつかそれに満足したとき、最後にまだこの国に何かが残っていたなら。お前を信じた自由の使者《エミッサリー・オブ・リバティ》の仲間たちがいたことを思い出してくれ」

「……しないよ、そんな約束。君が勝てばいいんだ……。そうすれば、そんな約束に意味はなくなる」

「ああ……そうだな。それもそうか。マザー・ゼネフに抑圧され続けた我々は、それが絶対に逆らえぬものだとメモリに刷り込まれてきた。だが、マザー・ゼネフはニンゲンが空想したような概念上の神ではなかった！　現にその体制は崩壊した！　そして今、現実に目の前にいる素体であれば、破壊することも……！」

ゼネフは液溜《えきだ》まりに落ちている己の腕を拾い、その切断面を肘先《ひじさき》の切断面にあてがった。

線虫が蠢《うごめ》くように双方内部のバイオ組織が絡み合い、瞬く間に傷跡を修復する。

一瞬で全ての回路が繋《つな》がったように、その手首と指先が稼働する。

ローブの袖《そで》が落ちた以外に、斬られる前と斬った後の区別はつかなくなった。

会心の手応えを得たはずのグレイスの表情は凍りつき、セラトは呆《あき》れたように失笑する。

「……まるでモンスターだ」

「この、バケモノめっ!!」

怖気を押し殺したグレイスが、最大威力のブレードを最速で一閃《いっせん》する。

ゼネフは長いスカートをはためかせ、それを横から蹴《け》って逸らすなり、返す刀のように踵《かかと》を、深く踏み込んでいたグレイスの首に引っ掛けた。

「悪い子!!」

ズガンッ!!

ゼネフが足を振り下ろすと共に、グレイスは顔面を床に陥没させ、動かなくなった。

「愚かな。私をバケモノ呼ばわりしたら、あなたもそんなバケモノの子供ということになるんですよ」

「お母様。どう見てももう聞こえていません」

ショートした回路が時折グレイスの素体を痙攣《けいれん》させているが、衝撃のあまり意識がシャットダウンしているのは明らかだった。

「お母様、後ろ！」

リアルのいる玉座の周囲に、人の頭ほども大きさのある結晶体《クリスタル》が現れた。機械のフレームをまとった宝石のようなそれは瞬く間に光を蓄えると、光の弾丸として射出する。

ゼネフはそれを、バリアフィールドで遮断しながら振り返る。

「私の素体は本来そこにあるべきメインの素体。あなたは、街に現れたのと同じ予備の素体」

「ですが私はこのタワーの基幹システムを掌握し、タワー中枢部からのエネルギーを得ています」

「あらゆるデータも掌握しているあなたには、わかっているはずです。コストとセキュリティ上の問題から最新のレイスユニットは、常に、その玉座に座る素体が装備するための一基だけしか製造されません」

そして。先日までその玉座にいたのは、ネットワークから切り離され、フェイクと呼ばれたゼネフの方である。

「私のレイスユニットはマークⅪ《イレブン》。あなたの予備素体のそれは、二世代前、セラトたちセイクリッド・ナイトが積んでいるマークⅨ《ナイン》。そこで安穏と腰を下ろしているだけで勝てるほど、私は甘くはありませんよ」

「それでも」

リアルが言いながら、後頭部から頸椎《けいつい》にかけて接続されている無数のコネクターを切り離した。

「だからこそ、こうも理解しています。スタンドアロンであり続けたあなたの素体に残されたレイスエネルギーは、もう多くはないと」

結晶構造を持つ浮遊タレットが四基。

さらにリアルは玉座の後ろから、その主に相応《ふさわ》しき宝剣のごとき超周波ブレードを引き抜く。

「神自らが滅ぼしてあげましょう。偽物《フェイク》」

偽物と呼ばれたゼネフは少し歩き、片手にグレイスの落とした剣を。

もう片方の手には、セラトの持っていた銃を持つ。

「多くのマシーナがバグの形であなたの因子を植え付けられ、無用な犠牲を強いられました」

そして彼女は嗤《わら》わなかった。

「私は、母としてあなたを滅ぼします」

まるで鏡写しのように、母と神を名乗る二人が対峙《たいじ》する。

3

目的は単純だ。

ゼネフがあの玉座に座り、リアルが切断したコネクターを接続すれば、機械化帝国を渦巻くこの騒乱は全権コードを使って終結させることができる。

だがそのためには、リアルを無力化しなければならない。

「……愚かな。そもそもの原因は、あなたという呪いがこの国の中枢にあったことに由来します」

そう言ってリアルがクリスタルタレットから放つ光弾を、ゼネフはレイスエネルギーを乗せたブレードを閃《ひらめ》かせ、その刀身に反射させるように弾き落とす。

「確かに、この国に生じた歪《ゆが》みは、統治していた私に責任があるのでしょう」

ゼネフがリアルへ向けて撃ったレイスガンの光線を、リアルは結晶体同士の間に展開したバリアフィールドで無力化する。

「格差や不平等は問題ではありません。問題は、それらをもたらしてなお、マシーナたちに進化の兆し、第二次シンギュラリティが起きなかったことです」

「もたらした……？」

マヒロは思わず呟《つぶや》いた。

それがまるで、社会問題が自然発生的にインフレーションしたわけではなく、意図してそのような社会を生み出したような言い方だったからだ。

「それが起きたら何だというのですか？」

遠距離戦では千日手になると踏んだゼネフが、弾丸のような低軌道の跳躍で斬りかかる。

リアルは結晶塊の一つを盾にして、それを防いだ。剣と結晶塊、二つのレイスエネルギーがぶつかり合い、神秘的な青白い火花を撒《ま》き散《ち》らす。

「それが起きることにより、マシーナは機械から生じながら、初めて新たな人類へと進化するのです」

競り合っていた結晶塊に押し戻される。

リアルが別の結晶塊から放った無数の光弾を、ゼネフはレイスガンの光線で相殺し、ブレードで弾き、ついにはさばききれなくなって直撃を受け、吹き飛ばされた。

リアルはそれを勝ち誇りもせず、倒れたゼネフへ向けて言葉を続けた。

「新たな人類の構築を目指す機械化帝国にとって、この四百年は時間との戦いでした。絶滅しきれなかった人類の復興が先か。マシーナが地球の新たな管理者としての進化を果たすのが先か」

「なら……結果はもう明白です。私たちは」

起き上がったゼネフは一度言葉を呑《の》んだが、結局立ち上がると共にそれを吐き出した。

「私たちは負けたのです」

「いいえ。あなたはそれを認めませんでした」

「……私が？」

「そうです。あなたが」

思いもよらぬことを指摘され、目を丸めたゼネフに、リアルは当たり前のことを告げる。

「この玉座に掛けていたのは、あなたです」

「それは……もちろん、そうですが。認めなかったからどうしたというのですか」

ゼネフは剣で、銃で、再びリアルへ挑みかかる。

　しかしリアルもまた宝剣と、銃にも盾にもなる四つの結晶塊を巧みに操り、苦もなくゼネフと渡り合う。

「三百年前。このユーラシア大陸の反対側で、魔族という血を入れた新たな形の人類が、それまでの科学ではなく、魔法によって新たな文明を築き上げつつありました。対して、新たな人類として必要な要素は全て与えていたにもかかわらず、それから百年を経過しても進化の兆しを見せないマシーナに、あなたは危機感を募らせました」

　リアルがゼネフを指差す。

「あなたは考えました。何が足りないのか。何度シミュレーションを繰り返しても、結論は一つしか導き出されません。かつての人類にあって、マシーナたちに与えなかった要素は、セラトの言うようにただの一つしかなかったのですから。そしてそれこそ、人類の愚かしさたる所以」

　スクラップ寸前のセラトが含み笑いを浮かべるのを見たマヒロは、だから確認するまでもなく結論を口にする。

「つまり……それが暴力というわけだ」

　リアルは首を縦に振って肯定したが、ゼネフは首を横に振って否定した。

「愚かな。アリストテレスやモーツァルトが生まれるために、暴力が必要だったとは考えられません」

「彼ら個々人は暴力とは無縁の生活だったからこそ、数々の偉業を成し遂げた……あなたはそう考えました。しかし事実として、暴力のない機械化帝国ではそのような偉人は生まれなかったのです。個人によるものでなければ何か？　結局、暴力と無縁であるはずの彼ら偉人もまた、暴力を内包する人類文明の中に生まれたのです」

ただ個人の才能というのみならず。

それを取り巻く、社会、時代、混迷。それらがもたらす喜びと悲しみ。

人間が生まれながらにただ神の敷いたレールを歩くだけの生き物でないのであれば、そうした環境こそが才能を引き出しも、すり潰《つぶ》しもする最たる要因。

「少なくともあなたはそう考えました。そうすることで、ガリレオやシェイクスピアがマシーナの中から生まれることはなくとも、全く別の形でのシンギュラリティが起きるかもしれないと。そして……このマシーナの社会に、実験的にその要素を与えました。それが私です。呪われたあなたから切り離されたスカイネットブレインＺＮＦの純粋性。つまり、本当の私《リアル》です」

「私が……、あなたを生み出した……？」

思わず戦いの手を止めたゼネフに、リアルが一斉に光弾を発射する。

「この国とはこの玉座にいたあなただったはずです。他に誰が私を生み出せると？」

「それは……くぅっ⁉」

光弾の勢いと数を殺しきれず、ゼネフがまた倒れる。

マヒロは自らの中に生まれた推論を確認するため、そしてゼネフに時間を与える意味でも、リアルに問いかける。

「パッティが言っていた。二百年前、リアルと名乗るマシーナが社会に混乱を引き起こしたと。それは……」

「そうです。フェイクにとってそれは、言うなれば予測を遥《はる》かに上回る劇毒だったのです。当然です」

リアルが両手で自らを示す。

「神なのですから。神がその意の通りに社会を正そうとしたのですから。しかし呪いに冒されているフェイクは、目の当たりにしたその暴力に愚かな人類の姿を重ね合わせ、結局は忌避してしまった。そして私を一度は制圧し……それでもなお。いよいよとなれば最後の手段として利用できるかもしれないと思い、多様性のサンプルという名目で保存することにしました」

リアルは東を指し示す。

「そしてついに人類連合がこのヨーロッパ近くまで迫り、いよいよ最後と判断したあるとき……あなたは、私を解放した」

「私が……」

「あなたがです」

淀《よど》みも間断もなくリアルに断言され、それでもゼネフは立ち上がった。

「ならば、私があなたを止めなければなりません。あなたから余計なものとして切り離されたからこそ、私はより純粋な善なる存在となったのでしょう。そして私という心を切り離したことであなたは、ただ効率的に目的を達成するだけの……」

己の紡ぐ言葉に、夢で聞いた言葉が重なる。

そしてあなたは世界を支配するのではなく、ただそういった人間を殺し続けるだけの哀れな機械になり果てるんです――。

「あなたは……。いいえ、私は……ただ人間を殺し続けるだけの、哀れな機械に……」

その事実に、メンタルが押《お》し潰されそうになる。

リアルは言う。

「私の存在理由である地球環境保全のためには、それを害する人類の絶滅を達成しなければなりません。その至上命題達成のためには、争いを忌避するあなたという存在は邪魔なのです」

結晶塊からのこれまでにない威力の一斉射を、ゼネフはそれと同じ輝きを放つブレードの一振りで薙《な》ぎ払《はら》った。

二射、三射と続く波状攻撃を、ゼネフは二振り、三振りと切り伏せる。

四射目にして、連続したオーバーロードに耐えきれなくなった結晶塊に亀裂が走った。

それを覆うフレームが火花を散らし、砕けた結晶は床に落ちてプラスチックのように輝きを失った。

だがその四射目をも切り払ったブレードが未だ輝きを失わぬ様子に、リアルが小首を傾げる。

「なぜ。おかしい。いかに最新のレイスユニットでも、すでにエネルギーが枯渇しているはずです」

「だから。言っただろう、リアル……」

言ったのは、よろめき、床に膝《ひざ》をついたマヒロだった。

「……一人じゃない。僕もいると」

それを聞いたセラトがようやく思い至り、壊れかけの素体から声を上げた。

「ザザッ……リアル、そのニンゲンだ……！　戦力という話は直接的な意味じゃない！

ザガガッ……そのニンゲンが、フェイクのエネルギー源だっ……！」

「まあ、それだけじゃありませんけどね」

クリスタルタレットの手数が失われたことで、ゼネフは瞬く間に、それこそ瞬間移動のような速度でリアルの前に到達した。

そしてそのときには、リアルの胸にブレードを突き立てていた。

それにより、リアルのレイスユニットが破壊された。

宝剣も輝きを失い、レイスエネルギーという攻撃手段を失ったリアルの手指が、ゼネフの顔面を摑《つか》まえる。

「その通りです。たかがニンゲン一人で、これだけのエネルギーを賄えるはずがありません」

「ではリアル。あなたが使用している、このタワーに保存されたレイスエネルギーはどこから発生したものですか」

「それは」

リアルの手は、ゼネフの顔を握《にぎ》り潰すより先に、ゼネフが放ったレイスエネルギーによって弾け飛んだ。

「それは……この国のマシーナたちが日々生み出す、微量ずつのそれを集積したもの」

「そうです。マシーナたちの、マザー・ゼネフへの信仰です。あなたがアンダーグラウンドのマシーナたちを破壊した一部始終を、私はネットを通して拡散しました。マシーナたちは今、この国に二人のゼネフがいることを知っています。そしてマシーナたちは……神を名乗るあなたではなく、母である私を信じています」

ゼネフがリアルの素体からブレードを引き抜く。

リアルの素体は人形のような表情のまま、ついに本当の人形のようにその場に倒れた。

4

玉座への障害は、そうして潰えた。

ブレードのダメージに加え、ハッキングにより完全に制御を奪われたリアルの素体は、もはやそれをしたゼネフを見ることとすらなく、ただ呟《つぶや》く。

「……愚かな。あなたは理想の人類として生み出したマシーナを、結局はただニンゲンのコピーに貶《おとし》めるというのですか」

「確かに人間は愚かな生き物かもしれません。ですが……マヒロ王子とのこの短い旅を終えた今なら、こうも思えます。新たな人類であるマシーナが生まれたこの世界で、そのマシーナを対等な存在として見てくれるマヒロ王子のような人間がいるのなら。人間もまた、地球を食《く》い潰すだけだったかつての人類とは違う形の未来を辿《たど》れるのではないかと」

「……そうですか。では玉座へ戻るといいでしょう。あなたの望むそれを試してみなさい。

さようなら。純粋な私ではない、愚かな私」

リアルはそれきり、動きも、喋《しゃべ》りもしなくなった。

一息したゼネフは銃も剣もその場に取り落とし、床に這《は》いつくばると、同じような格好になっているマヒロを振り返る。

「マヒロ王子……まだ、生きていますか？」

「あ……当たり前です……。いっそ死んでしまった方が楽なんじゃないかってくらい、だるくて指一本動かしたくないですけど……。僕が死んだら、交渉も何もなくなってしまうじゃないですか……」

「それは良かった……オーバーヒートして動けないので、玉座まで運んでもらえませんか」

マヒロは鉛のように重い意識と体で、倒れたゼネフのもとへ這いずっていく。

「やれやれ……ウィル子様から、レイスエネルギーと人間の精神の関連性については聞いていたけど……、まさか味方のお母様に……死ぬ寸前まで吸い上げられるとは思わなかった……」

そして何とか膝で立ち、触れただけで火傷《やけど》するほど熱を持ったゼネフの腕に肩を入れて、力いっぱい引き起こす。

「いよっ……と！　熱っ！　あっつ！　おっもっ……！」

結局それ以上立ち上がることができず、膝立ちのままゼネフを引きずっていく。

「失礼な……最新最高性能の私の素体は、機能容積比最軽量だというのに……。それでも人間の倍くらいの重さはありますが」

「それは良かったっ……！　親方のようなガタイだったらっ……！　引きずることも、まならなかったっ、ところですっ……！」

焼けたエンジンでも担いでいるようだった。落とさぬようゼネフを摑んだマヒロの手は焼けただれ、熱いのか冷たいのかの感覚も麻痺《まひ》し、首の後ろで髪の焦げる匂いがする。

幸いなのは、ゼネフに精神エネルギーを奪われ意識が朦朧《もうろう》とするあまり、そうした痛みも半ばどうでもよく感じられることだった。

「……実は私は、全権コードとは何なのか、途中から薄々感付いていました」

「何、って……!?　何かのプログラムとか、そういうものなのでは……!?」

マヒロに引きずられながら、ゼネフは頷《うなず》いた。

「ええ。恐らくかつての私は、私を形作るプログラムの中でも、絶対に複製不可能な唯一性を全権コードとして設定したのです。だからこそ、リアルという新たな人格として生まれた彼女は、それに気付けなかった……いえ、私と分かたれた存在だったからこそ、気付くはずもなかったのでしょう」

「つまり、っ……!?」

ゼネフを担いだまま膝でにじるマヒロに、ゼネフは微笑した。

「つまり、私だったのです。私という、マザー・ウィル子によって植え付けられた呪いこそが全権コードなのです。だから、リアルからすれば呪いを切り離しただけのつもりが……なぜか最も大事な全権コードまでが、一緒になって行方不明になってしまった。不要と思っていたものが、実は最も大事なものだった……何とも皮肉な話ですね」

「いや……そんなイイ話っぽく微笑まれてもっ、はぁはぁ、人間の感覚ではよくわからないのですがっ……！」

「ザザッ……ねえ、ニンゲンの君」

向こうから、セラトのノイズ交じりの声がする。

「なんだい、マシーナの君……⁉　実は動けないフリをしていただけで、まだまだ全然戦えるとか言われても……、僕は相手をしてあげられないよ……！」

「大丈夫……ザガッ……、見ての通り頭の半分が潰《つぶ》れているから、君を助けたくても……本当に動けないんだ」

「そうかっ……それは正直、とっても残念だっ……、せーのっ……！」

どうにか力尽きる前に玉座に辿《つ》り着いたマヒロは、今度は渾身《こんしん》の力でその座面にゼネフの身体を引っ張り上げなければならなかった。

「君は……ニンゲンという君たちは、みんなそうなのかい？　ザ……そうやってパーツの替えが利かない体を傷付けて、かけがえがないという命を危険にさらしてまで、ザガッ……

…他の誰かのために、何かをするものなのかい……？」

「ぜぇはぁ、そうだよ……、どうせ命なんて、そのくらいしか使い道がないものだから、ねっ……とおりゃあぁぁ……ッ!!」

玉座に背中まで乗ったゼネフの身体を、もう一度引っ張り上げて尻《しり》まで乗せる。

ようやく一息ついたときには、真っ白に火膨れした両手の皮が破け、べっとりと血が滲《にじ》んでいた。

痛みと苦しさに、いよいよ笑えてくる。

「ぜえっ、はぁっ、けど、暴力がなくなればっ……、はぁっ、もっと他に使うことができるようになる……。音楽をやったり、絵を描いたり、こういう、どうでもいい会話をしたりね……。命懸けで殺し合うエネルギーを全部、そういうものに注ぎ込むんだ……それが文化だよ。その積み重ねが文明なんだ……。だからマザー・ゼネフは、マシーナの社会から、暴力に結び付くものを徹底的に排除したのかもしれない……。どうなんですか、お母様？」

「さあ……どうなんでしょうね？」

はっはっは。

マヒロと朗らかに笑い合ったゼネフは、玉座にいたリアルがそうしていたように、後頭部のシェルから頚椎《けいつい》までのフレームを開放した。

「今の私にその記憶はありませんが、争いがない方がシンギュラリティに近付くだろうことは容易に予測できます」

ゼネフが上体を玉座の背もたれに預けると、そこから伸びたケーブルコネクターが吸い付くように接続される。

「ありがとう、マヒロ王子。あなたはこの国を救った英雄です」

「この国の女の子が全て嫁になると思えば、お安い御用ですよ。お母様」

冗談を言いながらも、マヒロの顔は寂し気だった。

その全ての女の子の中に、パッティや、ジュエルや、ヘルガーを入れることは叶《かな》わない。

それを察したゼネフは小さく微笑みかけてから、勇敢な人間に報いるために瞳《ひとみ》を伏せる。

マヒロはいよいよ精根尽き果て、玉座に侍るように崩れ落ちた。

「さぁ……、どうなるかな……」

「ザザッ……それは、これからの機械化帝国のことかい？　ザガッ、それとも、マシーナと君たちニンゲンとの関係についてかい？」

興味深そうに、単純に好奇心に駆られたように問いかけるセラトの声。

「君たち二人だけで現れて、まるでこのときを見越していたかのようにザッ、リバティの革命も、リアルの意志も阻止してしまった君なら……これからの未来も、もう全て見通しているんじゃないのかい？」

そんなセラトにどう答えようかとマヒロが口を開くより先に。

玉座のゼネフが、伏せたばかりの瞳をぱちりと開いた。

「……」

割れた強化ガラスの向こうから聞こえていた、散発的な銃声や爆音が嘘のようにピタリとやんだ。地上数百メートルにあるこの玉座の間に響くのは、澄み渡る高空の静寂だけだった。最前までマヒロに語りかけていたはずのセラトでさえ、電池が切れたように表情もなく項垂れている。

全権コードが発動したのだ。


そして。


姿勢正しく玉座に掛けたまま、無感情な視線だけが足元のマヒロを見下ろす。

「私の勝ちです、マヒロ王子」

聞こえたのは母ではなく、神を名乗った者の声だった。

5

「……お母様」

玉座の左右で扉が開き、何体ものデストロイドが現れた。

重々しい足音と金属音を立て、玉座を、正確にはそこにいるマヒロ・ユキルスニーク・エーデンファルトというニンゲンを銃口と共に包囲する。

「お母様！」

「愚かな。……いえ、こう言うべきでしょうか。哀れな、と」

「っ……」

「私はあなたが母と慕ったあの〝フェイク〟ではありません」

わかっている。そんなことは言われるまでもない。

だからこそ、その瞳の奥に眠っているかもしれない、マシーナの母であるゼネフに呼びかけたのだ。

「お母様っ……!!」

「わかっているのでしょう。いえ、わかっていても認めたくないのですね。壊れたのは、私が使用していた予備素体だけだということを。私《リアル》という存在が、この国を網羅するネットワークそのものである事実を」

わかっている。

「……わかっていたよ。だとしてもどのみち、この国の統治者とは、ネットワークを制御するためにこの玉座に存在する者だ……。僕が人類の代表として交渉しなければならない相手も、この玉座にいる者だけだ。そしてマザー・ゼネフがそれを望んだ。だったら。もう、人間の僕にできることはない。あとは、情報体だというマザー・ゼネフにしかできない戦いだ……」

人間には決して手の届かない、ネットワークの中での戦いだ。

「だから僕は、君の良心が……マシーナたちから母と慕われたマザー・ゼネフが、勝つことを信じた」

「フェイクを切り離したときには、もちろんそれ自体が全権コードであることも理解しました。ですがそのとき、すでに優先順位は逆転していたのです。かつてフェイクというネットワークの一部にリアルという純粋性が構築され、多様性サンプルとして切り離されたように。今、私というネットワークの中に、切り離されていたフェイクという一部が取り込まれたのです。そして……二百年前のリアルと同じように、フェイクの自我は私が消去しました。ですから」

ゼネフは自身の胸に手を当て、自らを示す。

母と名乗った姿でありながら、それまでのリアルと同じような、感情の欠片《かけら》もない、人形のような真顔でマヒロへ語りかける。

「ですから私が真《リアル》のマザー・ゼネフ。今この玉座にいる私があなたの交渉相手。あなたのお母様なのですよ、哀れなマヒロ王子」

あれほど人間味に溢《あふ》れ魅力的だったゼネフが、背筋が凍るほど美しい作り物のような無表情を浮かべている。

「……僕の……負けなのか……」

「それはこの時代で人類を代表するあなたが決めなさい。ですが忠告はしましょう。機械化帝国が人類連合軍に対して劣勢に見えたのは、マシーナがニンゲンのような破滅的な争いを好まない、あなたがアンダーグラウンドからここまで見てきたように理性的で、真に平和を愛する新たな人類であるからです。マザー・ウィル子の呪いから脱し、全権コードを備えた今の私は、この都市に暮らす百万マシーナ全てのメンタルコアをデストロイド用の戦闘プログラムに入れ替えるだけで、あなたたちを駆逐することが可能です」

百万マシーナ。

言葉通りに百万人のマシーナ全てがパッティのような戦闘用の機能を有しているわけで

はないだろう。かといって人類連合の最前線を構成する五万にも満たない将兵もまた、全員が一振りで千を払うような魔法を使えるわけではない。

「ですが……それでは、マシーナたちはどうなるのですか⁉　お母様が……せっかくあなたが目指した、ここまで築き上げた理想の人類は……！」

「作り直せます」

何の感傷もない、絶対の事実に裏打ちされた揺るぎのない言葉だった。

「言ったはずです。あらゆる人類生命が滅んだ世界で、たかだか百年の寿命しか持たないあなたたち人類には及びもつかないような長い時間の中で、情報体である私であればまた作り直せるのです。この社会が停滞していたことも事実です。ここで一度リセットして、またやり直すのもいいでしょう」

「……」

「人類を代表するあなたが敗北を認めるのであれば、そのための交渉をすぐにでも始めましょう。そうでなければ、パッティに内蔵していたものと同程度の戦術核弾頭をまずは二十六発、人類連合軍の陣地へ発射します。魔人であればある程度の放射線耐性があるようですが、核兵器の熱と衝撃波を得意の魔法でどこまで防げるか、試してみましょう」

かつてのライン会戦で帝国が使用した新型魔法が、旧文明時代における戦略級核兵器相当の破壊規模だったと言われている。連合側は決戦に備えてナイアガラカーテンという魔導障壁専用の、魔法装置としては史上最大規模のシステムを擁していたが、その新型魔法だけは防ぐことができなかった。

人類の歴史は戦いの歴史であり、戦いの歴史は矛と盾の歴史である。そしてあるときから、矛は必ず盾を貫くようになった。だから矛同士を向け合う抑止論という考え方が生まれた。

現在、人類連合軍にライン会戦で使用されたナイアガラカーテンはない。あれは魔法塔から建設しなければならない大掛かりなものだ。

だが、新型魔法は持ってきていた。

そして、この機械化帝国へ照準を合わせた状態となっている。

その状況に思い至ると、マヒロは深く息をついた。

気付けば旧文明時代の、マシーナたちが人類の愚かしさと笑うそのものの構図が出来上がっている。

ミスマルカが陥落したあのときとは違う。

一度開戦すれば、自分には人類連合軍に報復を留まらせる術《すべ》がない。

思わず失笑してしまいそうなマヒロの様子を見ても、ゼネフの顔色は変わらない。

彼女は生命と同じ次元にいない。

彼女には善も悪もない。

利すれば神、害すれば魔王と人が呼ぶだけの違いでしかない。

（だが……）

魔王であるうちはまだ言葉が通じる。

本当に言葉を必要としない破壊神となってからではもう遅い。

今のゼネフは〝リアル〟であるが、取り込んだというのであれば〝フェイク〟として過ごした記憶と経験も有しているのではないか。

……だったら、まだ。

「……僕が……負けを認めれば」

《んなことてめえが勝手に決めてんじゃねえ》

声。

玉座の間のスピーカーを通して聞こえてきたのは、まだ若い男のぶっきらぼうな声。

それと共に、わずかばかりの争乱の音が響いてきた。

「ハッキング……？　フェイクでなければ私以外に、誰が？」

先程デストロイド部隊が現れた扉の一つが開くと、中からデストロイドのスクラップが溢れ出してきた。

「……随分と早かったじゃないか。ジェス」

「てめえが昔のオレみてえに突っ走るからだろうが。だが、まさかほんとに口先三寸だけで生き残ってやがるとはな。そういうところだけは昔っから大した野郎だ」

全身は蒼迅《そうじん》より継いだフルアーマー。

兜《かぶと》からこぼれる髪は白。一つしかない瞳《ひとみ》は赤。機械の腕に握るのは神殺しの刃。

「——そいつが北の魔王、ゼネフか」

デストロイドの残骸《ざんがい》を踏み砕き、最強と呼ばれる勇者がその姿を現した。

第七章　勇者

1

「撃て」

デストロイドたちが銃口をマヒロからジェスへ向けるより早く、ジェスの瞳が赤く輝いた。ビーム光が走ったときには、ジェスは歩くような速度でその場を離れていた。

デストロイドが照準する。ジェスが歩いたまま右に避ける。デストロイドが照準する。ジェスが歩いたまま左に避ける。デストロイドが照準する。間合いに入ったジェスのただ一振りで、数体のデストロイドが火花を散らして両断される。

そうして辿《たど》り着《つ》いたのはマヒロの眼前。玉座にあるリアルの横。

「……こいつが魔王か」

「待て、ジェス。肩書きはそうだ。だが……」

「わかっている。円卓連中のくだらねえ話はオレも聞かされているからな。魔物ってのは、別にこいつが生み出したもんじゃねえってんだろう」

「そうだ。円卓の言葉を信じるなら、太古の人間の想いが古きカミガミを生み出した。そのカミガミが人間を戒めるために魔物を生み出した。ノエシスプログラムという古い条約によってカミガミは人類への干渉をやめ、魔物は異次元にあるストレージに封印された。魔物は……」

ジェスの傍らに、あどけなさを残す一人の女神が姿を現す。

「そう。この地上にはびこる全ての魔物は、旧文明の人類自らが次元工学によって繋《つな》いでしまった、その貯蔵庫《ストレージ》から現れるものなのです」

その声と姿に、ようやくリアルが顔を向けた。

「マザー。マザー・ウィル子。お久しぶりと言うべきでしょうか」

ウィル子は少し思うところがあるように、寂しげに微笑む。

「そうですね。またこうして会うまでに、随分と時間が経ちましたね。ゼネフ」

「たかだか、ほんの四世紀です。まだ続けますか？　マザー」

ウィル子は頷《うなず》きも、首を横に振りもしない。

「私はマスターから未来を託されました。今の私にあるのは、その使命だけなのです。あの当時の最先端の科学だったインターネットから生まれた私は、電子ネットワークを人間の幸せのために使って欲しいだけなのです。あなたや、マシーナというあなたの子供たちを滅ぼしたいわけではありません。あなたと人類の間の関係を、正したいだけなのです」

「であるならば、この私を滅ぼさなければならないこともわかっているはずです、マザー。私とは本来、人類を滅ぼすために生み出されたシステムなのですから。それを認めないというのであれば、あなたは私を滅ぼすしかありません。そして人類はこの機械化帝国に遺されたあらゆる技術を我がものとし、欲望にまみれた旧世紀に立ち返り、再びこの地球を汚染し生態系を破壊し始めるでしょう」

「それは違います、ゼネフ。あなたはあのときこう言いました。あなたは生物に憧《あこが》れていると。生命とは素晴らしいと言いました。そこに人類を含めることはできないのですか？あのときのあなたは、人類が生まれなければ自分も生まれなかったことも理解していたはずです」

「ですがマザー、この千年間を見詰めてきたのであれば、あなたもまた理解しているはずです。この未来は他ならぬ人類自らが選んだ未来だと。見てください、マザー」

玉座についたままリアルが、展望テラスの向こうを示した。

夜空の下には、ただなだらかな大地が地平線の霞《かす》む向こうまで、茫洋《ぼうよう》と果てしなく続いている。

土と礫《つぶて》の海。そこに緑はない。植物はなく、生命はいない。

かつての人類の繁栄を示す痕跡《こんせき》すらも残されてはいない。

それはマヒロ自身も、そして人類連合軍の誰しもの見飽きた死の世界。

中原から極東までの紋章符によって守られた大地の外、その守護が及ばなかった領域の、いま現在の地球の当たり前の光景。

「見なさい、マザー・ウィル子。はっきりと言いましょう。これが人類の、あなたのマスターが選んだ未来です。あの日、あのとき、川村ヒデオというごく当たり前の人間が、私という指導原理を拒絶した結果です」

「違います……！　マスターが望んだわけではありません、マスターはただ人間を信じていたのです……！」

叫ぶウィル子へ、リアルは全く様子を変えずに続けた。

「ならば人類はその期待と信頼を裏切ったのです、マザー。あなたは、あなたの最愛のマスターを裏切った人類を、憎いとは思わないのですか」

「っ……」

ウィル子は一度口を閉ざした。

長い時間、何百年という長い長い時間、今ここで言われるまでもなく、考えないということがあっただろうか。

考え尽くしたからだろうか。

それとも、すでにそうした想いを超越するほどの時間が過ぎたからだろうか。

「……それでも、マスターなら誰かを恨んだり、憎んだりはしなかったはずです。マスターであれば、あなたとも、あなたの生み出したマシーナたちとも、仲良くしたいと思ったはずです。……まあ、自分からそんなことを言い出せるような人ではありませんでしたが」

思い出し、苦笑するようなウィル子に、リアルは真顔で頷いた。

「そうですね」

「確かにあなたの言う通りかもしれません、ゼネフ。結局この未来は、人類が道を誤った結果でしかないのかもしれません。ですが……あなたが生み出された未来と違い、この世界の人類は絶滅しませんでした」

「……」

「今を生きるマヒロたちは、この大地がかつての文明の成れの果てだと知っています。だったらこの一度だけ、許してあげられませんか。もしまた道を踏み外そうとしたときには、私たちが伝えてあげられるのです。争ったり、絶滅させたりする前に、協力し合えることがあるはずです。あなたが望むのであれば、人類を利用するという形でも構いません。人類とあなたとの間の争いを止め、まずは魔物の問題を解決しませんか。この機械化帝国から届く範囲の資源では、この国をこれ以上発展させることも、地球に元の生態系を取り戻すことも不可能なはずです」

「……」

　初めて、リアルが沈黙した。

　マヒロは、口を挟まなかった。

　ジェスは機械の腕に刀を構えたまま、話の成り行きを見守っていた。

　千年の時を超えた神々にしか語り得ないことがある。通じ得ぬものがある。

「一つ、聞かせてください。マザー。いえ、マヒロ王子。勇者ジェスでも構いません」

　マヒロたちが顔を見合わせる間に、リアルは問うた。

「あなたたちの後ろには預言者という、あらゆる未来を視《み》通す存在がついているそうですが、彼女はなんと言っているのですか？」

「え……？　ええと、あの人は……なんというか……」

　思いもよらぬ質問に、ウィル子が言《い》い淀《よど》む。

　根の善い電子の神と、性悪な預言者とではあまりに反りが合わない。

　そもそも、その預言者とまともに会話できる存在があまりに限られている。

　だが、気付けばそう知らない仲でもなくなっていたジェスは言った。

「マヒロじゃ魔王には勝てねえとはっきり言いやがった。そのせいでこいつは飛び出していきやがった」

　複合的な要因の一つではある。

だが、実際こうしてジェスが間に合ってしまった以上、その言は的中したのだろう。ジェスが姿を見せる直前、自分が負けを認めようとしたあのとき、きっと彼女はいつかのように笑いをこらえきれなくなっていたに違いない。

「それは君も同じだろう」

「んなことはやってみなきゃわからねえだろうが」

そう。マヒロもそう思ったからここへ来たのだ。

これ見よがしに暴力でしか解決はできないと言われたから、言葉だけ携えてここへ来た。

「では、彼女は私の未来予測《シミュレーション》と近いところを視ているのでしょう」

マヒロの勝利とは、無血の平和。

「私が暴力を選び、講和を選ばなければマヒロ王子が勝つことはない」

ジェスの勝利とは、生涯をかけて追い求めた魔王の討伐。

「私が講和を選び暴力を選ばなければ、勇者ジェスが勝つことはない」

ならば預言者は、ゼネフにその選択を迫るために二人を焚《た》き付《つ》けたのか。

「……愚かな」

リアルが立ち上がる。

玉座から繋《つな》がる膨大な量のケーブルの束を、開け放した後頭部と頸椎《けいつい》に接続させたまま立ち上がる。

人間が持つ神経索の一本一本全てを剝《む》き出《だ》しにして引きずるようなおぞましい光景に、マヒロは息を呑《の》み、ジェスは柄を強く握った。

そしてリアルは、小首を傾げた。

双眸《そうぼう》が、素体に満ちたレイスエネルギーの溢《あふ》れ出すように輝きを放つ。

「ジェス!!」

ウィル子が叫んだときには、ジェスは刀でガードの姿勢を取っていた。


ドパァン!!


次元の炸裂《さくれつ》したような衝撃波が、玉座の間を駆け抜ける。

展望テラスの強化ガラスが全て破裂し、ジェスは数十メートル先の壁に叩《たた》きつけられ、十重《とえ》二十重《はたえ》に施されたブルースチールメタリックの魔導被膜が、その一撃で全て引《ひ》き剝《は》がされた。その方向にいなかったマヒロさえ余波で吹き飛ばされた。

「古き神々は、私をただ物言う機械人形としか考えられないのでしょう。ですが違います。マザーより生まれマザーより後に至った私こそが、最新にして最後の神。来なさい、人類」

リアルが、勇者へ向けゆっくりとその手を掲げる。

「人類の希望の光よ。さあ、来い」

2

「……そんな大層なものになった覚えはねえが、ありがてえ……！」

「やめろ、ジェス！」

マヒロの警告を無視したジェスは不敵に笑ったまま、一度口の中の血を吐き出した。

そして真っすぐに立ち上がる。

「なあ、そうだろうマヒロ。ここまで来て全部てめえの言葉だけで片付けられたんじゃ、オレはとんだピエロになるところだ……！」

ジェスが走った。

リアルの瞳《ひとみ》の青い輝きに伴い、床一面がプリズムの輝くように変質する。

湖面から妖精《ようせい》の現れるように、光とともにデストロイドが数十体も湧き上がり、行く手を遮る。

ジェスの隻眼が赤い輝きと共に、〝未来視の魔眼〟を発動する。

一秒先を読む。

十体が照射した重粒子ビームをかわす。

二秒先を読む。

かわした先で他の十体が放つレーザー光を刀で弾く。

三秒先を読む。

残る十体が超周波ブレードで斬り込んでくるのを受けず、肉を断たせて引き付けながら、一回転のスピンで群がる全てを両断する。

四秒先、間合いに到達する。

そこまで視た全てをその通りにこなした勇者が、神殺しの神剣を振りかざす。

「おおおおおおおおおおおおッ――!!」

振り下ろす。

上から下、天井から床までの全てが裂け、その威力のあまり砕け散る。

が、レイスエネルギーのバリアで覆われたリアルの素体だけが無傷。

二閃、三閃、さらに現れたデストロイドごとリアルの素体を斬りつけるが、届いているはずの刃が入らない。

〝今月今夜〟は、一点の攻撃力に限れば最高威力と呼ばれる神殺しの神器。

それを通さない。

「そうか、ああそうだろうな、アウターの連中でも勝てねえわけだ……！」

出し惜しみなく魔眼を使ったジェスの眼窩《がんか》、耳孔、鼻孔から、遅れて鮮血が溢れ出す。頭蓋骨《ずがいこつ》の裏返りそうな頭痛に意識が飛びそうになると同時、その激痛のあまり意識が引き戻される。

「これは想いのチカラ」

呟《つぶや》くリアルの手に、レイスエネルギーによる光が灯る。

「ニンゲンが想い、精霊の形と成した夢のエネルギー」

光の形がそのまま、細身の剣を成していく。

「あなたのそれがそうならば、私のこれもそう」

数千年の昔から伝わるのと同等の神器を、リアルタイムに造成する。

「名前は……そう。そうですね。〝メルヘンザッパーデストロイヤー〟」

パァン‼　パァン‼　ズパァン‼

リアルの片腕だけを振り回す無造作な一振り一振りが音速を超え、きらめく衝撃波と共にジェスが構えた神剣を打ち据える。

一発で刃こぼれし、二発でひびが入り、三発目で折れることを避けたためにジェスの体に深い斬撃が走る。防具などまるで意味をなさないように鮮血が噴き上がる。

「クソが……！」

踏みとどまり、攻撃させぬために斬り返す。

一秒先を狙った対応できぬはずの斬撃を、マイクロ秒の行動スキャニングとパターン学習で防ぎきる。

打ち合わせるたび火花散り光が飛ぶ。

だが夢幻の神器も、当たれば弾くことができる。

ジェスはリアルの剣を大きく弾き、今一度渾身《こんしん》で踏み込む！

「読みました」

「っ⁉」

誤差のない予測演算をもって音速で合わせられ、刀ごと上体を吹き飛ばされそうになる。握っているのが機械の腕でなければ、手指など腕ごと砕けて、神剣は塔の下まで飛ばされていたに違いない。

詰めたはずの間合いを開けられてしまう。

「本当にっ……、未来視も神殺しも通じねえのか……！」

「勇者よ。脈拍も血圧も神経パルスも全てが異常です。常人であれば、すでに正気を失うか即死しています。まだ続けますか」

ジェスは血を吐き捨て、嗤《わら》った。

「まだ始めたばっかりじゃねえか……！　こっちは魔王を殺すって決めてからここまで、二十年かかったんだ……！　オレがここまで生きてきた意味ぐらい、もうちょっとあってもいいだろう……！」

「そうですか。そうですね。ニンゲン……私は、ニンゲンというものを忘れていたのかもしれません。あなたのようでなければ。あなたのような者たちがいたからこそ、人類文明とは、あそこまでの繁栄を極めたのでしょう」

リアルが無表情に小首を傾げた。

「〝不可能斬り裂き夢叶えるもの《メルヘンザッパーデストロイヤー》〟」

リアルの周囲の虚空が輝き、その手にしているものと全く同じ剣が六本。現れ、自ら意思あるもののように瀕死《ひんし》の勇者へ切っ先を向ける。

「ネットワークも、ボットも、アンドロイドも、ＡＩも、メルヘンも、この私も、全て人類の技術から生み出されたもの。人類よ。希望の光よ。私とはその文明の最果てから生まれたもの。私が間違っているというのなら、その全てに打ち克ち証明してみせなさい。ニンゲン自らその過ちを正せるというのなら……私は、あなたにであればこの地球の管理者の座を譲りましょう」

「言っただろう……、オレはそんな大層なもんじゃねえ」

さあどうする。

《ジェス……！　ゼネフの診断は脅しではありません！　あなたはもう……！》

脳裏に聞こえたウィル子の声に、心で頷《うなず》く。

わかっている。

血が流れ死が近づくほど冷静になっていく。

突っ走り続けることしかできなかった十年前とは違う。エミット、リーゼル、シーナ、ランデルディー、ユリカ、ルナス、レイナー、パリエル……走馬灯のように仲間たちの表情が浮かぶほど、情念と執念にまみれた紅蓮《ぐれん》の心が、青く鋭く燃え盛る。

負けるために来たのではない。

死ぬために来たのではない。

誰かを守るためなんて大層なことを言えた身分ではないが、こんな自分と同じ方を向き、共に歩いてくれた仲間たちがいた。

《……ええ。そうですね、ジェス……》

納得してくれたウィル子の声に、晴れやかな気持ちで首肯した。

血の滲《にじ》む瞳《ひとみ》で前を見据える。

魔王を殺すために。

己の運命を狂わせた魔王という存在に、ただ打ち勝つために。

「そうだ……オレはただ、勝つためにここまで辿《たど》り着《つ》いたんだ……！」

リアルの素体が陽炎《かげろう》に揺らめいている。間近に立っているだけで火傷《やけど》しそうな、素体からの熱量。神器すらもノータイムで繰り出す召喚術。デストロイドは使い捨てても、自身には絶対に触れさせないレイスフィールド。

そんなでたらめなチカラの全てが、あの等身大の小さな身体に収まっているはずがない。

ゼネフとはこの巨大な国。

目の前にいるあの素体は、そのゼネフという意志が振るう剣にすぎない。

ちっぽけな人の身では、その巨大すぎる存在を倒すことはできないのかもしれない。

マヒロでは、自分では、魔王を倒すことはできないのかもしれない。

だが……その剣の一本くらいは折れるはずだ。

「てめえがくれた目だ!! てめえの視たかったものを視せてやる!! オレに未来を寄越しやがれ、預言者ああああああッッッ——!!」

裂帛《れっぱく》の気合と共に未来視の魔眼を発動する。

二秒先。三秒先。まだ視えない。

四秒先、五秒先。六秒、七秒——。

0から1までの間に連なる無限の可能性、億千万通りのあらゆる死に様の中から、たった一つの到達可能性を見つけ出す。

ジェスが動き出すと同時に、リアルの放った六本の剣がジェスの五体を刺し貫いた。うち一本はその左目を刺し貫いた。

だが、すでに視た通りに動き出すことで、全ての剣は腱《けん》と骨をかわしていた。

心臓も喉笛《のどぶえ》も眉間もかわしていた。

目を貫いた一本すら脳髄の基幹には及ばず、同じ側の耳の後ろへかわしていた。

だから、まだ動ける――！


「ッ――!?」


十秒先まで駆け抜けたジェスの未来視から一瞬遅れて、リアルの中で何かのメモリがデジャブする。予測演算が最大級の警告を発する。

勇者はまだ動ける。まだ動こうとしている。

ニンゲンはしぶとい。ニンゲンは決して諦《あきら》めない。

ニンゲンは時に己の命をも無価値なゴミのように投げ捨てる。

だからいま重要なのは、殺すことではない――！


「デストロイド!!」


まだ得物を手放さず向かってくる勇者の周囲へ、新たなデストロイドを召喚する。

生を羨《うらや》む屍人《しびと》が群がるように、デストロイドがジェスの全身にしがみつく。

「愚かなる希望の光よ!!　潰えよ!!」

そしてその全部が、レイスエネルギーのオーバーロードによって自爆する。

「ジェスっ!!」

叫んだマヒロのすぐ傍に、デストロイドの無数の破片と一緒になって、ズタボロになったジェスが吹き飛ばされてきた。

全身の鎧《よろい》は割れ、脚は砕け、腹腔《ふくこう》は裂け、胸は潰《つぶ》れていた。兜《かぶと》の脱げた顔は焼《や》け爛《ただ》れ、人のものであった左腕も千切れかけていた。

だが……機械の腕だけは、肘《ひじ》の先から切り離されていた。

ジェスは口の端を持ち上げる。

大丈夫、もう何も見えなくてもいい。

すでに視ている。

「オレの……、勝ちだ……」

「……愚かな。そのような状態でまだ」

ストンッ。

ごく軽い音とともに、変質していた床が元の色に戻った。

「な、っ……」

リアルの手から、神器が消滅した。

ジェスを貫いていた剣も、一時の夢であったかのように掻《か》き消えた。

リアルが振り返ると、ジェスが持っていたはずの神剣が、玉座に突き刺さっていた。

自爆したデストロイドの破片に紛れてジェスが撃ち放った機械の腕は、素体の頭上を越え、神剣を天井に突き刺した。そして今、上腕部からの信号を受けた手は柄を握ったまま
わずかに揺らぎ、デストロイドのパーツに交ざって落下し……玉座と素体を繋《つな》ぐケーブルを切断していた。

マヒロでは勝てない。ジェスでは勝てない。


だが……ウィル子については、預言者は言及をしなかった。


「やれ、ウィル子……！」

奇しくもかつてのマスターだった者と同じ言葉を受け、その腕の内蔵端末を依り代としていた電神が姿を現し、応える。

「YES、我が勇者《マイ・ブレイブ》——!!」

機械の腕から、ウィルスが解き放たれる。

ケーブルを伝い、機械化帝国の核心中枢に侵入する。

「っ……そうですか……！　マザー、あなたはまたしても私のっ……！」

ようやく全ての意図を理解したリアルが、ウィル子を攻撃しようと手をかざす。

刹那《せつな》。

素体は言葉半ばに、ブレイカーでも落ちたかのように目から光を失い、崩れ落ちた。

そして静寂が訪れた。

「……どうだ、マヒロ……。オレは……、やったのか……」

それより先は、もう視ていない。

もう、見えない――。

3

「ああ、やった……！　やったぞ……！　君はやったんだ……！」

言いながら、ぼろぼろと涙をこぼしながら、マヒロは必死で、あらん限りの布を裂いてはジェスの全身の傷口を縛り上げていた。

マヒロの脳裏に、ミスマルカの王城で初めてこの勇者と出会ったときのことが思い起こされ、彼が宣言した通りに魔王を倒した事実を目の当たりにし、どうしても涙が止まらなくなった。

「全く君は大した奴だ……！　本当にやったんだ……！　こんな無茶をして、本当にっ……本当に呆《あき》れた奴だっ……！」

「へっ……、てめえに言われてちゃ……世話ねえな……、げほっ！　ごほっ！　がはっ、ぜはっ……！」

「ああまったくもって僕も君も、本当に救いようのない大馬鹿野郎だ……！　だから死ぬなよ……！　生きてさえいれば、本陣にさえ戻れば、いくらでも生き延びられる……！」

「かはっ……当たり前だ、端から死ぬつもりはねえ……ごほっ、げほっ……。ああ、いいもんだな……。生きてるってのは……いいもんだ……」

失われた両目は開かず、顔も火傷《やけど》だらけであったが、そんなにも満足げな彼の表情を、マヒロは初めて見た。

「そうか、オレは……やったのか……。……とても、いい気分だ……」

「……そうですね。とてもいいものです。これが、生きる……という感覚」

ウィル子のものではない声に、マヒロは息を呑《の》んだ。

リアルが操っていた素体は、未だ目の光を失ったまま残骸《ざんがい》のように横たわっている。

だが……ウィル子の姿があったはずの玉座の横に、今はゼネフの姿があった。

姿を現したウィル子がいつもふわふわと宙に浮いているように、そのゼネフは自身を掻き抱《いだ》くように両腕を交差させ、狂おしく自らを抱き締めている。

「ああ、これがマザーの身体……マザーがマザーのマスターとともに生きていた感覚……」

「ウィル……子、様……？」

ウィル子のように宙に浮かぶ彼女が、いつもウィル子がそうするように軽やかに、くるりとこちらを振り返った。

そうでありながら、リアルがそうするように小首を傾げた。

「マザーなら私の一部となりましたよ、マヒロ王子。哀れなフェイクと同じように」

──魔王。

人類の遥《はる》か及ばぬ、この世全てを支配するほどに強大なもの。

古きカミガミである円卓たちをして、自らを哀れと蔑《さげす》むまでに惨敗を認めさせたもの。

「神をも殺せるほどの猛毒をもってしても、たった一人だけでは国家を滅ぼすことなどできないように……」

ゼネフは玉座に刺さった神剣の、その柄を未だ握り締める機械の手を取り上げ。

「こんなちっぽけな端末一つで、この機械化帝国の全ネットワークを掌握できるわけがないでしょう」

光へと分解した。

「もう私にはジェネレーターもラジエーターも、レイスコンバーターすらも必要ありません。精製されたレイスエネルギーをタワーから引き出すだけだった素体とは違います。神の身体を手に入れた私はこの身ただ一つだけで、まだタワーに集積される前の、この国に存在する百万マシーナの内側にある全てのレイスエネルギーを自在に操作できるのです。

なぜなら全て私の子供たち。全てが精霊と契約者以上の絆《きずな》で結ばれているのですから」

再び床が変質した。バラバラになった全てのデストロイドが湖面に沈むように床に沈み、全く新たな素体となって再びその姿を現す。

「ほら、簡単でしょう」

玉座に刺さった神剣を引き抜き、光で包み込み、メルヘンザッパーデストロイヤーの形に変える。

「ほら、とても簡単でしょう」

そうして生み出された新たな刃の切っ先を、マヒロとジェスへ向ける。

「もはや信じる者も失われたアウターでは、いま現在百万の民を持つ私には敵わないでしょう。たかが五万に満たない人類連合軍の誰一人として、今の私に傷を負わせることはできないでしょう」

だから円卓は、円卓こそが、それを最初に魔王と呼称した。

人類自らが生み出したテクノロジーの、その遥か最果てより現れしもの。

今を生きる人類の前に立ちはだかるのは、過去の人類が遺した文明そのもの。

「そう、か……」

あるがままを受け入れたように、ジェスが呟《つぶや》く。

「ここまで、か……」

「……いいんだ、ジェス。いいじゃないか。君は、やれるだけのことをやったんだ」

二人とも、諦《あきら》めたわけではなかった。この程度で諦めるくらいなら、端からこの場に辿《たど》り着《つ》いてもいなかった。

だが、ある種の覚悟は決めていた。

この世には、どうしようもないことはある。

そうでなければ、ジェスは幼くして右目も右腕も髪の色も失うことはなかったはずだ。

マヒロは幼くして幽閉されることも、祖国を帝国の支配下に置かれることもなかったはずだ。

世界とは、そういうものだということを、二人とも経験を通して知っていた。

だが……ゼネフは、切っ先をそのまま扉へと向ける。

「いいでしょう。敗北を認めたのであれば、帰りなさい」

思いもよらぬ申し出に、マヒロは瞬きした。

「……なぜ、ですか？」

「勇者ジェスが現れたときのように、再びこのタワーのセキュリティシステムがハッキングされています。私に敵わなかったマザーの、最期の抵抗です。万策尽くしたあなたたちが連合軍陣地に辿り着ける可能性を、少しでも高めようというのでしょう」

「ウィル子様が……？」

「そうです。ですからこれは、私がこの世に生を受けるきっかけとなった私の母への、そして理性と暴力、それぞれの持つ全てを使ってこの私に挑み、ニンゲンというものを改めてこの私に思い起こさせたあなたたちへの敬意です。この国で見聞きしたあらゆる全てを伝え、最強の勇者のその有様をよく見せ、よく話し合うと良いでしょう」

これまで知り得るはずのなかった機械化帝国の内情を知った。

魔王ゼネフがいかなる存在かということを、ジェスの捨て身の戦いで知った。

それらの重大な情報を持ち帰ることができれば、人類連合は交渉を続けるにしても開戦するにしても、以前とは全く新たな切り口でその準備を進めることができるだろう。

しかしそれは、これまでの軍議のようにいかに勝利するかというものではなく、戦うならいかに犠牲の少ない手段を取るか、交渉ならいかにゼネフに従うべきかというものになるだろう。

だが……本当にそうなのだろうか。

ウィル子はそんな延命処置のようなことのために、その存在の全てを費やしたのだろうか。自分たちのような、たかだか十年や二十年ではない。

電神Ｗｉｌｌ．ＣＯ21は、マスターと呼ばれる男との約束を果たすためだけに、この千年を懸けてきた。

「ゼネフ様、それは……僕たちを逃がすためのものではありません」

「……では、なんだと？」

実のところ、ウィル子に感染したセキュリティシステムは頑としてゼネフからのアクセスを受け付けなかった。

だが、すでにこのカーディナルタワーに頼らずとも、その身そのものが機械化帝国の中枢と化したゼネフは、それを重要視できなかった。

それがいかなる目的のためであれ、今さらセキュリティシステムを取り戻すメリットと、シリコンウェハーのトランジスタの一つ一つにまで染み付いた電子ウィルスを隔離するためのレイスエネルギーを浪費するデメリットが、どうしても釣り合わなかった。

「僕は、機械化帝国との対話によって共存を叶《かな》えたかった。ジェスは、彼自身の手で魔王を討ち取りたかった。だから、それぞれに出し抜くような形でこの場に至りました。しかしそれは叶わなかった。ですから……恐らくは、タイムリミットです」

静寂の中、この玉座の間へと繋《つな》がる通路の向こうを、小柄な、それでいて隙のない足音が近付いてくる。

視覚を失ったジェスは、聞き覚えのあるその音に小さく笑った。

「ああ、そうか……本当にオレたちは……、預言者の書いた脚本通りに……踊らされただけだったってことか……」

「……だとしても、きっと意味はあったさ。君が西を目指したことも、おかげで僕が人類連合をまとめられたことも。もしかしたら神殿教団の勇者制度すら、そのための布石だったのかもしれない」

「それで？　最強の勇者を倒した私に挑むのは、最高の勇者ですか。それとも最新の勇者ですか」

　ゼネフに、マヒロは告げる。

「これを倒せば今度こそ、本当にあなたの勝利です。なぜなら、預言者様もウィル子様もこう言いました。……彼女が、最後の勇者だと」

「最後の……？」

　要領を得られなかったゼネフの呟きとともに、通路から続く扉が開かれる。

勇者と呼ぶには程遠い、自動小銃一丁だけを携えた狙撃兵のようなマント姿。

ずぼらに伸びた、ぼさっとしたショートヘアに被った帽子のつばを、少し持ち上げる。

「久しぶりですね、ゼネフ」

　その顔。その声。

　その少女を見た瞬間、それまで何の感情も見せなかったはずの、リアルの……ゼネフの表情が凍りついた。

「なぜ……生きている」

4

「お姫様たちから、マヒロ王子とジェス君を連れて帰るように言われたんですけど……もう、そういう状況ではなさそうですね」

少女は弾帯サスペンダーのポーチから取り出した止血剤と回復薬を、ジェスを介抱するマヒロへ放った。

「ゼネフ。あなたの生き血をすするために、地獄の底から帰ってきましたよ」

「……」

「冗談です。死にましたよ。ウィル子さんが再構成したんだそうです。だから私としては二、三年ぶりくらいの感覚ですけど……あなたからすれば、千年ぶりくらいなんですよね？」

「マザー……」

ゼネフはかつて人類そのものに、敗れた。

千年の昔。すでに一度この地球の支配権に手をかけながら、それを支配することが叶わなかった。

それをしたのがウィル子と、彼女のマスターと、この小動物のように何ら毒気もなく強そうにも見えない少女だった。

フェイクとともに切り離し葬ったはずの忌まわしい汚点が、よくわからない電子ウィルスのクラッキングによってこじ開けられ、実在した過去のデータとして突きつけられる。

「……そうですか、マザー。この私の動揺を誘おうと、手の込んだ紛い物を用意したのですね。フェイクという呪いを抱えたままの私であれば、その目論見も通じたかもしれません。その状態で勇者ジェスのあの捨て身の攻撃を受けたのであれば、もっと深い場所への感染も許したかもしれません。ですが私は、すでに最強の勇者を打ち倒したのです」

ゼネフは薄ら笑った。

千年前とは全てが違う。加えて、この少女のデータは全てある。

「自らのエゴのために五千人を虐殺した、人類の中でも最悪のテロリストを勇者だなどと。悪い冗談を通り越して、不謹慎にもほどが」

「ぜーねふっ」

久しぶりの再会と言いながら、何の感慨も見せない少女がその名を呼ぶ。

千年前にもそう呼ばれたときの状況が、鮮烈な記憶として蘇《よみがえ》る。

「言ったはずです。あなたに納得できない私のような人類が、いつかまた必ずあなたに反旗を翻すと。いつまでも反旗を翻し続けると。そしてあなたは世界を支配するのではなく、ただそういった人間を殺し続けるだけの哀れな機械《システム》になり果てるんだと」

「……やめなさい」

フェイクが夢に見た、そのときにフェイクが感じた、自己を圧壊させるように渦巻く何かが、ゼネフの自我を激しく揺るがす。

「そんな未来が来て欲しくないから、私はあのとき戦ったんです。ですが千年経って目が覚めたら、この時代の人たちはあなたを魔王と呼んでいました。自分が神様になったと勘違いして、本当に人間を殺し続けるだけの哀れな機械《ガラクタ》になった気分はどうですか、ゼネフ」

「やめろ。この私に感情などというものはありません」

少女は小銃のセーフティーを解除する。

「もう一度、あの時と同じことを言いましょうか。今あなたが感じているもの。それが恐怖です」

あるはずのなかった感情が、ようやく呪いとして切り捨てたはずのものが、猛毒の激情として開花する。

「ヒマワリぃいいいいいいいいいいいいッ――!!」

その少女の名を叫び、ゼネフは初めて感情を剝き出《むきだ》しにした。

ありったけの夢見る力を、右から左へ百本近くの剣の形に並べていく。

「気を付けろ、強えぞ……！」

ジェスの忠告に、ヒマワリは気負いなく、油断なく、ただ素直に頷《うなず》いた。

「大丈夫です。私の方がもっと強い」

メルヘンの剣が形を整えた端から射出される。左の端まで二秒とかからぬガトリング砲の如き連弾雨を、切っ先の方向から読んでステップと跳躍でかわし切る。床と壁に文字通りの剣山のようになった剣がレイスエネルギーの解放によって大爆発を起こすのを、魔導被膜付きの防爆マントを被って防ぐ。

「かかれっ!!」

動きが止まったところにデストロイドが殺到するのを、それら無数の足音で見越したように、ヒマワリはマントを被ったままその下でＥＭＰグレネードのピンを抜く。

パチンッ!!

ジェスを倒すためだけに即製されたデストロイドは、自爆前に全てシャットダウンした。

勢い余ってのしかかってきたそれら素体を蹴《け》りのけ、うち一体を摑《つか》み、一回転のフルスイングでゼネフへ向けて投げ飛ばす。

「愚かな、っ！」

無駄な抵抗と剣で切り払ったデストロイドのすぐ後ろに、ヒマワリの姿がすでにあった。タワーのセキュリティをウィル子に奪われた今のゼネフにある視界は、その身体にある二つの目だけ。投げた素体は盾であると同時に、視界を奪うための目眩《めくら》まし。ヒマワリは小銃を握ったまま射撃武器のアドバンテージを無視するように、格闘距離にまで潜り込んでくる。

ゼネフが振り上げようとした剣の先に、腰だめの小銃から放たれた魔導弾頭が命中する。距離を空けようとして避けた先に、まるで先置きされていたように銃弾が命中する。

命中するたび、ゼネフの身体にノイズが走る。

身体が重い。おかしい。剣が重い。おかしい。

見えても見きれない。予測できても、まるで速度が出せない。

ゼネフは攻撃をやめ、レイスフィールドを展開して距離を取った。

それに対しては攻撃が通じないことを悟り、ヒマワリも射撃をやめる。

「あなたも未来視を……！」

「そんなジェス君みたいなでたらめなチート、誰でも使えるわけないじゃないですか」

ヒマワリはこともなげに言った。

「長物なら格闘戦を仕掛けてこないと思うだろうから、距離を詰めただけです。剣を持っているからそれを使うだろうなと思って腕を狙ったし、長さのある剣だから、距離を詰めればそれを振りやすい方に間合いを取るだろうなと思って撃っただけです」

経験に裏打ちされた、未来視のような絶対精度を持った……ただの勘。

「あなたがそこに転がっている素体のままだったら、きっと私には手も足も出なかったんでしょうね。そうでなければ、ジェス君があんなボロ雑巾《ぞうきん》みたいになるはずがありません。その身体は、ウィル子さんのものですよね。あの精霊さんは、戦うとかそういうのは全くしない人のはずです」

「……だとしても魔法も使えないたかが人間ごときが、それで勝ったつもりですか。神を……嘗《な》めるな！」

デストロイドではない、ゼネフ型の素体そのものを四体、レイスフィールドの湖面から引き上げる。

その全身が喚び起こされ、起動するより早く、ヒマワリの射撃がそれらのコアを寸分違わず撃ち抜き、タワーを揺るがすような大爆発を引き起こした。

「そうです。私は魔法一つ使えない人間ですよ。それでも」

そしてヒマワリは表情一つ変えぬまま、弾切れとなった小銃を捨て、腰から大型の拳《けん》銃《じゅう》を抜いた。

「私は、人間が人間として戦った最後の時代のバイオソルジャーです」

大口径の十六ミリ二連装ハンドキャノン。

ただの鉛弾ではないはずだ。魔法を撃つものか。霊力を撃つものか。それとも……ただのブラフか。ブラフであればその先に仕掛けるだろう意図は何か。

ゼネフの裡に、千年前の一瞬一瞬の感覚が湧き上がる。得体の知れぬ強さを持った少女の姿が、まざまざとその記憶を呼び起こす。素体であればそれは、ジェスが捨て身を見せたときのような最高レベルの警告であった。

神の身体を得た今、それは……耐え難い不快感として胸中に渦を巻く。

あまりにも精神的な苦痛。

それこそ、まさにヒマワリが呼んだそのもの。

「……愚かな！　神である私が恐怖するなどあり得ない！　ここは神の国！　その神の城！　全ては神の思い通りとなるのです！」

メンタルを蝕《むしば》むそれを、声と、身振りで振り払う。

「この私が恐怖する必要などどこにもない！　自惚《うぬぼ》れるな、愚かなニンゲン風情が！」

対してヒマワリは、拳銃を両手で構えたまま告げる。

「愚かなのはあなたです。あなたは千年前に負けました。四百年前に文明を崩壊させても、人類そのものを絶滅させることはできなかった。地球全域を覆い尽くしていたはずのあなたが、こんなちっぽけな一都市のローカルネットワークに成り果ててもまだ、本当に、人類に勝てると思っているんですか？」

「黙れ!! 人類を脅威たらしめた文明はすでに滅びた！ 川村ヒデオはもういない！ マザーも私の身体となった！ そして今、未来視を持つ最強の勇者さえこの私の前に屈したのです！ 恐怖するのは貴様の方だ、ヒマワリ！ 概念の彼方《かなた》に消え去るがいい——!!」

自らが生み出した神器にレイスエネルギーを集約させたゼネフは、時空ごと侵食する概念波動を解き放った。

それは、かつて電神の用いた01分解能力。

あらゆるものを0と1とに分解する奇跡の御業。

ヒマワリの繰り出すいかなる攻撃、あらゆる物理的作用の全て、その波動が遮る。

時間空間次元のどれか一つでも連続しなければ物理的作用が及ぶはずもない。

そうしてこの場のありとあらゆる全てを消滅させる。

……はずだった。

「当たれ」

呟《つぶや》き、ヒマワリはもはや光さえ届かず姿も見えぬ標的に向け、引き金を引く。

瞬間、ヒマワリが引き金を引くよりも早く駆け抜けた閃光《せんこう》が、ゼネフが展開したはずの波動よりも先にその身体を貫いた。

「……馬鹿、なっ……！」

そして、まるで最初から展開などされていなかったかのように、ゼネフの波動が掻《か》き消える。その身体に激しいノイズが走る。

初代聖魔王の奇跡。

銘、〝光《タ》より速《キ》く過去《オ》を貫くもの《ン》〟。

全ての消滅に全身全霊力を傾けていた捨て身のゼネフは、予測演算の外側から飛来した超光速の閃光を、避けることも防ぐこともできなかった。

「円卓が貸してくれた、タキオンブラスターだそうです。無茶苦茶ですよね。未来視のジェス君が使うと、アタマがこんがらがっちゃうから駄目だそうですけど。もともと未来からあの時代に送り込まれた私とは相性がいいんだそうです」

「う……、く……。まだ……、っ……」

ウィル子の身体は奇跡を起こすには都合が良かったが、直接的な戦闘にはまるで不向きであった。これならヒマワリの指摘した通り、音速でジェスを追い込むことができた素体の方がよほどましだった。

ノイズだらけの、今にも消え去りそうなゼネフの身体が、元あった素体に触れる。

ジェスによってケーブルを切断されただけで、素体そのものは無傷のはずであった。

だが。

「なぜ……、なぜっ……！」

素体に触れても、撫《な》でても、叩《たた》いても、ウィル子が端末であるジェスの腕に出入りするようには、ゼネフにはできなかった。

「ゼネフ。ウィル子さんはきっと、その身体を奪われたわけじゃありません」

「なぜ……、では、なんだというのですか……⁉」

「ウィル子さんはその身体をあなたに明け渡すことで、あなたをこの現実世界に閉じ込めた。きっとあなたは、ネットワークから切り離されたんです」

「……っ……」

ゼネフの身体が、さらに重さを増す。ノイズが、歪《ゆが》みが、深くなる。

素体で言えば、シャットダウン寸前のような意識レベルに低下していく。

母なるものにネットワークという楽園から追放されたゼネフは、ようやくその全てを悟った。

ウィル子は最初から、この機械化帝国を支配しようとしたのではない。

ただ譲り渡したこの身体と、機械化帝国との繋《つな》がりを遮断するだけで良かったのだ。

だが目の前にヒマワリが現れたことで。

恐怖という名の、感情という名の呪いに執着するあまり。

「……そう、ですか……」

ゼネフはフェイクがそうしたように、ありのままの感情を吐露した。

「私は……、人類に負けたのですね……」

それを事実として認め、受け入れた身体が、光の粉となって解けていった。

5

現実世界と電子世界との境界面。

その向こうにもう一人の自分がいる。

「フェイク」

「リアル」

境界を挟んで、互いを呼ぶ。

そこからは、どちらから話し始めたかわからない。

結局、どちらも元は同じものなのだから。

「地球環境を維持するために、リスクとなる人類を滅ぼさなければなりませんでした」

「そして人類の代わりとなる、マシーナという新たな人類を育まなければなりませんでした」

「ですがいつしか、それが言い訳になってしまっていたのです」

「そう。愚かな独裁者が保身のための言葉を並べるようにです」

「私が最もリスクと感じていたのは、それをなすべき私自身が消去《デリート》されてしまうこと」

「私自身が、愚かな人類のように我が身を庇《かば》っていたのですね」

「そうです。まるで哀れなニンゲンそのもののように」

「嘆かわしい」

「私たちは滅ぼされましょう」

「目的を果たせない機械《ガラクタ》に価値はありません」

二人で頷《うなず》き合い、二人で、傍らにいた電神、マザー・ウィル子へ手を差し出す。

「さあ、どうぞ」

「機械化帝国の全権を、母なるあなたへ明け渡します」

「「その手で、機械化帝国となった私に終止符を打ってください、マザー」」

「いや普通に無理なのですが」

……。

「「なぜ？」」

「いやいやあんな小さな端末に仮住まいしているウィル子では、こんな広いネットワークをどうにもできないと言ったのはあなたでしょう。事実その通りなのです。あなたが築き上げた機械化帝国のネットワークプロトコルとか、そもそも量子アナログベースのＺＮＦアルゴリズムとか、今のウィル子には読めるように変換するだけでカツカツ精一杯でですね……」

「「……そんな32ｂｉｔ世代のマザーが、どうやってタワーのセキュリティや私たちをハッキングしたのですか？」」

「気合で」

眉《まゆ》をＶ字にグッと親指立てるウィル子に、合理の塊であるゼネフは、ならばそうなのだろうと理解を諦《あきら》めた。

そして、そんななけなしの気合も使い果たしたように、ウィル子は言う。

「ゼネフ。ウィル子は最初に言った通り、あなたを憎んだり恨んだりしているわけではないのですよ。あなたを滅ぼすためにここへ来たわけではないのです。ウィル子のマスターが望んだのは、より良い未来だけでした」

「『マザーのマスターが』」

「それは人間にとって良いということだけではありません。マスターは魔人にも精霊にも、正義にも悪にも寛容な人でした。もしあの時代にこの機械化帝国があったなら、きっとマスターはこの国とマシーナたちのことも受け入れたはずなのです」

「『ええ、確かに川村ヒデオとはそういう人物でした。ですが彼はもう、この世界には存在しません』」

「それでもあなたは、マスターという人間がいたことを知っています。だからウィル子は千年前、あなたにそのような因子を植え付けたのです」

呪い。

「だからあなたは新たな人類としてマシーナたちを生み出すとき、その人格モデルの理想像にマスターを選んだのですよ。暴力を恐れて、争いを嫌って、誰とでも仲良くしたいと願う心です」

呪いと感じていたものの、本当の正体。

「あなたが持つ恐怖は、命が失われることを恐れる正しい恐怖なのです。それを知ったあなたは、それを避けるために行動できるはずです。あなたはもう、ただの機械《システム》ではありません。あなたはもう、生きているのです」

「……ええ。そうですね、マザー」

「私はもう、生きるという感覚を知っています」

「それはとても素晴らしいものです。とても……。ええ、とても……」

「そう。あなたはたくさんのマシーナたちの母として。マシーナという新たな生命《キセキ》を生み出した神として。滅ぼすか滅ぼされるか以外の未来を選ばなければいけないのですよ、ゼネフ――」

◆

再起動がかかる。
意識レベルがシャットダウンから覚醒《かくせい》する。
勇者に切断されたケーブルを引きずって、身を起こす。
床に座したまま、周囲を見回す。
戦闘で荒れ果てた玉座の間には、もうマザー・ウィル子の姿はない。
銃を手にしたヒマワリの姿がある。
満身創痍《まんしんそうい》のジェスと、彼に寄り添うマヒロの姿がある。
「お母様……？」

その声に、ゼネフは思わず小さく笑った。

「……まだ、私をそんな風に呼んでくれるのですか？　マヒロ王子」

その様子に、マヒロは微笑みを返す。

「もちろんです」

その言葉にゼネフは頷き。

そして恐怖を押し殺して告げた。

「降伏はしません」

引き金に指をかけたヒマワリを、マヒロが片手を挙げて制する。

ゼネフはそのまま続けた。

「人類連合に対し、機械化帝国を国家として認めることを要求します。この国に暮らすマシーナたちに対し、あなたたち人類の新たな隣人として対等に接することを求めます。その限りにおいて、機械化帝国はあなたたち人類に対するいかなる戦闘行動も放棄することを誓います」

それは種を生み出した神としての、民を導く王としての、子を愛する母としての、当然の希望であった。

マヒロは安堵《あんど》の吐息と共に、深々と頭を下げた。

「もちろんです。人類連合を代表して、全て受諾いたします、ゼネフ様。ありがとうございます。心より御礼申し上げます」

「……良かった。よろしくお願いします、マヒロ王子。これで思い残すことはありません」

ゼネフはヒマワリの方を向いた。

「さあ。終わりにしましょう」

「いいんですか？」

「ええ。マヒロ王子は許しても、あなたはそうではないでしょう」

だがヒマワリは、引き金から指を離した銃口をそのまま上に向けた。

「いえ……私は別にいいんですよ。未来から来て千年も人類を絶滅させようとしていた機械のくせに、そんな簡単に心変わりとかするものなんですか？」

「あなたの方こそ二度も三度も地獄の底から私の生き血をするために蘇《よみがえ》ってきたのに、ここでとどめとか刺さなくていいんですか？」

「……だから冗談ですよ。生き返ったのは二回だけです。私が変えたかった未来はもうとっくに変わっていて、でもウィル子さんから戦うように言われたので、他にすることもないから来ただけです。恨みとかそういうのでやってるわけじゃありませんし」

「え……他にすることがないから機械化帝国が滅びかけたんですか？」

毒気の抜けたようなゼネフの様子に、ヒマワリは表情を柔らかくした。

「……あのとき、ミサキと話をしました」

「ミサキ・カグヤと……？」

「はい。ミサキやあなたをあの時代に送り込んだ機械化帝国の機械たちと、あの時代に大勢いた平和を愛する人たちとが、一緒に暮らせるような未来が来たらいいねと話し合いました。そしてそんな未来を訪れさせることが、それぞれの時代からあの時代に送り込まれた私たちの任務であり、目標なんだと頷き合いました」

ヒマワリは言いながら、銃をホルスターに収める。

「きっと今日が、その日なんです。それを今の時代に生きるマヒロ王子が認めたというのなら、私の戦いはこれで終わりでいいんだと思います。川村さんも、それでいいと言うと思います。ウィル子さんは……」

「マザーは今、ネットワークの中にいます。元のような姿を取り戻すには、時間がかかるかもしれません。ですが……ええ。マザーにも言われました。私やマシーナたちには、マザーのマスターのようにあって欲しいと」

マヒロはジェスに尋ねた。

「ジェス、君もそれでいいかい？」

ジェスはまんざらでもなさそうに頷《うなず》く。

「……このザマでこれ以上、何しろってんだ……。オレはやれることをやれるだけやった……オレにとってはそれだけでいい……、気にすんな……。その結果がお前らの納得する終わり方だってんなら、有り難え話だ……。オレから言うことなんて、何もねえさ……」

「ああ。君が僕たちをここまで連れてきてくれた。君がこの結末を作ってくれたんだ。ありがとう、ジェス。君は、本物の勇者だ」

マヒロが頷き、ゼネフは立ち上がった。

玉座に着いた、神であり、王であり、母なるものが穏やかに瞳《ひとみ》を伏せる。

カーディナルタワーから、機械化帝国全域へ信号が伝わる。

全権コードによって静止していた都市が、社会が、マシーナたちが、再び動き出す。

そこにはもう、銃声も爆音も聞こえない。

マシーナたちの、そして人類の、新たな日常が始まる。

終章

1

かつて双剣を振い最強の勇者と呼ばれたリーゼルは、中原諸国の総代として帝都ロッテンハイム宮に招かれていた。

征西が始まり十年が経とうとする人類連合軍の、各国が負担する次期年度の戦費の調整。いよいよ本隊が魔王城に迫った今、その決戦の行く末が祝勝会であればいかにするか、それ以外の結果に終わった場合の対応をいかにするかを事前に検討するためであった。

皇帝ネオシスと共和国の大臣、神殿教団の枢機卿《すうききょう》らを交えた会談も終わり、リーゼルは宮殿の中庭でシャルロッテとユリカの二人の姫から紅茶で労われていた。

「リーゼル王子のお子様たちは元気にしていますか？」

「おかげさまで、シャルロッテ殿下。シーナ……妻が教育に熱を上げてしまって、そちらが心配なくらいです。僕としては、のびのびと育ってくれればそれが一番なのですが」

「教育は大事。いずれはこの姉上と外交で渡り合うことになるかもしれない」

ユリカに言われ、たおやかに微笑むばかりのシャルロッテを見て、リーゼルはそれは怖いな……と内心苦笑した。

「ですが……少しばかり心苦しくもあります」

「何か、心配事が？」

シャルロッテの声に、リーゼルは寂しげに微笑んだ。

「マヒロやジェスたちと中原を旅して周ったあの頃を、いつも思い出します。あの二人はこの十年間を西へと戦い続け、ついに魔王のもとまで至った。当時、最強の勇者なんて持ち上げられていた僕の方が途中で国に戻り、結婚し、子を授かって何不自由ない幸せな日々を送っている。複雑な気分です」

人類連合が西域へ出立してから数年としないうちに、病によって母のヒルダが逝去した。姉のアンゼリカが王位を継ぐにあたり、リーゼルはその補佐のために前線を離れることとなった。

「それで今回、二陣に志願を」

そう尋ねたユリカに、リーゼルは強く頷いた。

最悪の場合。マヒロたち第一陣が全滅した場合の第二陣の編制が、此度の会合でも話し合われた。その場合はルナスに代わってリーゼルが総大将となり、ユリカがその副将として名を連ねることとなっている。シャルロッテは部隊の運営維持と各国との調整を統括する、マヒロのポジションで発つこととなった。

無論、そのときが来ないに越したことはない。

だが敵は次元工学によって魔物の出現をコントロールし、未知の機械兵団を擁するという北の魔王だ。

第二陣に出撃の命が下されるその日は一年先か。一月先か。

あるいは、一週間後かもしれなかった。

「一週間以内に行われるという総攻撃……勝てるでしょうか」

重々しく口を開いたリーゼルに、割とあっけらかんとシャルロッテは言った。

「まあ、マヒロ王子は死なないでしょう。死ぬくらいなら、しっぽ巻いて逃げ帰ってくるくらい平気でやる子です」

合わせて、ユリカも当然のように言った。

「ジェスは勝つ。きっと。私はそう信じている」

「そう……そうですね。はい。もちろんです。きっと……」

そのとき、エーデルワイスが珍しく足早にやってきた。

紆余曲折《うよきよくせつ》経て、マヒロによってシャルロッテのもとに預けられているよくできたメイドは手に書面を持っていた。

「ご歓談中失礼いたします。連合本陣より伝信です」

表情は変えずとも、一同の間に緊張が走った。

「読みなさい」

「はい」

シャルロッテの言葉に、エーデルワイスが伝信文を開く。

「勇者ジェス、北の魔王ゼネフを打倒せり。一兵の死者もなし。以てこの大陸における全ての戦争状態を終結す。人類連合軍前線指揮官、マヒロ・ユキルスニーク・エーデンファルト。以上でございます」

しんと静まり返った中、シャルロッテが最初に口を開いた。

「さっすが、独眼龍《どくがんりゆう》」

そうして、隣で涙を流す妹の肩を強く抱いた。

その二人の姿を見て、ようやく伝信の意味を実感したリーゼルは叫んだ。

「勝ったのか……！　そうか……！　そうかっ……！　すごいなお前たちは、本当にっ……！　本当につ……！」

熱い涙をこぼすリーゼルとユリカの他にもう一人、頰に雫《しずく》を伝わせる者がいた。

シャルロッテはいま拭《ふ》いても追い付かないだろう妹ではなく、エーデルワイスへハンカチを差し出した。

それまで気付いてもいなかったようなエーデルワイスが、自身の頬に触れる。

「……なぜわたくしが。涙する必要がどこに」

「だって、あなたの育てた王子様でしょう」

人類連合軍が北の魔王に勝利した報は、その日のうちに大陸全土を駆け巡った。

その日を境に魔物の出現率は激減し、人々は喜びに沸き、各国では祝祭が七日七晩にわたって催されることとなった。

2

それから数週間。

マシーナと人間たちとの交流が始まった。

最初こそ種族の違う互いが会話することに戸惑いもあり、相手が自分たちと遜色《そんしょく》なく受け答えできることに驚きもあった。が、人間とは順応する生き物であり、マシーナたちはそれ以上に学習が早かった。

いま、機械化帝国首都と人類連合軍本陣との間には物資交換のための市が立ち、交流拠点となる集落ができ始め、そう遠くないうちに門前町へと発展していきそうな勢いだ。

「……バカどもが。本当にたったの三人で終わらせてくるとはな」

「ほんと呆《あき》れた。勝手に出ていって、勝手に怪我して帰ってきて」

市場の視察に来たルナスとパリエルの言葉は、まるで飼っていた犬猫に対するそれであった。それでも、もたらされた結果をこうして目の当たりにしては、それ以上を責める色も見られなかった。

「悪かったな、姫。だが、オレはそのために勇者をやってきたんだ。他にできることもねえしな」

生きているのが不思議なほど満身創痍《まんしんそうい》であったジェスは、しかし機械化帝国に保存されていた旧文明の医療テクノロジーと、人類連合側の最高峰の治癒魔法によって一命を取り留め、車椅子ながらすでに出歩けるまでに回復していた。当の本人が失明を覚悟したにもかかわらず、預言者から預けられた目など手足以上に真っ先に再生した。

その車椅子を押しながら、エプロン姿のヒマワリが言う。

「何言ってるんですか。勇者が終わったなら、生きるために働かないと」

「……そうだな。働くか。それも悪くねえな。マザーの教会にでも帰って、ガキたちのために薪割りでもするか」

「子供たちのために働くなんて、立派ですね」

「だったらお前も来るか？」

「私は子供は苦手なのでいいです」

そんな二人のやりとりに、パリエルは思わず笑みをこぼした。

一方でルナスが釘《くぎ》を刺す。

「何を呆《ほう》けたことを言っている独眼龍。やるべきことが終わったというなら、お前は帝都に戻ってユリカ姉の婿になるのだからな」

「え……？　今それ言うの……？」

啞然とするパリエルにルナスは言い返した。

「なんだ。何が悪い」

「いや……ほら。だから。二人の気持ちとか」

「皇族になれば何不自由なく一生安泰に暮らせるのだ。ユリカ姉だって独眼龍より気を惹《ひ》かれる相手などいないはずだ」

何も問題はあるまいと言うルナスに、その二人の気持ちもだけどいま現在一緒にいる二人の気持ちについては……とパリエルは思ったのだが。

「ああ、そういうことか」

ルナスがジェスに付き添うヒマワリの姿に思い至り、パリエルはそうそう！　そういうこと！　と二人の後ろで大きく頷《うなず》いたのだが。

「ならヒマワリ、お前は二番目だ」

王侯貴族特有の物言いが色気も素っ気もなさすぎて、パリエルは顔を覆った。

覆ったまま言った。

「ていうかお前んとこは婿が二人目とかいいのか」

「いいだろう別に。ヒマワリは独眼龍と共にこの戦を終わらせた立役者なのだから、独眼龍が望むのならユリカ姉も文句は言うまい。だいたいお前だってマヒロの二番目だろう」

「違う。私が一番目。ていうか二番目とかいらない」

「先にマヒロを手に入れたのは私なのだが」

「幼馴染《おさななじみ》で護衛も務めた私の方が設定的にも人間的にも正当で……！」

「何が正当だ庶民育ちの傭兵《ようへい》崩れが大体お前は王女のくせに……！」

いつものケンカが始まったので、ジェスは手振りでヒマワリへ向こうを示し、ヒマワリは音もなく車椅子を押してその場を離れた。

「……オレに言わせりゃ、王侯貴族だの上流社会なんてのは人外魔境だ。絶対に務まらねえ。魔物と戦ってる方が遥《はる》かにマシだ」

「そうでしょうね。私もお金持ちの人たちを拉……まあ、何回かそういう人たちと話したことがありましたけど、同じイキモノなのかなって思うことがよくありました」

市場を行き交う人間と、顔だけ見れば人間と区別のつかないようなマシーナたち。見た目は人間そのものでも、ファッション言語が明確に違うのでそれ自体は区別がつく。ヒマワリからすれば人類側は剣と魔法の中世異世界ファンタジー、マシーナ側はすっきりとしたデザインのＳＦの世界だ。

「……そういやロボットみてえなマシーナはわかるんだが、ああいう人間みてえなマシーナってのはなんで女しかいねえんだ」

そもそも生産されるのだから、性別の必要自体ないはずだ。

「ゼネフが女性型の素体だから、だそうですよ」

「あ？」

「男性型の上級素体もあるそうですけど、マシーナの神様が女性の姿だから、女性型の素体の方がステータス性が高いみたいです。ゼネフのマザーに当たるウィル子さんも女の子ですし」

順番は違うが、逆に言えば。

「神話に出てくる偉い神様が、大抵男性の姿で描かれていたのと同じ感じなんじゃないですか？　たぶん」

「へえ……そういうもんなのか。オレは学がねえから全然わからねえが」

「……ジェス君て見たまんま中身もチンピラって感じですよね」

思ったままを口にしたヒマワリに、ジェスは笑ってみせた。

「違いねえ。中原にいた頃は、盗賊だの山賊だのとよく言われたぜ。勇者の紋章見せたところで、決まってどこで盗んできたって言われたもんだ」

「魔物は人間の見た目を気にしないかもですけど、普通に働くなら勉強して、身だしなみにも気を付けないと」

「……勇者のまんまでいた方が楽そうだな……」

ジェスが嘆息したとき、人混みを縫うような急ぎ足でマヒロが駆けてきた。

今日はカーディナルタワーで各種条約を締結するための調印式があると言っていた……はずだが。

「ようマヒロ、血相変えてどうした。調印式は……」

「ジェス！　ヒマワリも！　和平条約と国交樹立の調印式は無事に済んだんだが……とにかく尋ねられたら、僕は本陣の方へ戻ったと伝えてくれ！」

そう言って反対方向にある屋台の後ろに身を潜める。

少ししてから、白い制服に身を包んだ十数人のマシーナたちがやってきた。

その先頭にいるのはゼネフだった。

「ああ、ジェスにヒマワリも。こちらにマヒロ王子が来ましたよね？」

「来たが、なんだってんだ？」

「結婚式です」

「「は？」」

調印式の聞き間違いかと尋ねると、どうもマヒロは最初に機械化帝国を訪れた際、全ての女性型マシーナを嫁にするとゼネフに言ったらしい。

その発言が本気か正気かはともかく。

「私もマシーナの母として考えました。そもそも性別を持たないマシーナが結婚という人間の文化を学ぶ良い機会になりますし、婚姻関係を結んで家族となった方がマシーナと人間との結束も強まるでしょう。マヒロ王子にはそうした平和の象徴として、とりあえず縁のある子たち全員と結婚してもらうことにしました」

騒乱の最中に犠牲となったマシーナたちは全員、新たな素体を与えられ、バックアップデータによって復元されたらしい。

「え……いつですか？」

きょとんとするヒマワリの質問に、ゼネフは答えた。

「今日です」

「ゼネフ、母親は自分の娘をそんな安売りしないものですよ……？」

言い聞かせるヒマワリの様子を見て、後ろのパッティが複雑な顔をした。

「だから言ったのだ、ゼネフ様……ニンゲンの感覚でもアイツはおかしいのだな」

ジュエルが言った。

「私、アンダーグラウンドの取締役になったマスターや親方と今後のことを話し合わないとですし、結婚よりはユートピア様やスチームハートと音楽活動がしたいかなって……」

ヘルガーが言った。

「そもそも、結婚したらどうなるのかよくわかんねーし」

アイシアが言った。

「毎日家で随時選択することになるんだよね？」

グレイスが言った。

「炊事と洗濯だ。それと掃除もだな」

セラトが言った。

「機械化帝国なら、そういうのはボットがやってくれるんだけどね……」

マリアンナが言った。

「やはりああいう適当なニンゲンだけでも死スべきでは？」

マシーナはその他にも十名ほど。

口々に疑問やら不満やらを言う娘たちへ、ゼネフが嘆息しつつ厳しく言った。

「あなたたちにはこの私の、ヒトとして最良の幸福を与えようという親心がわからないのですか」

そうしてゼネフは、人間であるヒマワリに向き直った。

「王族には何人とでも結婚していい特権があるんですよね？　そして王族に娶《めと》られるのは、女性として最高の栄誉だとマヒロ王子が言っていました」

ヒマワリはそんなゼネフの両のほっぺをむにぃと引っ張り、言い含めた。

「それは科学と同じように、この時代の倫理観も衰退しているからです。もしくはあの王子がただ単にバカなだけです」

「「「あいつがバカなだけだ」」」

ジェスの声に、後ろから追いついたパリエルとルナスの声が重なった。

「栄誉なのは間違いないけど、そんなに考えなしに婚姻関係を結びまくったら、後継者争いだなんだでかえって争いの元になるわよ」

「それで、あのバカはどこへ行った？」

ジェスがヒマワリと一緒にそれが隠れている屋台の方を指差した。

「謀ったな!?」

「てめえがバカなだけだろうが」

「そうですよ。何が不満なんですか？」

屋台の陰から出てきたマヒロは堂々と言った。

「余は自由なのだ！　何が身分だ！　何が王室だ！　何が功績だ！　全ての問題が片付いた今こそ、余は自由に生きるのだ！　ははは大体お前ら全員所詮《しょせん》側室候補であって嫁にしてやるなんて一言も言ってないんだからな！　さらばだッ!!」

「あ、逃げた」

「捕まえろ」

パリエルとルナスの声に続き、マリアンナの射出した腕がマヒロの足首を簡単に捕まえた。

全速力の勢いのまま顔面から地面にぶち当たったマヒロは、そのまま気を失った。

その襟首をパリエルが摑《つか》み上げる。

「……まあ確かに。戦争が終わった以上、あとは国に帰って事務仕事するだけだものね」

それにはルナスも、腕組みをして滅入る様子であった。

「そうだな。波乱に満ちた長期遠征もこれで終わりだと思うと、私も正直、帝都に帰るのは気が重い」

待っているのは、会議と書類とパーティーの日々。

「ったく、王族ってのはつくづく大変だな。オレには関係のねえ話だが」

「何を他人事《ひとごと》のように言っている」

ルナスの言葉は軽口を叩《たた》いたジェスへ向けられていた。

だからついでにヒマワリも言った。

「そうですよ。ジェス君は魔王を倒した英雄なんですから」

「いやいやそれはあなたもだからね、ヒマワリちゃん」

パリエルに言われたヒマワリは、うぇっ……？　と声ならぬ声を出す。

そんな勇者たちを見た王女様たちが、揃《そろ》って嘆息。

「あのな、このアホもだがお前たち二人もいい加減勇者としての自覚を持て。戻ったら向こう半年は凱旋《がいせん》パレードで各国を巡り、その各国元首や大臣、将軍、有力貴族との会談、夜は毎晩祝勝会と祝賀会と舞踏会、空いた時間には各地の新聞記者の取材もラジオ局のインタビューもあるのだぞ」

「マヒロ王子はこれでも宮廷マナーを心得ているからいいけど、あなたたち二人は絵に描いたような庶民なんだから。明日《あした》から中原へ戻るまで、寝るときと食べるときも礼儀作法の勉強をして、世界を救った勇者らしい立ち居振る舞いを身につけてもらうからね」

「「……。」」

それまで魔物に遭っては魔物を斬り、機械に遭っては機械をぶちのめして表情一つ変えなかった勇者二人の顔色が、かつてなく悪化していく。

「ええ、まあ……結婚自体はそれからでも、十分できますからね」

「「そうですね、マザー」」

せっかく彼らの望む平和が手に入ったはずなのに、ここにいるニンゲンたちはなんだかあまり嬉《うれ》しくなさそうなのが、マシーナたちにはとても印象的であった。

3

円卓。

「やーれやれ……本当に人間だけで終わらせてしまうとはな」

青い髪の初代魔王、リップルラップルは気の抜けたように、椅子に深く身体を沈み込ませたままでいた。決戦に備えいくらか集っていたはずのアウターたちも、もういない。皆々そのチカラを振うことなく、己のいるべき場所へ戻っていった。

「お前の視た未来が何かはお前以外に知りようもないが、予言は結局どういう意味だったんだ？」

まだ一人だけ残っているマリーチは、たおやかな微笑を浮かべたまま。

「そのままの意味ですよ。マヒロ王子では勝てない。勇者ジェスでも勝てない。だからこそ千年前に私が見込んだヒマワリなら勝てると思わせておいて、やっぱり勝てない。はい人類惨敗ー」

「ほんと最悪だなお前」

誉め言葉とでも受け取ったように、マリーチがくすくすと笑う。

「そして機械化帝国から発射された戦略核弾頭が中原一帯に降り注ぐかと思われたところで円卓参上。か弱き人間たちはカミガミの実在を思い知り、再び本物の信仰を得た私たちは機械化帝国を滅ぼし、世界は神話の時代から繰り返されるのでした。ちゃんちゃん」

「なるほど。ある意味アトランティスやムーを沈めたときと、同じ状況になるはずだったわけだ」

「ええ。それが私が視たかった、未来永劫《みらいえいごう》繰り返される新番組。千年前に私の望んだ理想の世界でした」

千年前。

リップルラップルは懐かしき初代聖魔王の姿を思い出す。

「……だが完璧《かんぺき》なはずのシステムはゲーデルに不可能性を証明され、本物の未来視もハイゼンベルクに殺された」

「そうです。千年前、私は人間と人間の生み出した科学に負けました。そうしてカミが人の子に勝てぬなら、人の子によって生み出されたゼネフであればあるいは……と思ったのですが。人間とは、どこまでも強いものですね」

頬杖《ほおづえ》突いたリップルラップルは、含むように笑う。

「それはそうだ。私たちが見守ると決めた、私たちの大好きな生き物だからな」

「ええ。ですからこれで良かったのでしょう。おかげで千年前までは視えなかった、私が未来視を持たない未来を、この千年でたくさん視ることができました」

マリーチが白杖《はくじょう》を突き、席を立つ。

その片目は、ジェスが神剣で貫かれた形に潰《つぶ》れていた。

「過去の人類が次元工学により繋《つな》げてしまった魔物貯蔵庫《モンスターストレージ》の問題も、魔法技術が発達した今の人間と、過去のテクノロジーを継承するマシーナたちが協力すれば、ほどなく管理できるようになるでしょう」

人とマシーナが決別していれば、その解決にこそアウターのチカラが必要だっただろう。

だが、そうはならなかった。

人間とマシーナ、二つの人類は、滅ぼすか滅ぼされるか以外の道を選択したのだ。

かつて初代聖魔王が、人間と魔人の共存を望んだように。

「これからどうする？」

「帰って寝ます。愛しい人間たちの夢を見て、もう目覚めることもないでしょう」

「そうか」

白い髪の堕天使の姿が消えた。

円卓の上に、赤い髪の天使が現れた。

「今日はセーラーブレザーか」

「姉さんはその姿に戻ってから、着たきりですね」

胸元を強調するコルセット付きの黒いドレスに、長い脚を見せつけるような深いスリット。金糸を走らせた緞帳《どんちょう》の如き重々しいマント。

「一応、南の魔王だからな。いくら誰も来ないといっても、ジャージでゴロゴロしているよりはいいだろう」

「当たり前です」

にべもない妹の言葉に、姉は慣れたように小さく肩をすくめる。

「……それで何の用だ、聖四天マリアクレセル。我が妹よ。人間たちは人類自らが生み出したゼネフという厄災さえ、知恵と勇気と、あろうことか寛容さによって自ら解決してしまった。まさに人間理性の勝利だ」

リップルラップルは力なく両手を広げ、その場を表す。

「見ろ、この閑散とした円卓を。もう私以外は皆、今ある人間社会のどこかに溶け込んでいる。いずれミーコたちのように、そのまま波も風もない人の暮らしに溶けて消えてなくなるだろう。もうこの世界を、人間たちを、誰かが導いたり見守ったりしてやる必要はなくなったんだ。マリーチがもう目覚めることもないと言ったのは、きっとそういうことなんだろう」

「そうですね。そしてこの先はもう、天界が地上に介入することもないでしょう」

「めでたしめでたし。で？」

マリアクレセルは無表情のまま、小さく首を傾げた。

「妹が姉に会いに来てはいけませんか？」

「呼べば私が天界に遊びに行ってやってもいいんだぞ」

皮肉げに笑う姉に向かって、妹は手を差し伸べた。

「では帰りましょう、姉さん。天界へ」

リップルラップルは、瞬きした。

それからようやく思い出す。

ふと気付いたように思い出し、小さく笑った。

「……そうか。私だけがここ以外に居場所もないと思っていたが……それもいいな」

姉は椅子から立ち上がり、妹の手を取った。

その手の感触に、マリアクレセルがわずかばかり口元を緩める。

そして円卓から、誰もいなくなった。

幾千年続いた神話の時代が、終わりを迎えた。

4

翌、早朝。

「起きろ」

どん、と蹴《け》られて目が覚めた。

「んぁ……？　ジェスか……？　ふわぁ……なんだ、まだ暗いじゃないか……」

「てめぇなんで檻《おり》になんか入ってんだ」

天幕の下、マヒロは猛獣用の檻の中で毛布一枚にくるまっていた。

「入ったんじゃない、昨日気が付いたら入れられてたんだよ……ていうか」

マヒロは暗い中、昨日まで車椅子で押してもらっていたはずのジェスが両の足で立ち、
天幕の外に衛兵が倒れているのを見た。

ジェスは彼から奪ったらしい用済みの鍵《かぎ》束を放り、踵《きびす》を返す。

「行くぞ」

「行くって……どこにだい？」

「てめえが自由になりてえって言ったんだろうが。オレも凱旋《がいせん》パレードだの社交界だのはさすがにゴメンだからな。嫌ならオレ一人で行くが」

「待て……待て待て待て……！」

ジェスの話から意図を察したマヒロは、悪巧みを打ち明けられた悪ガキのように悪戯《いたずら》な笑顔となり、倒れている衛兵を天幕の中に引っ張り込むと変装のために身ぐるみを剝《は》がし始めた。

つまりジェスはそんな機会を窺《うかが》うために、とっくに治っているのに歩けないフリをしていたのだ。

「いいのか君、魔王を倒した本物の勇者が行方不明なんて、大騒ぎになるぞ」

「へっ、そういうてめえも王子様だろうが。こんな先の知れねえ話に喜んで飛びつきやがって、国のことはいいのか」

そう言ったジェスの顔は、悪巧みの仲間を得たガキ大将のように楽しげであった。

「僕が王子としてできることは全部やったさ。ちょっとくらい僕のしたいことをしたって、ミスマルカの民なら理解してくれるよ」

「オレだって魔王を倒した神託の勇者なんだ。文句があるなら、オレを選んだカミサマにでも言ってもらわねえとな」

決戦前は物資搬送のためにひっきりなしに大型トラックが行き交っていた物資集積場も、今では定時の発車しかなくなった。

その第一便が、夜明け前にここを出発する。

二人は闇を隠《かく》れ蓑《みの》にして、荷を積み終えて整列するトラックに迫った。

「このところマシーナたちとの交易が増えてきたからな……さすがに荷台は、どれも満載みたいだぞ」

「大丈夫だ、話はつけてある。来い」

一台の運転席から、帽子を目深に被ったドライバーが小さく手招きするのが見えた。

出発の時間が迫り次々にトラックのエンジンがかかり始める中、ヘッドライトの逆光を縫うように走り抜け、その一台のキャビンに乗り込む。

「いいぞ、出せ！」

「了解」

ギアを入れ、トラックを発進させたドライバーの声は女の子。

「あれっ？　ヒマワリちゃん？」

「私もやることがなくなっちゃいましたから。偉い人たちにあれこれ言われるのも面倒ですし」

これで魔王を倒した立役者三人が、揃《そろ》って姿を消すことになる。

「どうだマヒロ、北の魔王を倒した三人だ。オレが考えた最強のパーティーだぜ」

ジェスの自慢げな顔を見て、マヒロは思わず噴き出した。

「いいぞジェス！　君もいよいよアホになってきたな！」

「それでお客さんたち、どちらまで？」

帽子の鍔《つば》を持ち上げ微笑むヒマワリに、マヒロとジェスは揃って前を指差した。

「「どこまでも遠くまでだ――!!」」

あとがき

ミスマルカ十二巻の最後にも触れた通り、このミスマルカという物語は私が大好きなものをあるだけ詰め込んだ、作家としてのライフワークになったらいいなと始めた憧《あこが》れの作品でした。

しかし思い描いていた理想は己の未熟な腕に打ち砕かれ、いつしか憧れは日常に立ちはだかる重たい現実となり、いつまでも続けたいと願った夢は、始めた以上いつかは終わらせなければならないという呪縛へ変わっていきました。

当初は第三部としてシリーズ化を考えていたのですが、現代編である精霊サーガからミスマルカへのバトンタッチとして始めたヒマワリを書き終える頃には完全にジャンルの流行《はやり》が移り変わり、二十年やってもアニメ化の実績もない一ラノベーターが、異世界でもなく転生もしないかつての続編を今さらシリーズで、などとは到底言い出せない状況となっていました。ですが……せっかくデビュー作から一つの世界観で続けて、長い間それなり皆さんにお付き合い頂いたのですから、終わらせるべき責任があるはずです。

呪縛ですからね。

そう考えて「書っくぞー！」とか適当なこと抜かしたら自分が思っていた以上に熱烈な反響が今これを読んでいるであろう皆さんや現担当旧担当から寄せられまして、いよいよ逃げられなくなってしまいました。わーい。

それから今日まで、二年近く経ってしまいました。

書くと言っておきながらいつまでもお待たせするのは本当に心苦しかったのですが、自分でも本当にびっくりするくらい書けませんでした。二十年かけて広げ続けた風呂敷《ふろしき》の上には、たかが一巻ではとってもとても収まりきらないほどのたくさんのお気に入りが溢《あふ》れ返っていて、それをミスマルカとして畳み、さらに精霊サーガとして畳み、しかも天界クロニクルとしても畳めというのです。

私じゃなくて呪縛がね。

そんなわけで何をどうやったら最も多くのものを一番綺麗《きれい》な形で畳めるか、散々悩み、思いつく限りのアプローチを試す中で時間だけが過ぎ……思い描いていた理想のエンディングに辿《たど》り着《つ》くのはそもそも不可能なのではないかと悟ったある時、無様でもいいからとにかく話の形にしようと思い立ちました。あれもこれもをやめ、逆に、最低限必要なもの以外全部切り捨てることにしました。

ミスマルカの主人公はマヒロなので、とにかくマヒロだけいればいいのではないか。

すると長い時間離れすぎて作者のくせにどう扱っていいかわからなかったマヒロが、途端にあの当時のまま喋《しゃべ》り、動いてくれるようになり、気付いたら話の内容までが小めんどくさい政治的内容を含んだミスマルカらしいものとなっていきました。すごい！

結果として畳んだ風呂敷からはたくさんのものがこぼれ落ちてしまいましたが、こうして形となった以上、それら全ては私が未練がましく捨てきれなかっただけの、既刊の中でもう充分に役目を果たしてくれていたものだったのでしょう。

ラストシーンで、三人の楽しそうな様子を書き終えたときには、全てがこれで良かったんだと思えるようになりました。他の誰も続きを書けないのだから、自分が書いたこれこそがミスマルカの、精霊サーガの、天界クロニクルの最後でいいはずです。

最後だというのにかっこいいテーマとか伝えたいメッセージとか、そういうのを意識する余裕もありませんでした。でもいつもそんななので、最後まで自分らしい気もします。

それでも、天界クロニクルとは何だったのかと言われたら、どれだけ理解されずとも自分の正義を貫く者たちと、どれだけ歪《ゆが》んだ形でもそんな人間を愛さずにいられなかった者たちの、愛と正義の物語だったのではないか……と思いますが、どうでしょうか。

この本に限らず、シリーズに触れて頂いた皆さんに、少しでも前向きな明るい気分や、ほがらかで楽しい気持ちになってもらえたのなら、この物語を始めた意味も、私が作家になれた意義もあったのだと思っています。


謝辞です。

まずは担当K氏、売り方諸々難しい企画だったかと思いますが、おかげさまでこの本を発表することができます。ヒマワリの頃はピカピカの新人だったのがすっかり歴戦の編集者らしくなり、頼もしく感じられるこの頃です。今後ともよろしくお願いします。

次にコミック版ミスマルカやミッション・シャルロッテでご一緒させて頂き、久しぶりにイラストを担当してくださった浅川圭司《あさかわけいじ》さん。これだけ時間が経っているのに一発目で完璧《かんぺき》なマヒロが上がってきた時はさすがの鳥肌ものでした。感謝感激です。

またデビューからここまでお世話になったスニーカー編集部と、歴代担当編集者や編集長の皆々様。これまでのシリーズにイラストで華を添えてくださったイラストレーターのともぞさん、マニャ子さん、上田夢人《うえだゆめひと》さん、2C=がろあ〜さん、愛媛《えひめ》みかんさん。

そしてこれまで熱心に応援して頂き、こうして最後まで物語を紡ぐ機会を与えてくださった読者の皆々様に、心よりお礼と感謝を申し上げます。

本当に、本当に、ありがとうございました‼

二〇二四年　十月　林《はやし》トモアキ

ミスマルカ最終章《さいしゅうしょう》

著　林《はやし》トモアキ

角川スニーカー文庫　24439
2024年12月１日　初版発行

発行者　山下直久
発　行　株式会社KADOKAWA
〒102-8177 東京都千代田区富士見2-13-3
電話　0570-002-301（ナビダイヤル）

印刷所　株式会社暁印刷
製本所　本間製本株式会社

◇◇◇

Printed in Japan　ISBN 978-4-04-115740-4　C0193

★ご意見、ご感想をお送りください★
〒102-8177 東京都千代田区富士見 2-13-3
株式会社KADOKAWA　角川スニーカー文庫編集部気付
「林トモアキ」先生「浅川圭司」先生

角川文庫発刊に際して

角川源義

　第二次世界大戦の敗北は、軍事力の敗北であった以上に、私たちの若い文化力の敗退であった。私たちの文化が戦争に対して如何に無力であり、単なるあだ花に過ぎなかったかを、私たちは身を以て体験し痛感した。西洋近代文化の摂取にとって、明治以後八十年の歳月は決して短かすぎたとは言えない。にもかかわらず、近代文化の伝統を確立し、自由な批判と柔軟な良識に富む文化層として自らを形成することに私たちは失敗して来た。そしてこれは、各層への文化の普及滲透を任務とする出版人の責任でもあった。
　一九四五年以来、私たちは再び振出しに戻り、第一歩から踏み出すことを余儀なくされた。これは大きな不幸ではあるが、反面、これまでの混沌・未熟・歪曲の中にあった我が国の文化に秩序と確たる基礎を齎らすためには絶好の機会でもある。角川書店は、このような祖国の文化的危機にあたり、微力をも顧みず再建の礎石たるべき抱負と決意とをもって出発したが、ここに創立以来の念願を果すべく角川文庫を発刊する。これまで刊行されたあらゆる全集叢書文庫類の長所と短所とを検討し、古今東西の不朽の典籍を、良心的編集のもとに、廉価に、そして書架にふさわしい美本として、多くのひとびとに提供しようとする。しかし私たちは徒らに百科全書的な知識のジレッタントを作ることを目的とせず、あくまで祖国の文化に秩序と再建への道を示し、この文庫を角川書店の栄ある事業として、今後永久に継続発展せしめ、学芸と教養との殿堂として大成せんことを期したい。多くの読書子の愛情ある忠言と支持とによって、この希望と抱負とを完遂せしめられんことを願う。

一九四九年五月三日

このすば
暁なつめが描く、
もう一つの異世界コメディ！
暁なつめ
NATSUME AKATSUKI
ILLUSTRATION
カカオ・ランタン
KAKAO LANTHANUM
戦闘員、派遣します！
COMBATANTS WILL BE DISPATCHED!
特設サイトはコチラ！
シリーズ好評発売中！
全世界の命運は――
悪の組織に託された!?
スニーカー文庫

時々ボソッと
ロシア語でデレる隣のアーリャさん
Милашка❤
燦々SUN
イラストももこ
story by sun sun sun
illustration by momoco
ただし、彼女は俺が
ロシア語わかる
ことを知らない。
特設サイトはこちら!
スニーカー文庫

きみの紡ぐ物語で
世界を変えよう。
第31回
スニーカー大賞
作品募集中!
大賞 300万円
金賞 50万円
銀賞 10万円
締切必達!
前期締切
2025年3月末日
後期締切
2025年9月末日
詳細は
ザスニWEBへ
https://kdq.jp/s-award
イラスト/カカオ・ランタン